Arena-Taschenbuch
Band 1815

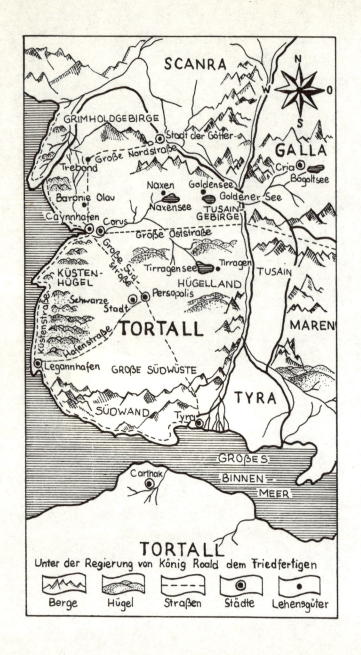

Tamora Pierce

Alanna von Trebonds Abenteuer
Erstes Buch

Die Schwarze Stadt

Aus dem Amerikanischen von
Ulla Neckenauer

Mit Illustrationen von Frantisek Chochola

Ausgezeichnet mit dem
»Preis der Leseratten« des ZDF

In neuer Rechtschreibung

9. Auflage als Arena-Taschenbuch 2002
© der deutschsprachigen Ausgabe 1985 by Arena Verlag GmbH, Würzburg
© 1983 by Tamora Pierce
Titel der Originalausgabe:
»Alanna: The First Adventure – Song of the Lioness«
Originalverlag: Atheneum, New York
Aus dem Amerikanischen von Ulla Neckenauer
Alle Rechte vorbehalten
Umschlagillustration und Innenillustrationen: Frantisek Chochola
Gesamtherstellung: Westermann Druck Zwickau GmbH
ISSN 0518-4002
ISBN 3-401-01815-9

1
Die Zwillinge

»Ich habe meine Entscheidung getroffen. Keine Diskussionen mehr«, sagte der Mann am Schreibtisch. Er schaute schon wieder in ein Buch. Seine beiden Kinder verließen den Raum und machten die Tür hinter sich zu.

»Er will uns nicht bei sich haben«, murrte der Junge. »Was *wir* wollen, interessiert ihn nicht.«

»Das ist uns ja bekannt«, war die Antwort des Mädchens. »Abgesehen von seinen Büchern und Schriftrollen interessiert ihn überhaupt nichts.«

Der Junge versetzte der Wand einen Schlag. »Ich *will* aber kein Ritter werden! Ich will ein großer Zauberer werden! Ich will Dämonen töten und mit den Göttern wandeln –«

»Denkst du vielleicht, *ich* will eine Dame werden?«, fragte seine Schwester. »Geh langsam, Alanna«, fügte sie gekünstelt hinzu. »Sitz still, Alanna. Halt die Schultern gerade, Alanna. Als könnte ich nichts Besseres mit mir anfangen!« Sie ging erregt auf und ab. »Es muss einen Ausweg geben.«

Der Junge warf dem Mädchen einen Blick zu. Thom und Alanna von Trebond waren Zwillinge. Beide hatten rotes Haar und violettfarbene Augen. Für die meisten Leute unterschieden sich die beiden nur durch die Länge ihrer Haare. Was Gesicht und Figur betraf, hätten die beiden genau gleich ausgesehen, wären sie gleich gekleidet gegangen.

»Find dich damit ab!«, klärte Thom seiner Schwester. »*Du* machst dich morgen auf den Weg ins Kloster und *ich* begebe mich in den Palast. Daran ist nicht zu rütteln.«

»Warum solltest denn du den ganzen Spaß haben?«, klagte sie. »Mir werden sie Nähen und Tanzen beibringen und du lernst Lanzenfechten und Degenfechten und –«

»Meinst du vielleicht, derartiges Zeug macht mir *Spaß*?«, schrie er. »Ich *hasse* es, hinzufallen und auf irgendetwas einzuhauen! *Du* bist es, der so was gefällt, nicht ich!«

Sie grinste. »*Du* hättest Alanna werden müssen. Den Mädchen bringen sie immer das Zaubern bei –« Der Gedanke kam ihr so schlagartig, dass sie nach Luft schnappte. »Thom! Das ist *die* Idee!«

An ihrem Gesichtsausdruck konnte Thom ablesen, dass seine Schwester mal wieder einen ihrer verrückten Einfälle hatte. »Was ist *die* Idee?«, fragte er misstrauisch.

Alanna sah sich um und vergewisserte sich, dass sich keine Bediensteten auf dem Flur aufhielten. »Morgen gibt er uns einen Brief für den Mann, der die Pagen ausbildet, und einen für die Leute im Kloster. Da du seine Handschrift fälschen kannst, könntest du ja neue Briefe verfassen und schreiben, wir seien Zwillingsbrüder. *Du* gehst ins Kloster und im Brief schreibst du, du solltest Zauberer werden. Du weißt ja – die Töchter der Göttin sind es, die den Jungen das Zaubern beibringen. Sobald du dann älter bist, schicken sie dich zu den Priestern. Und ich gehe in den Palast und lasse mich zum Ritter ausbilden!«

»Du spinnst!«, widersprach Thom. »Was ist mit deinem Haar? Und nackt schwimmen kannst du auch nicht. Und du wirst dich in eine junge Frau verwandeln – du weißt schon. Dann kriegst du 'nen Busen und so weiter.«

»Das Haar schneide ich einfach ab«, entgegnete sie. »Und – na ja, um den Rest kümmere ich mich dann, wenn es so weit ist.«

»Was ist mit Coram und Maude? Die werden uns begleiten und alle beide können uns auseinander halten. Sie wissen, dass wir keine Zwillingsbrüder sind.«

Sie kaute auf ihrem Daumen herum und überlegte. »Ich sage Coram, dass wir unseren Zauber mit ihm treiben, falls er etwas verlauten lässt«, sagte sie schließlich. »Das müsste genügen – er hasst die Magie. Und mit Maude können wir vielleicht reden.«

Thom sah auf seine Hände hinunter und dachte nach. »Meinst du, wir könnten es schaffen?«, flüsterte er.

Alanna betrachtete das hoffnungsvolle Gesicht ihres Zwillingsbruders. Ein Teil von ihr wollte aufhören, bevor diese Sache zu weit ging, aber dieser Teil war nicht sehr groß. »Wenn du nicht die Nerven verlierst«, erklärte sie ihrem Bruder. *Und ich nicht die meinen,* dachte sie.

»Was ist mit Vater?« Thom schaute schon in die Ferne und sah die Stadt der Götter vor sich.

Alanna schüttelte den Kopf. »Sobald wir weg sind, vergisst er uns.« Sie beäugte Thom. »Ist dein Wunsch, Zauberer zu werden, stark genug?«, erkundigte sie sich. »Wir werden jahrelang lernen und arbeiten müssen. Hast du dafür genug Schneid?«

Thom zog seinen Waffenrock gerade. Seine Augen waren kalt. »Zeig mir nur, wie wir es bewerkstelligen können!«

Alanna nickte. »Komm! Wir gehen Maude suchen!«

Maude, die Dorfheilerin, hörte sich die beiden an und schwieg. Als Alanna fertig war, drehte sich die Frau um und sah eine lange Weile zur Tür hinaus. Schließlich wandte sie sich wieder den Zwillingen zu.

Die beiden wussten es nicht, doch Maude war in Not. Sie hatte ihnen jeglichen Zauber beigebracht, den sie beherrschte. Alle beide waren fähig noch viel mehr zu lernen, doch es gab keine anderen Lehrer in Trebond. Thom wollte seine Zauberei bis zum letzten Tröpfchen auskosten, aber er mochte die Menschen nicht. Auch auf Maude hörte er nur, weil er der Meinung war, sie habe ihm noch etwas beizubringen. Coram – den zweiten Erwachsenen, der sich um die Zwillinge kümmerte – hasste er, weil ihn dieser dazu brachte, dass er sich blöde vorkam. Der einzige Mensch, den Thom außer sich selbst liebte, war Alanna. Maude dachte über Alanna nach und seufzte. Das Mädchen war ganz anders als ihr Bruder. Alanna hatte Angst vor ihrer Zauberei. Thom musste man dazu zwingen, auf die Jagd zu gehen; Alanna dagegen musste man überlisten und anflehen Zaubersprüche auszuprobieren.

Maude hatte sich auf den Tag gefreut, an dem sich andere um diese beiden würden kümmern müssen. Jetzt hatte es den Anschein, als wollten die Götter sie durch die Zwillinge noch ein letztes Mal auf die Probe stellen.

Sie schüttelte den Kopf. »Ohne Hilfe kann ich eine derartige Entscheidung nicht treffen. Ich muss versuchen im Feuer zu ›sehen‹.«

Thom runzelte die Stirn. »Ich dachte, das könntest du nicht? Ich dachte, du könntest nur heilen?«

Maude wischte sich den Schweiß vom Gesicht. Sie hatte Angst. »Es soll dich nicht bekümmern, was ich kann und was nicht«, gab sie barsch zurück. »Alanna, bring Holz. Thom, du holst Eisenkraut.«

Eiligst taten die beiden, was man ihnen befohlen hatte. Alanna kehrte als Erste zurück und legte Holz auf das Feuer, das in der Feuerstelle brannte. Thom folgte kurz darauf mit Blättern der magischen Pflanze Eisenkraut.

Maude kniete sich vor die Feuerstelle und bedeutete den Zwillingen sich rechts und links von ihr niederzusetzen. Sie spürte, wie ihr der Schweiß den Rücken hinunterlief. Die Leute, die sich an Zauberkünsten versuchten, die ihnen die Götter nicht verliehen hatten, starben oft auf hässliche Art und Weise. Maude sandte ein lautloses Gebet zur Großen Muttergöttin und versprach gutes Betragen für den Rest ihres Lebens, sofern die Göttin nur dafür sorgte, dass sie diese Angelegenheit heil überstand.

Sie warf die Blätter ins Feuer und ihre Lippen bewegten sich lautlos, als sie die heiligen Worte sprach. Langsam griff ihre Kraft und die der Zwillinge auf das Feuer über. Die Flammen verfärbten sich grün von Maudes Zauberkraft und purpurfarbenen von derjenigen der Zwillinge. Die Frau atmete ein, packte die linken Hände der beiden und stieß sie ins Feuer. Macht schoss den Zwillingen die Arme empor. Thom stieß einen Schrei aus und wand sich vor Schmerz, den ihm die Zauberkraft zufügte, die ihn nun nach und nach erfüllte. Alanna biss sich auf die Unterlippe, bis sie blutete, und kämpfte damit auf ihre eigene Art und Weise gegen den Schmerz an. Maudes Augen waren weit aufgerissen und leer, während sie die verschlungenen Hände der beiden ins Feuer hielt.

Plötzlich runzelte Alanna die Stirn. Im Feuer stieg ein Bild auf. Das war unmöglich – nicht *sie* war es, die ›sehen‹ sollte. Da ja Maude den Zauberspruch gesprochen hatte, stand das nur ihr zu. Doch im Widerspruch zu allen Zauberregeln, die Alanna gelernt hatte, wurde das Bild größer und breitete sich aus. Es war eine Stadt, die ganz und gar aus schwarzem, schimmerndem Stein bestand. Alanna beugte sich vor und kniff die Augen zusammen, um besser sehen zu können. So etwas wie diese Stadt hatte sie noch nie zuvor erblickt. Die Sonne brannte auf funkelnde Mauern und Türme herab. Alanna hatte Angst – mehr Angst als jemals zuvor . . .

Maude ließ die Zwillinge los. Das Bild verschwand. Alanna fror jetzt und sie war vollkommen durcheinander. Was für eine Stadt war das gewesen?

Wo lag sie?

Thom untersuchte seine Hand. Keine Brandspuren waren zu sehen; nicht einmal Narben. Es gab nichts, woran man hätte ablesen können, dass Maude ihre Hände für lange Minuten in die Flammen gehalten hatte.

Maude ruckte auf ihre Fersen zurück. Sie sah alt und müde aus. »Ich habe viele Dinge gesehen, die ich nicht verstehe«, sagte sie endlich. »Viele Dinge –«

»Hast du die Stadt gesehen?«, wollte Alanna wissen.

Maude warf ihr einen durchdringenden Blick zu. »Ich habe keine Stadt gesehen.«

Thom beugte sich vor. »*Du* hast etwas gesehen?« Seine Stimme klang ungeduldig. »Aber es war doch Maude, die den Zauberspruch gesprochen hat –«

»Nein!«, entgegnete Alanna ungehalten. »Ich habe nichts gesehen! Gar nichts!«

Thom entschloss sich, sie erst später zu befragen, wenn sie nicht mehr so verängstigt aussah. Er wandte sich an Maude. »Also, was ist jetzt?«, fragte er.

Die Heilerin seufzte. »Na gut. Morgen breche ich mit Thom zusammen zur Stadt der Götter auf.«

Im Morgengrauen des nächsten Tages gab Lord Alan seinen beiden Kindern jeweils einen versiegelten Umschlag und seinen Segen, bevor er Coram und Maude unterwies. Coram wusste noch nichts von dem geänderten Plan. Alanna hatte nicht vor, ihn einzuweihen, bevor sie Trebond weit hinter sich gelassen hatte.

Nachdem Lord Alan die beiden entlassen hatte, brachte Maude sie in Alannas Zimmer. Coram richtete inzwischen die Pferde. Rasch waren die Briefe geöffnet und gelesen.

Lord Alan übergab seinen Sohn in die Hände des Herzogs Gareth von Naxen und seine Tochter in die der Ersten Tochter des Klosters. Jedes Vierteljahr würde er Gelder für den Lebensunterhalt seiner Kinder schicken, und zwar bis zu dem Zeitpunkt, zu dem es ihre Lehrer für richtig hielten, sie wieder nach Hause zu schicken. Er sei mit seinen Studien beschäftigt und schenke dem Herzog und der Ersten Tochter in allen Dingen sein volles Vertrauen. Er sei in ihrer Schuld, Lord Alan von Trebond.

Derartige Briefe wurden jedes Jahr in großer Anzahl ins Kloster und in den Palast geschickt. Alle Töchter aus adligen Familien studierten im Kloster, bis sie sich mit fünfzehn oder sechzehn zum Hof begaben, um sich einen Gatten zu suchen. Der älteste Sohn einer Adelsfamilie erlernte gewöhnlich am Königspalast die Pflichten und die Fertigkeiten eines Ritters. Die jüngeren Söhne konnten ihren Brüdern in den Palast folgen oder sie konnten erst einmal ins Kloster der Töchter der Göttin und später ins Kloster der Priester gehen, wo sie Religion oder Zauberei studierten.

Thom war Experte, was das Fälschen der Handschrift seines Vaters betraf. Er schrieb zwei neue Briefe, einen für »Alan«, den anderen für sich selbst. Alanna las sie sorgfältig. Sie war erleichtert, als sie sah, dass zwischen Thoms Arbeit und den Originalen kein Unterschied zu entdecken war. Der Junge lehnte sich grinsend zurück. Er wusste, dass Jahre vergehen konnten, bis die Angelegenheit aufgedeckt wurde.

Während Thom in einen Reitrock stieg, brachte Maude Alanna ins Umkleidezimmer. Dort zog das Mädchen ein Hemd, Reithosen und Stiefel an. Dann schnitt ihr Maude das Haar.

»Ich muss dir etwas sagen«, erklärte Maude, als die erste Locke zu Boden fiel.

»Was?«, fragte Alanna nervös.

»Du hast die Gabe, zu heilen.« Die Schere war weiterhin am Werk. »Sie ist größer als die meine, größer als jede, die mir jemals begegnet ist. Und du hast noch andere Zauberkräfte, von denen du noch lernen wirst dich ihrer zu bedienen. Aber das Heilen – das ist das Wichtigste. Ich hatte einen Traum heute Nacht. Eine Warnung war es, so klar und so deutlich, als hätten mir die Götter ins Ohr gebrüllt.«

Alanna, die sich das vorstellte, unterdrückte ein Kichern.

»Es schickt sich nicht, über die Götter zu lachen«, erklärte ihr Maude streng. »Aber das wirst du noch früh genug selbst herausfinden.«

»Was soll das heißen?«

»Lass es gut sein. Hör zu! Hast du an all die Leben gedacht, die du nehmen wirst, wenn du dich auf den Weg machst, um deine großen Taten zu vollbringen?«

Alanna biss sich auf die Lippe. »Nein«, bekannte sie.

»Das habe ich mir gedacht. Du siehst nur den Ruhm. Aber da werden Leben genommen und vaterlose Familien wird es geben. Und Leid. Denk nach, bevor du kämpfst. Denk an denjenigen, den du bekämpfst, und sei es nur deshalb, weil du eines Tages auf einen Gegner treffen wirst, der dir ebenbürtig ist. Und wenn du für diese Leben, die du nehmen wirst, bezahlen willst, dann benutze deine Heilkraft. Benutze sie, so oft du nur kannst, sonst wirst du deine Seele jahrhundertelang nicht mehr von den Toten befreien, die du zu verantworten hast. Das Heilen ist schwerer als das Töten. Die Mutter weiß, warum, aber du hast eine Gabe für beides.« Rasch bürstete sie Alannas gestutztes Haar. »Lass deine Kapuze ein Weilchen auf. Aber abgesehen von Coram wird dich jeder für Thom halten.«

Alanna starrte sich im Spiegel an. Mit violettfarbenen Augen in einem bleichen Gesicht starrte ihr Thom, ihr Zwillingsbruder entgegen. Grinsend wickelte sie den Umhang um sich. Mit einem letzten Blick auf den Jungen im Spiegel folgte sie Maude hinaus auf den Schlosshof. Coram und Thom, die schon auf ihren Pferden saßen, warteten auf sie. Thom legte seine Röcke zurecht und zwinkerte seiner Schwester zu.

Maude hielt Alanna zurück, als diese eben auf Pummel, ihr Pony, steigen wollte. »Heile, Kind!«, rief die Frau. »Heile, so viel du nur kannst, sonst wirst du dafür bezahlen. Die Götter wollen, dass man ihre Gaben benutzt.«

Alanna schwang sich in den Sattel und tätschelte Pummel mit einer tröstenden Hand. Das Pony, welches spürte, dass das freundlichere der beiden Geschwister auf ihm saß, wurde ruhiger. Wenn Thom ihn ritt, gelang es Pummel gelegentlich, ihn abzuwerfen.

Alle vier winkten den Bediensteten des Schlosses zu, die sich zum Abschied versammelt hatten. Langsam ritten sie durchs Schlosstor hinaus, wobei sich Alanna nach besten Kräften mühte, die verdrießliche

Miene Thoms aufzusetzen – oder zumindest die verdrießliche Miene, die Thom gemacht hätte, wäre er auf dem Weg zum Palast gewesen. Thom sah auf die Ohren seines Ponys hinunter und hielt das Gesicht versteckt. Jedermann wusste, wie den Zwillingen nun zu Mute war, weil sie weggeschickt wurden. Der Weg, der vom Schloss fortführte, mündete ganz übergangslos auf stark überwuchertes und felsiges Gelände. Einen Tag lang etwa würden sie durch die unwirtlichen Wälder des Grimholdgebirges reiten, das eine natürliche Grenze zwischen Tortall und Scanra bildete. Den Zwillingen war diese Gegend wohl bekannt. Obwohl sie den Leuten aus dem Süden dunkel und unwirtlich vorkommen mochte, war sie für Alanna und Thom die Heimat, und das würde auch immer so bleiben.

Am frühen Vormittag erreichten sie die Stelle, wo sich der Trebondweg und die Große Straße kreuzten. Die von den Gefolgsleuten des Königs bewachte Große Straße führte nach Norden bis zur fernen Stadt der Götter. Das war der Weg, den Thom und Maude einschlagen würden. Alanna und Corams Weg führte nach Süden zur Hauptstadt Corus und zum Königspalast.

Die beiden Bediensteten ritten ein Stück abseits, um sich Lebewohl zu sagen und um den Zwillingen Gelegenheit zu geben sich unter vier Augen voneinander zu verabschieden. Genau wie Alanna und Thom würden sich auch Coram und Maude jahrelang nicht mehr sehen. Zwar würde Maude nach Trebond zurückkehren, doch Coram sollte für die Jahre, die Alanna im Palast verbringen würde, als ihr Diener bei ihr bleiben.

Alanna sah ihren Bruder an und lächelte. »Da wären wir also«, sagte sie.

»Ich wollte, ich könnte dir ›viel Spaß‹ wünschen«, sagte Thom ohne Umschweife. »Aber ich kann mir nicht vorstellen, wie es jemandem Spaß machen sollte, zum Ritter ausgebildet zu werden. Trotzdem – viel

Glück. Wenn sie uns auf die Schliche kommen, ziehen sie uns allen beiden bei lebendigem Leib die Haut ab.«

»Keiner wird uns auf die Schliche kommen, Bruderherz.« Sie griff zu ihm hinüber und schüttelte ihm herzlich die Hand. »Viel Glück, Thom. Halt die Ohren steif.«

»Du wirst haufenweise Prüfungen durchstehen müssen«, sagte Thom ernst. »Halt besser *du* die Ohren steif.«

»Die Prüfungen werde ich schon überstehen«, sagte Alanna. Sie wusste, dass das mutige, ja fast tollkühne Worte waren, aber Thom sah so aus, als könnte er sie gebrauchen. Sie wendeten ihre Ponys und gesellten sich wieder zu den Erwachsenen.

»Los, machen wir uns auf den Weg!«, brummte Alanna Coram zu.

Maude und Thom schlugen die linke Abzweigung der Großen Straße ein, Alanna und Coram die rechte. Unvermittelt blieb Alanna noch einmal stehen, drehte sich um und sah zu, wie ihr Bruder davonritt. Sie blinzelte sich das Brennen aus den Augen, aber den Kloß in ihrem Hals bekam sie nicht los. Irgendetwas sagte ihr, dass Thom völlig verwandelt sein würde, wenn sie ihn wieder sah. Seufzend wendete sie Pummel zurück in die Richtung der Hauptstadt.

Coram zog ein Gesicht und drängte seinen großen Wallach vorwärts. Er hatte nicht die geringste Lust einen zimperlichen Jungen zum Palast zu geleiten. Einstens war er der mutigste Soldat im Heer des Königs gewesen und jetzt musste er sich zum Gespött machen lassen. Jeder würde sehen, dass Thom kein Krieger war, und ihn, Coram – den Mann, der dem Jungen die Grundbegriffe des Kriegshandwerks hätte beibringen sollen –, würde man dafür verantwortlich machen. Stundenlang ritt er wortlos dahin, hing seinen trübseligen Gedanken nach und war zu niedergeschlagen, um zu bemerken, dass Thom, der gewöhnlich nach einem einstündigen Ritt zu nörgeln begann, ebenfalls schwieg.

Coram hatte das Schmiedehandwerk erlernt, doch früher war er einer der besten Infanteristen des Königs gewesen, bis er dann nach Schloss Trebond heimgekehrt und dort ein bewaffneter Lehnsmann geworden war. Gern wollte er wieder zu den Soldaten des Königs gehören, nur nicht jetzt, wo sie ihn auslachen würden, weil sein Herr ein Schwächling war. Warum war denn bloß Alanna nicht der Junge? *Sie* war eine Kämpfernatur. Zuerst war Coram nur deshalb ihr Lehrer gewesen, weil man bei Zwillingsgeschwistern unweigerlich alle beide unterrichtete, auch wenn man eigentlich nur einen davon unterrichten wollte. Eine Mutter hatten die beiden armen Dinger ja nicht. Später begann es ihm Spaß zu machen, Alanna etwas beizubringen. Sie lernte rasch und gut – besser als ihr Bruder. So wie schon immer wünschte sich Coram Smythesson jetzt, möge der Junge sein.

Ohne es zu wissen, stand er kurz davor, seinen Wunsch erfüllt zu bekommen. Die Sonne brannte direkt von oben – Zeit zum Mittagessen. Coram gab dem in seinen Umhang gewickelten Kind unwirsch entsprechende Anweisungen und so stiegen sie beide auf einer an der Straße liegenden Lichtung von ihren Pferden. Coram zog Brot und Käse aus einer Satteltasche, brach einen Teil davon ab und übergab ihn dem Kind. Des Weiteren nahm er den Weinschlauch von seinem Sattelhorn.

»Bis es dunkel wird, wenn nicht schon vorher, haben wir das Gasthaus erreicht«, brummte er. »Bis dahin muss das hier genügen.«

Alanna nahm ihren schweren Umhang ab. »Ich hab nichts dagegen.«

Coram verschluckte sich und prustete einen Mund voll Flüssigkeit über die ganze Straße. Alanna musste ihm auf den Rücken klopfen, bis er wieder Luft bekam.

»Branntwein?«, flüsterte er und schaute den Weinschlauch an. Dann wandte er sich dem dringlichsten Problem zu. »Beim Schwarzen Gott!«, brüllte er und sein Gesicht wurde purpurfarben gefleckt. »Wir reiten augenblicklich zurück, und wenn wir heimkommen, werd ich dir den Hintern versohlen! Wo ist dieser Teufelskerl von deinem Bruder?«

»Coram, beruhige dich«, sagte sie. »Trink einen Schluck.«

»Ich hab keine Lust was zu trinken«!«, polterte er. »Ich hab Lust euch alle beide durchzubläuen, bis ihr nicht mehr in eure Haut passt!« Und damit nahm er einen tiefen Schluck aus dem Schlauch.

»Thom ist mit Maude zusammen auf dem Weg zur Stadt der Götter«, erklärte Alanna. »Maude ist der Meinung, dass wir das Richtige tun.«

Coram fluchte leise vor sich hin. »Klar, dass diese Hexe mit euch beiden Zauberern einer Meinung ist. Und was hält dein Vater von der Geschichte?«

»Es besteht kein Grund, dass er es jemals erfahren muss«, sagte Alanna. »Coram, du weißt doch, dass Thom kein Ritter werden will. Ich jedenfalls weiß es.«

»Mir ist's völlig schnuppe, ob ihr Tanzbären werden wollt oder nicht!«, erklärte ihr Coram und nahm einen weiteren Schluck aus dem Schlauch. »Du bist ein Mädchen!«

»Das braucht ja keiner zu erfahren.« Sie beugte sich vor.

Ihr kleines Gesicht war angespannt. »Von jetzt an bin ich Alan von Trebond, der Zweitgeborene der beiden Zwillinge. Ich werde Ritter – und Thom wird Zauberer. So wird es geschehen. Maude hat es für uns im Feuer gesehen.«

Coram machte mit seiner rechten Hand das Zeichen gegen das Böse. Die Magie machte ihn nervös. Maude machte ihn nervös. Er trank noch einmal, um seine Nerven zu beruhigen. »Kleine, dein Vorhaben ist ja gewiss edel, es ist das Vorhaben eines Kriegers, aber es wird nie und nimmer klappen. Wenn sie dich nicht beim Baden erwischen, dann wirst du dich früher oder später in 'ne Frau verwandeln –«

»All das kann ich verbergen – mit deiner Hilfe. Und wenn nicht, dann verschwinde ich wieder.«

»Dein Vater bringt mich um!«

Sie zog ein Gesicht. »Vater interessiert sich für nichts, abgesehen von seinen Schriftrollen.« Sie holte Luft. »Coram, ich bin nett zu dir. Thom wäre nicht so nett. Willst du für die nächsten zehn Jahre Dinge sehen, die es gar nicht gibt? Das kann ich schaffen. Du kannst es mir glauben. Erinnerst du dich noch, wie der Koch damals Vater verraten wollte, wer die Kirschtorte aufgegessen hat? Oder wie meine Patin versuchte Vater dazu zu bringen, sie zu heiraten?«

Coram wurde bleich. An jenem Nachmittag, als man entdeckt hatte, dass die Torten weg waren, hatte der Koch große hungrige Löwen gesehen, die ihm in der Küche folgten. Somit hatte Lord Alan nie von den fehlenden Torten erfahren. Und als die Patin der Zwillinge nach Trebond gekommen war, um sich Lord Alan als ihren nächsten Gatten einzufangen, hatte sie mit der Behauptung, das Schloss sei verhext, schon nach drei Tagen die Flucht ergriffen.

»Das würdest du doch nicht tun?«, flüsterte Coram. Er hatte schon immer den Verdacht gehegt, hinter den Wahnvorstellungen des Kochs und den Geistern Lady Catherines müssten die Zwillinge stecken. Aber diese Vermutung hatte er für sich behalten. Der Koch tat nämlich so, als sei er etwas Besseres, und Lady Catherine war grausam zu ihrem Personal.

Als Alanna sah, dass sie Coram an einer empfindlichen Stelle getroffen hatte, änderte sie ihre Taktik. »Thom ist eine komplette Niete, was das Bogenschießen betrifft. Ich nicht. Thom würde dir keine Ehre machen. Ich schon, glaube ich. Du hast selbst gesagt, kein Erwachsener könne schneller ein Kaninchen häuten als ich.« Sie fütterte Pummel ihr letztes Stück Brot und sah Coram mit riesigen, flehenden Augen an. »Lass uns weiterreiten. Wenn du morgen früh noch ebenso denkst, können wir ja umkehren.« Sie überkreuzte die Finger, während sie log. Sie hatte nicht vor, nach Trebond zurückzureiten. »Überstürz nichts. Vater wird es erst erfahren, wenn es zu spät ist.«

Coram nahm noch einen Zug aus dem Schlauch und rappelte sich wacklig auf. Er bestieg sein Pferd und beobachtete dabei das Mädchen. Schweigend ritten sie weiter. Coram grübelte und trank. Alannas Drohung, sie wolle ihn Dinge sehen lassen, die es gar nicht gab, beunruhigte ihn nicht sonderlich. Stattdessen dachte er an Thoms Leistungen im Bogenschießen, die jedem Soldaten die Tränen in die Augen treiben mussten. Alanna war viel behänder als ihr Bruder. Sie ermüdete nur selten, nicht einmal bei Fußmärschen durch schwieriges Gelände. Sie hatte ein Gespür, was die Kampfsportarten betraf, und das war etwas, was man niemals erlernen konnte. Im Übrigen war sie so starrköpfig wie ein Maulesel.

Da Coram so in Gedanken versunken war, sah er nicht, wie die Waldschlange über die Straße glitt. Alanna und Corams Pferd entdeckten die sich dahinschlängelnde Kreatur im gleichen Augenblick. Der große Wallach bäumte sich auf und um ein Haar hätte er seinen Herrn abgeworfen. Pummel, den diese Possen überraschten, blieb stocksteif mitten auf der Straße stehen. Coram stieß einen Schrei aus und mühte sich im Sattel zu bleiben, während der zu Tode erschrockene Gaul ungestüm bockte. Alanna zögerte keine Sekunde lang. Sie sprang aus dem Sattel und packte mit beiden Händen die Zügel von Corams Pferd. Sie mühte sich verzweifelt den fliegenden Hufen des Wallachs auszuweichen und setzte ihre ganze Kraft und ihr ganzes Gewicht ein, um das Pferd herunterzuziehen, bevor Coram herabstürzen und sich das Genick brechen würde.

Der Wallach, den das neue Gewicht, das da an seinen Zügeln hing, überaus überraschte, ließ sich auf alle viere herunterfallen. Er zitterte, während Alanna seine Nase streichelte und ihm tröstende Worte zuflüsterte. Sie wühlte in einer Tasche und zog einen Apfel hervor, den sie dem Pferd zu fressen gab, während sie es weiter liebkoste, bis das Zittern aufgehört hatte.

Als Alanna aufschaute, entdeckte sie, wie Coram sie eigentümlich ansah. Sie hatte keine Ahnung, dass er sich gerade ausmalte, was Thom in einer derartigen Situation getan hätte: Er hätte es Coram überlassen, sich selbst aus der Patsche zu helfen. Coram wusste, wie viel Mut es erforderte, ein großes, bockendes Pferd zu beruhigen. Es war die Art von Mut, die ein Ritter massenhaft brauchte. Aber trotzdem – Alanna war ein Mädchen ...

Bis sie am Gasthof anlangten, war Coram sehr betrunken. Der Gastwirt half ihm ins Bett, während seine Frau »das arme kleine Kerlchen« umhegte. Im Bett hörte Alanna mit einem breiten Grinsen auf den Lippen zu, wie Coram schnarchte. Maude hatte es bewerkstelligt, den Weinschlauch mit Lord Alans bestem Branntwein zu füllen, in der Hoffnung, ihr alter Freund Coram möge sich leichter zur Vernunft bringen lassen, wenn seine Gelenke gut geölt waren.

Am nächsten Morgen erwachte Coram mit dem schlimmsten Kater, den er jemals gehabt hatte. Er stöhnte, als Alanna in sein Zimmer trat.

»Geh nicht so laut«, flehte er.

Alanna übergab ihm einen dampfenden Becher. »Trink. Maude sagte, das hätte dir bisher jedes Mal geholfen.«

Der Mann nahm einen tiefen Zug. Er keuchte, als ihm die heiße Flüssigkeit in der Kehle brannte. Aber anschließend ging es ihm tatsächlich besser. Er schwang seine Füße auf den Boden und rieb sich vorsichtig den schmerzenden Schädel. »Ich brauch ein Bad.«

Alanna deutete auf das Bad, das schon in der Ecke wartete.

Coram warf ihr einen durchdringenden Blick zu. »Geh das Frühstück bestellen! Ich nehme an, ich sollte dich jetzt ›Alan‹ nennen?«

Sie stieß einen Freudenschrei aus und rannte ausgelassen aus dem Zimmer.

Vier Tage später ritten sie kurz nach Morgengrauen in die Stadt Corus hinein, zusammen mit unzähligen Leuten, die ebenfalls in die Hauptstadt zogen, um dort den Markt zu besuchen. Coram führte sein Pferd durch die Menge, während sich Alanna mühte mit Pummel dicht hinter ihm zu bleiben und trotzdem alles zu sehen. So vielen Menschen war sie in ihrem ganzen Leben noch nicht begegnet! Sie sah Händler, Sklaven, Priester und Edelleute. Die Bazhir – das waren die Angehörigen eines Wüstenstammes – erkannte sie an dem schweren weißen Burnus, den sie trugen, und die Seeleute an ihrem geflochtenen Zopf. Glücklicherweise war Pummel geneigt in der Nähe von Corams Wallach zu bleiben, sonst hätte sich Alanna augenblicklich verirrt.

Der eigentliche Marktplatz war fast mehr, als ein Mädchen aus einem Schloss in den Bergen verdauen konnte. Die grellen Farben brachten Alanna zum Blinzeln. Stapel mit orangefarbenen und gelben Früchten, leuchtend blaue und grüne Wandbehänge, Goldstränge und Silberketten gab es da. Manche Leute starrten ebenso unverhohlen wie sie selbst. Andere hielten den Vorübergehenden ihre Waren unter die Nase und forderten lauthals zum Kauf auf. Frauen in engen Kleidern beäugten aus Türeingängen die Männer, und Kinder rannten den Erwachsenen zwischen den Beinen hindurch und steckten verstohlen die Hände in Taschen und Börsen.

Coram entging nichts. »Behalte deine Satteltaschen im Auge!«, rief er zu Alanna zurück. »Hier gibt es welche, die würden ihrer eigenen Mutter die Zähne klauen!« Diese Bemerkung schien auf einen hoch gewachsenen jungen Mann gemünzt zu sein, der in Alannas Nähe stand.

Der schlanke junge Mann grinste, wobei in seinem gebräunten Gesicht die weißen Zähne blitzten. »Du meinst doch wohl nicht mich, oder?«, fragte er unschuldig.

Coram schnaubte und trieb sein Pferd mit einem Fußtritt an. Der Mann zwinkerte Alanna mit einem funkelnden, haselnussbraunen Auge zu und verschwand in der Menge. Sie sah ihm nach, bis ihr jemand zurief, sie solle Acht geben. Sie fragte sich, ob er wohl wirklich ein Dieb war.

Sie jedenfalls fand ihn ausgesprochen nett. Sie ließen den Marktplatz hinter sich und ritten die einen lang gezogenen Hügel hinaufführende Marktstraße entlang, die durch Bezirke führte, in denen die reichen Händler wohnten, und an den Villen der noch reicheren Edelleute vorbei. Dort, wo die Marktstraße die Harmoniestraße kreuzte, begann der Tempelbezirk. Hier wechselte die Marktstraße ihren Namen und wurde zur Palaststraße. Coram setzte sich aufrechter in den Sattel. Nach all den Jahren, die er hier einstmals als Soldat gedient hatte, war dies wie ein Nachhausekommen.

Alanna entdeckte zahllose Tempel, während sie diesen Bezirk durchquerten. Sie hatte gehört, in Corus bete man hundert verschiedene Götter an, und tatsächlich gab es da genügend Tempel für alle. Sie sah sogar eine Gruppe von Frauen, die in Rüstungen gekleidet gingen – die Wächterinnen des Tempels der Großen Muttergöttin. Sie waren mit mächtigen, zweischneidigen Äxten bewaffnet und sie wussten mit ihnen umzugehen. Ihre Pflicht war es, dafür zu sorgen, dass kein Mann jemals seinen Fuß auf den der Großen Mutter geweihten Boden setzte.

Alanna grinste. Eines Tages würde auch sie eine Rüstung tragen. Doch würde sie nicht auf das Gelände eines Tempels beschränkt sein!

Ganz plötzlich stieg die Straße steil an. Hier endete der Tempelbezirk. Über ihnen, an der Spitze des Hügels, lag der Palast. Alanna keuchte, als sie ihn erblickte. Vor ihnen lag das mit Tausenden von Figuren beschnitzte und mit Gold besetzte Stadttor. Durch dieses Tor in der Palastmauer kamen an den heiligen Tagen Könige und Königinnen in die Stadt herunter. Durch dieses Tor gingen die Leute an den Audienztagen zu ihren Herrschern. Es war so hoch wie die Mauer, in die es eingelassen war: eine Mauer, an der aufgereiht die in königliches Gold und Rot gekleideten Soldaten standen. Hinter der Mauer erhoben sich bis zum eigentlichen Palast hinauf in vielen Ebenen gestaffelt die Gebäude und die Türme. Dieser Bezirk verfügte über eigene Gärten,

Brunnen, Ställe, Kasernen und Tierzwinger. Draußen auf der anderen Seite der Mauer lag der Königswald.

All diese Dinge kannte Alanna aus den Büchern und den Karten ihres Vaters, doch die Wirklichkeit verschlug ihr den Atem, so wie es einem Kapitel aus einem Buch niemals gelingen konnte.

Coram ritt voraus auf den Schlosshof und zu den Ställen. Hier erwarteten Bedienstete die Ankunft der Gäste, um sie zu ihren Gemächern zu führen, die Diener der Ankömmlinge einzuweisen und sich um die Pferde zu kümmern. Einer dieser Männer kam auf sie zu.

Coram stieg vom Pferd. »Ich bin Coram Smythesson vom Lehnsgut Trebond. Ich habe meinen Herrn, Alan von Trebond, der seinen Dienst am Hof antreten soll, hierher geleitet.«

Der Pferdeknecht verbeugte sich. Einem königlichen Pagen wurde ein gewisses Maß an Respekt gezollt, jedoch nicht im gleichen Maß wie einem erwachsenen Edelmann. »Dann werd ich mal die Pferde nehmen, Herr«, sagte er in dem ausgeprägten Dialekt der Stadt. »Timon!«, rief er.

Ein schlanker junger Mann in königlicher Livree kam herangeeilt. »Jawohl, Stefan?«

»Da ist wer für Seine Gnaden. Ich kümmre mich ums Gepäck.«

Alanna stieg ab und umarmte Pummel für einen Augenblick. Es kam ihr so vor, als sei er ihr letzter Freund. Sie musste sich eilen, um Timon und Coram einzuholen.

»Dass du mir Seiner Gnaden den Respekt erweist, der ihm zusteht«, knurrte ihr Coram ins Ohr. »Er ist ein mit 'nem Schwert ausgestatteter Zauberer und 'nem besseren Lehrmeister wirst du nie begegnen.«

Alanna rieb sich nervös an der Nase. Was war, wenn etwas schief ging? Was war, wenn ihr der Herzog auf die Schliche kam? Sie warf Coram einen Blick zu. Sie knirschte mit den Zähnen und reckte störrisch das Kinn nach vorn. Sie würde diese Angelegenheit überstehen.

2
Der neue Page

Herzog Gareth von Naxen war groß und dürr und glanzloses braunes Haar fiel ihm in die trüben braunen Augen. Obwohl er unscheinbar aussah, lag etwas Respekt einflößendes in seiner Erscheinung.

»So – Alan von Trebond?« Seine Stimme war dünn und näselnd. Er runzelte die Stirn, als er das Siegel von Alannas Brief erbrach. »Ich hoffe, du wirst dich hier besser machen als dein Vater. Er hockte nur unentwegt über seinen Büchern.«

Alanna schluckte mühsam. Der Herzog machte sie nervös. »Das tut er noch immer, Herr.«

Der Herzog, der sich fragte, ob sie naseweis sein wollte, warf ihr einen strengen Blick zu. »Soso. Das habe ich mir gedacht.« Er lächelte und nickte Alannas Diener zu. »Coram Smythesson. Es ist lange her seit der Schlacht im Frohwald.«

Coram verbeugte sich und strahlte. »Ich hätte nicht gedacht, dass sich Eure Lordschaft erinnern würden. Das ist schon zwanzig Jahre her und ich war damals kaum mehr als ein junger Spund.«

»Ich vergesse keinen, der mir das Leben gerettet hat. Willkommen im Palast. Es wird euch hier gefallen – obwohl du hart arbeiten wirst, mein Junge.« Herzog Gareth wandte seine Aufmerksamkeit wieder Alanna zu. »Setzt euch, alle beide.« Sie gehorchten. »Du, Alan von Trebond, bist hier, um zu lernen, was es bedeutet, ein Ritter und ein Edelmann von Tortall zu sein. Das ist keine leichte Aufgabe. Du musst lernen die Schwachen zu verteidigen, deinem Oberherrn zu gehorchen, dem Recht zum Sieg zu verhelfen. Eines Tages wirst du uns vielleicht sogar verraten können, was das ist – das Recht.« Es war unmöglich, zu beurteilen, ob er scherzte. Alanna entschloss sich, nicht zu fragen.

»Bis zum Alter von vierzehn wirst du Page sein«, fuhr der Herzog fort. »Du wirst bei der Abendmahlzeit bei Tisch servieren. Du wirst für jeden, der dich darum bittet – sei es nun ein Lord oder eine Lady –, Botengänge erledigen. Die Hälfte deines Tages wirst du darauf verwenden, die Kampfsportarten zu erlernen. In der Hoffnung, dass wir dir das Denken beibringen können, wirst du die andere Hälfte mit den Büchern verbringen. Wenn deine Lehrer der Meinung sind, du seist dafür bereit, wirst du mit vierzehn zum Knappen ernannt. Vielleicht wird dich dann ein Ritter zu seinem persönlichen Knappen wählen. Sofern das eintritt, wirst du dich um die Besitztümer deines Herrn kümmern, Botengänge für ihn erledigen und seine Interessen wahren. Dein übriger Unterricht wird weitergehen – und er wird natürlich schwieriger werden.«

»Mit achtzehn wirst du der Ritterprüfung unterzogen. Falls du überlebst, wirst du zum Ritter von Tortall ernannt. Doch nicht jeder überlebt.« Er hielt seine linke Hand hoch und zeigte, dass dort ein Finger fehlte. »Den habe ich im Prüfungssaal eingebüßt«, sagte er und seufzte. »Aber im Augenblick solltest du dir wegen dieser Prüfung noch keine Sorgen machen. Vorerst wirst du im Pagenflügel wohnen. Coram wird bei dir untergebracht, doch ich hoffe, dass er in seiner freien Zeit bei der Palastwache dienen kann.«

Coram nickte. »Gern, Euer Gnaden.«

Herzog Gareth verzog die Lippen zu einem dünnen Lächeln. »Ausgezeichnet. Einen Mann mit deinen Fähigkeiten können wir gebrauchen.« Er sah wieder zu Alanna. »Einer der älteren Pagen wird dich betreuen und dir zeigen, wie die Dinge hier ablaufen. Er wird für dich verantwortlich sein, bis du mit dem Palast und mit deinen Pflichten vertraut bist. Wenn du folgsam bist und hart arbeitest, wirst du mich nicht oft zu Gesicht kriegen. Benimm dich daneben, und du wirst merken, wie streng ich sein kann. Sofern du dich dessen würdig erweist, wirst du Freizeit erhalten, um in die Stadt zu gehen. Aber täusche dich nicht – du wirst dir jedes Vorrecht dreifach erarbeiten müssen. Du bist hier, um das Rittertum zu erlernen, und nicht, um dir eine schöne Zeit zu machen. Timon«, – Alanna merkte erst jetzt, dass der Diener die ganze Zeit über im Raum gewesen war –,

»bring sie in ihre Zimmer. Kümmere dich darum, dass der Junge ordentlich eingekleidet wird. Und besorge auch eine Wachtpostenuniform für Meister Smythesson.« Der Herzog schätzte Alanna ab. »Ich erwarte, dass du in fünf Tagen deinen Dienst bei Tisch antrittst. Du wirst mich bedienen. Hast du irgendwelche Fragen?«

Sie musste ihre ganze Kraft zusammennehmen, um zu sagen: »Nein, Eure Lordschaft.«

»Ein Herzog wird mit ›Euer Gnaden‹ angesprochen.« Der ältere Mann lächelte und hielt ihr die rechte Hand hin. »Es ist ein hartes Leben, aber du wirst dich daran gewöhnen.«

Alanna küsste ihm schüchtern die Hand. »Ja, Euer Gnaden.« Sie und die beiden Männer verneigten sich und verließen den Raum. Der Pagenflügel erstreckte sich an der Westseite des Palasts und stand in der Nähe der Mauer, die auf die Stadt hinunterblickte. Hier zeigte Timon Alanna und Coram zwei kleine Zimmer, die sie für die Zeit, in der Alanna als Page diente, bewohnen würden. Jemand hatte hier schon ihr Gepäck abgestellt.

Ihr nächster Weg führte zum Palastschneider. Alanna wurde schlecht, als ihr klar wurde, dass man ihr eine Pagenuniform anpassen würde. Ihr wirbelten Vorstellungen durch den Kopf, man könnte sie zwingen sich auszuziehen, man könnte sie ertappen und in Schmach und Schande nach Hause schicken, noch bevor sie Gelegenheit hätte überhaupt anzufangen.

Stattdessen wand ihr ein griesgrämig aussehender Mann hastig eine mit Knoten versehene Kordel um Schultern und Hüften und rief seinem Gehilfen die Zahl der Knoten zu, die vonnöten waren, um Alanna zu umspannen. Dann maß er mit der Kordel die Länge ihres rechten Armes und ihres rechten Fußes ab. Er schickte den verängstigt dreinschauenden Lehrling eilends in einen Lagerraum, während er Coram ebenso hastig vermaß. Der Lehrling kehrte mit einem Arm voll Kleider zurück und wurde augenblicklich nach Stiefeln und Schuhen gesandt. Inzwischen schüttelte der missmutige alte Schneider einen goldenen Waffenrock aus und hielt ihn Alanna hin. Das Kleidungsstück hätte ohne weiteres einem wesentlich größeren Jungen gepasst.

Coram gab sich Mühe ein Grinsen zu unterdrücken. »Ist der nicht ein winziges bisschen zu groß?«

Der Schneider warf dem Diener einen bösen Blick zu. »Jungen wachsen«, bellte er und lud Alanna unsanft den Kleiderhaufen und die Stiefel auf die Arme. »Das liegt in ihrer Natur.« Er wandte sein finsteres Gesicht Alanna zu. »Wenn du sie kaputtmachst, dann flickst du sie auch«, sagte er. »Ich will dich mindestens drei Monate lang nicht mehr sehen.«

Alanna folgte Coram und Timon nach draußen. Sie hatte ganz weiche Knie vor Erleichterung. Ihr Geheimnis war nicht entdeckt worden!

Timon brachte sie zum Mittagessen in die riesige Küche. Den Nachmittag verbrachte er damit, sie im Palast herumzuführen. Alanna hatte im Nu jegliche Orientierung verloren. Sie glaubte Timon nicht, als er ihr sagte, sie würde sich rasch zurechtfinden. In den königlichen Palast hätten ohne weiteres mehrere Trebonds hineingepasst und hier lebten mehr Leute, als Alanna jemals gesehen hatte. Sie erfuhr, dass viele Adelige hier im Palast über Wohnfluchten verfügten. Außerdem gab es Unterkünfte für ausländische Besucher, einen Bedienstetenflügel, Thron- und Ballsäle, Küchen und Bibliotheken. All das führte dazu, dass sie sich sehr klein vorkam.

Als sie rasch auspackten, ging gerade die Sonne unter. Coram zog sich in seinem Zimmer frische Kleider an, während Alanna bedächtig ihre neue Uniform ausbreitete. Sie bemerkte, dass ihre Finger zitterten.

»Alan!«, rief der Diener.

Sie öffnete ihre Tür. Coram war bereit sich auf den Weg zu machen.

»Na – Mä – Bursche?«, fragte er. Seine dunklen Augen waren freundlich.

»Wie sollen wir es machen? Die Jungen kleiden sich gerade zum Abendessen an.«

Sie versuchte zu lächeln. »Geh nur voraus.« Es war schwer, mit ruhiger Stimme zu reden. »Ich komme schon zurecht.«

»Bist du sicher?«

»Natürlich«, entgegnete sie beherzt. »Würde ich es sagen, wenn es nicht der Wahrheit entspräche?«

»Ja«, war die ruhige Antwort.

Alanna seufzte und rieb sich die Stirn. Sie wünschte sich, er würde sie nicht so gut kennen. »Am besten machen wir es gleich von Anfang an so, Coram. Ich schaffe es schon. Wirklich. Geh nur.«

Er zögerte einen Augenblick. »Viel Glück – Alan.«

»Danke.« Sie sah zu, wie er ging, und sie fühlte sich völlig verlassen. Dann schloss sie die Tür ab – es ging nicht an, dass irgendeiner unangemeldet hereinkam – und nahm ihr Hemd.

Als sie fertig angezogen war, starrte Alanna im Spiegel ihr Abbild an. Nie hatte sie so gut ausgesehen. Das weitärmelige Hemd und die Kniehosen hoben sich leuchtend scharlachrot von dem goldenen Waffenrock ab. Derbe Lederschuhe bedeckten ihre Füße; an einem schmalen Ledergürtel hingen ihr Dolch und ihr Beutel. Die Kleider waren wirklich etwas groß, aber sie war so von den Farben geblendet, dass es sie nicht störte.

Ein so leuchtendes Rot und ein noch leuchtenderes Gold hatten etwas für sich: Die königliche Uniform gab ihr den Mut, die Tür aufzuschließen und in den Flur hinauszutreten. In ihren schäbigen alten Kleidern hätte sie das nicht gewagt. Mehrere Jungen sahen sie und verbreiteten eilends die Nachricht: Es gibt einen neuen Pagen im Palast! Plötzlich war es vollkommen still geworden im Pagenflügel. Alle kamen herbei, um den Neuankömmling zu begutachten.

Jemand packte sie von hinten. Sie wirbelte herum. Ein hoch aufgeschossener, knapp vierzehnjähriger Junge musterte sie. Sein feister Mund war zu einem Feixen verzogen. Er hatte kalte blaue Augen und sandfarbenes Haar, das ihm über die Stirn herunterfiel.

»Wen haben wir denn da?« Seine krummen Zähne ließen ihn beim Sprechen spucken. Alanna wischte sich einen Speichelspritzer von der Wange. »Vermutlich ist es ein Bursche aus dem Hinterland, der sich für einen Edlen hält.«

»Lass ihn in Ruhe, Ralon!«, protestierte jemand. »Er hat doch gar nichts gesagt.«

»Das würde ich ihm auch nicht raten!«, gab Ralon barsch zurück. »Ich wette, er ist ein Bauernsohn, der so tun will, als sei er einer von uns.«

Alanna wurde tiefrot. »Man hat mir gesagt, dass die Pagen hier lernen sollen, wie man sich benimmt«, murmelte sie. »Derjenige, der mir das gesagt hat, hat sich offensichtlich geirrt.«

Der Junge packte sie am Kragen und hob sie hoch. »Du hast zu tun, was man dir befiehlt«, zischte er, »bevor du dir das Recht verdienst, dich Page zu nennen. Wenn *ich* sage, du seist der Sohn eines Ziegenhirten, dann sagst *du:* ›Ja, Lord Ralon!‹«

Alanna keuchte vor Empörung. »Da küsse ich noch lieber ein Schwein! Das ist es wohl, womit du dich vergnügst, was? Schweine zu küssen? Oder dich von ihnen küssen zu lassen?«

Ralon schleuderte sie ungestüm gegen die Wand. Alanna ging zum Angriff über, rammte ihn in den Magen und warf ihn zu Boden. Ralon stieß einen Schrei aus und warf sie von sich.

»Was ist denn hier los?«

Die junge, männliche Stimme war klar und kraftvoll. Ralon erstarrte; Alanna stand langsam auf. Die Zuschauer machten einem dunkelhaarigen Pagen und seinen vier Begleitern Platz.

Ralon sprach als Erster. »Hoheit, dieser Junge hat sich aufgeführt, als gehörte ihm der Palast«, sagte er mit weinerlicher Stimme. »Als wäre er der König hier. Und er hat mich beleidigt, wie kein Ehrenmann einen anderen beleidigt –«

»Ich glaube nicht, dass ich dich angesprochen habe, Ralon von Malven«, sagte der Junge, den Ralon »Hoheit« genannt hatte. Seine blauen Augen lagen fest auf denen Ralons. Die beiden Jungen waren etwa gleich groß, doch der dunkelhaarige Junge schien ungefähr ein Jahr jünger zu sein und er besaß wesentlich mehr Autorität. »Wenn ich mich nicht irre, habe ich dir befohlen mich überhaupt nicht mehr anzusprechen.«

»Aber Hoheit, er –«

»Halt den Mund, Ralon!«, befahl einer der Freunde des Jungen. Er war stämmig, hatte den Kopf voll mit braunen Kräusellöckchen und seine Augen waren pechschwarz. »Du weißt, was man dir befohlen hat.«

Mit zornrotem Gesicht trat Ralon beiseite. Der Junge, der hier den Befehl zu führen schien, sah sich um. »Douglass.« Er nickte einem Jungen zu, der schon die ganze Zeit über mit dabei gewesen war. »Was ist geschehen?«

Ein kräftiger blonder Page trat nach vorn. Seine Haare waren noch nass vom Waschen. Er war es gewesen, der Ralon befohlen hatte, er solle Alanna in Ruhe lassen.

»Es war Ralon, Jon«, sagte er. »Der neue Junge stand einfach nur hier herum. Ralon hat angefangen auf ihm herumzuhacken – er hat ihn einen Burschen vom Land, einen Bauernsohn genannt. Der neue Junge sagte, er habe gemeint, wir seien hier, um Manieren zu lernen. Ralon packte ihn und sagte, er habe zu tun, was er, Ralon, ihm befehle, und er habe ›Ja, Lord Ralon‹ zu sagen.«

Der Junge, der Hoheit genannt wurde, sah Ralon angewidert an. »Das überrascht mich nicht.« Er wandte seine hellen Augen wieder Alanna zu. »Und dann?«

Douglass grinste. »Der neue Junge meinte, da würde er noch lieber ein Schwein küssen.« Die Pagen begannen zu kichern. Alanna wurde rot und ließ den Kopf hängen. Ralon hatte sich schlecht benommen, aber ihr Verhalten war auch nicht viel besser gewesen. »Er sagte, es komme ihm so vor, als habe Ralon Schweine geküsst. Oder sich von ihnen küssen lassen.«

Die meisten Jungen begannen lauthals zu lachen. Alanna konnte sehen, dass Ralon die Fäuste ballte. Sie hatte sich ihren ersten Feind gemacht.

»Ralon hat den neuen Jungen gegen die Wand geschmissen«, fuhr Douglass fort. »Der neue Junge hat sich gewehrt und ihn zu Boden geworfen. Und dann bist du gekommen, Jon.«

»Mit dir rede ich später, Ralon«, meinte der dunkelhaarige Junge. »In meinen Gemächern, vor dem Lichterlöschen.« Als Ralon zögerte, fügte Jon mit leiser, eisiger Stimme hinzu: »Du bist hiermit entlassen, Malven.«

Ralon stürzte durch den Flur davon. Die Jungen sahen ihm nach, bevor sie ihre Aufmerksamkeit wieder Alanna zuwandten, die immer noch den Fußboden anstarrte.

»Du hast einen guten Geschmack, was deine Feinde betrifft, auch wenn du sie dir gleich am ersten Tag hier einhandelst«, sagte Jon. »Lass dich anschauen, Feuerschopf!«

Langsam sah sie hinauf in seine Augen. Er war etwa drei Jahre älter als sie, hatte pechschwarzes Haar und Augen in der Farbe von Saphiren. Seine Nase war leicht gekrümmt, sein Gesicht streng, doch auf seinen Lippen lag ein leichtes Lächeln und in seinen Augenwinkeln lauerte der Schalk. Alanna verschränkte die Hände hinter dem Rücken und gab seinen Blick zurück, bis ihr der stämmige Junge, der Ralon zum Schweigen gebracht hatte, zuflüsterte: »Das ist Prinz Jonathan.«

Sie verneigte sich nur leicht, denn sie befürchtete, sie könnte umfallen, wenn sie sich tiefer beugte. Man traf nicht jeden Tag einen Thronerben.

»Königliche Hoheit«, sagte sie. »Ich bedaure dieses – dieses Missverständnis.«

»Du hast nichts missverstanden«, erklärte ihr der Prinz. »Ralon ist kein Ehrenmann. Wie heißt du?«

»Alan von Trebond, Hoheit.«

Er runzelte die Stirn. »Ich kann mich nicht erinnern deine Eltern hier am Hof gesehen zu haben.«

»Nein, Hoheit.«

»Warum nicht?«

»Es ist wegen meines Vaters. Er mag den Hof nicht, Hoheit.«

»Ich verstehe.« Man konnte ihm nicht ansehen, was er von ihrer Antwort hielt. »Magst *du* den Hof, Alan von Trebond?«

»Ich weiß es nicht«, entgegnete sie ehrlich. »In ein paar Tagen werde ich es Euch sagen können.«

»Ich bin gespannt deine Meinung zu hören.« Lachte er insgeheim? »Hast du die anderen schon kennen gelernt?«

Da die königliche Erlaubnis erteilt worden war, wollten sich die anderen alle gleichzeitig vorstellen. Der stämmige freundliche Junge, der ihr gesagt hatte, wer Jonathan war, hieß Raoul von Goldensee. Der kräftige Junge mit den kastanienbraunen Augen und dem kastanienbraunen Haar war Gareth – Gary – von Naxen, der Sohn des Herzogs. Der dunkle, dünne Junge neben ihm war Alexander von Tirragen und Raouls schüchterner blonder Schatten war Francis von Nond. Da waren noch zehn andere, aber diese vier – und der Prinz – waren die Anführer.

Schließlich sagte Jonathan: »Jetzt, wo wir unser neuestes Mitglied kennen gelernt haben – wer wird ihn betreuen?«

Fünf der älteren Jungen hoben die Hand. Jonathan nickte. »Dein Betreuer wird dafür sorgen, dass du dir nicht allzu verloren vorkommst«, erklärte er Alanna. »Ich glaube, es ist das Beste, wenn Gary sich um dich kümmert.«

Der kräftige Junge nickte Alanna zu.

Seine braunen Augen waren freundlich. »Es wird mir ein Vergnügen sein.«

Alanna verneigte sich höflich.

Eine Glocke erklang. »Wir sollten gehen«, verkündete Jonathan. »Alan, du bleibst in der Nähe von Gary und passt auf, was er dir sagt.«

Alanna folgte ihrem neuen Betreuer zu dem großen Speisesaal, der nur den Sommer über geschlossen war, wenn sich die meisten Edlen auf ihren Ländereien aufhielten und sich der restliche Hof zum Sommersitz am Meer begab. Für den Rest des Jahres tafelte hier der gesamte Hof, wobei die Pagen auftrugen. Gary gebot Alanna sich in eine Nische zu stellen, aus der sie alles beobachten konnte. Während er seinen Servierpflichten nachging und hin und her eilte, gab er ihr flüsternd Erklärungen ab. Es war Gary, der ihr den Weg zum Speisesaal der Pagen wies, nachdem das Bankett vorüber war, und er war es auch, der sie aufweckte (sie schlief über dem Nachtisch ein) und sie in ihr Zimmer brachte. »Willkommen im Palast, junger Trebond«, sagte er munter, als er sie Coram übergab.

Alanna kroch müde ins Bett und dachte: *Gar nicht so schlecht – wenn man bedenkt, dass es der erste Tag war.*

Die Glocke, die hoch über dem Pagenflügel in einem Turm hing, weckte Alanna, als der Morgen graute. Stöhnend tauchte sie das Gesicht in kaltes Wasser. Sie war noch immer erschöpft von ihrem fünftägigen Ritt und hätte ausnahmsweise einmal länger schlafen können.

Ein hellwacher, unangenehm munterer und kräftiger Gary kam sie abholen, gerade als sie fertig angekleidet war. Während Alanna, die das Frühstück hasste, nur einen Apfel gegessen hätte, häufte ihr Gary den Teller voll. »Iss«, riet er. »Du wirst deine Kraft brauchen.«

Leise bimmelte die Glocke. Die Pagen eilten zu ihrem Unterricht. Alanna musste fast rennen, um mit ihrem Betreuer Schritt zu halten.

»In der ersten Stunde haben wir Lesen und Schreiben«, erklärte er ihr.

»Aber lesen und schreiben kann ich!«, protestierte Alanna.

»So? Gut. Du würdest dich wundern, wie viele Söhne von Edelleuten es nicht können. Mach dir keine Sorgen, junger Trebond.« Ein Grinsen überzog sein Gesicht. »Ich bin sicher, der Lehrer wird schon irgendetwas finden, was du tun kannst.«

Alanna entdeckte bald, dass das, was die Edlen die »Geisteskünste« nannten, von Mithram-Priestern gelehrt wurde. Diese in orangefarbene Roben gekleideten Männer waren strenge Lehrmeister, die rasch jeden Jungen ertappten, der seine Aufmerksamkeit wandern ließ oder döste. Als sich der Priester überzeugt hatte, dass Alanna lesen und schreiben konnte (er ließ sie eine Seite aus einem Buch laut vorlesen und anschließend abschreiben), teilte er ihr ein langes und äußerst langweiliges Gedicht zu. Alanna sollte es lesen und sich darauf vorbereiten, am nächsten Tag darüber zu berichten. Als die Glocke am Ende der Stunde erklang, war sie noch längst nicht fertig.

»Wann soll ich den Rest machen?«, fragte sie Gary und wedelte mit der Rolle, auf der das Gedicht geschrieben stand. Er führte sie zum nächsten Unterrichtsraum.

»In deiner Freizeit. So, da wären wir. Mathematik. Kannst du auch rechnen?«

»Ein wenig«, bekannte sie.

»Ein wahrer Gelehrter«, sagte Alex, der sie eben einholte, und lachte.

Alanna schüttete den Kopf. »Nein. Aber was das Bücherstudium betrifft, ist mein Vater sehr streng.«

»Hört sich so an, als wäre er in dieser Hinsicht ganz ähnlich wie meiner«, sagte Gary trocken.

»Keine Ahnung«, entgegnete Alanna. Da ihr einfiel, was der Herzog am Tag zuvor über ihren Vater gesagt hatte, fügte sie hinzu: »Ich glaube nicht, dass sie gut miteinander auskamen.«

Wieder musste Alanna zeigen, was sie konnte. Als sich der Priester, der Mathematik unterrichtete, überzeugt hatte, wie weit ihre Kenntnisse reichten, verlangte er von ihr etwas zu lernen, das er »Algebra« nannte.

»Was ist das?«, wollte Alanna wissen.

Der Priester runzelte die Stirn. »Das ist die Grundlage für die verschiedensten Dinge«, erklärte er ihr streng. »Ohne Algebra kannst du keine sichere Brücke, keinen ordentlichen Kriegsturm, kein Katapult, keine Windmühle und kein Bewässerungsrad bauen. Es gibt unendlich viele Anwendungsgebiete und lernen kannst du diese Algebra, indem du sie studierst, und nicht, indem du mich anstarrst.«

Tatsächlich starrte Alanna ihn an. Der Gedanke, dass es die Mathematik war, die Dinge wie Windmühlen und Katapulte zum Funktionieren brachte, war erstaunlich. Und als ihr klar wurde, wie schwer die Aufgaben waren, die sie für den nächsten Tag erledigen sollte, war sie noch erstaunter.

Als Gary herüberkam, um ihr zu helfen, fragte sie: »Wann soll ich das erledigen? Ich muss für morgen vier Aufgaben lösen und es ist schon fast Zeit für die nächste Stunde!«

»In deiner Freizeit«, entgegnete Gary. »Und in der Zeit, die dir jetzt noch verbleibt. Hör zu – wenn du nicht klarkommst, dann biete Alex an, ihm bei seinen Extrapflichten zu helfen. Was die Mathematik betrifft, ist er ein wahrer Zauberer.« Die Glocke läutete. »Komm, wir gehen, Kleiner.«

In der nächsten Unterrichtsstunde ging es um Benimmfragen – oder vielmehr um die Manieren, wie sie ein Edelmann an den Tag legte. Alanna hatte schon frühzeitig gelernt »Bitte« und »Danke« zu sagen, aber sie merkte rasch, dass das nur die einfachsten Grundbegriffe waren. Sie wusste nicht, wie man sich verneigte. Sie wusste nicht, wie man einen Lord im Gegensatz zu einem Grafen anredete. Sie wusste nicht, welcher der drei Löffel bei einem Bankett zuerst benutzt wurde. Sie konnte nicht tanzen und sie beherrschte kein Instrument. Der

Lehrer gab ihr einen riesigen Band über Benimmfragen zu lesen und befahl, ihr sofort Harfenunterricht zu nehmen – in ihrer Freizeit.
»Aber ich muss doch heute Abend in meiner Freizeit das erste Kapitel *hiervon* lesen!«, erklärte sie Gary und Alex und pochte auf das Benimmbuch. Sie saßen während ihrer Vormittagspause, die ganze zehn Minuten dauerte, auf einer Bank. »Und vier Mathematikaufgaben habe ich zu lösen und dann ist da noch der Rest von diesem blöden Gedicht –«
»Ah«, sagte Gary verträumt. »Freizeit. Davon habe ich auch schon mal gehört. Mach dir nichts vor, Feuerkopf. Bei den zusätzlichen Unterrichtsstunden, die du sowieso schon jeden Tag kriegst, ist Freizeit eine Illusion. Freizeit hast du, wenn du tot bist – als Belohnung der Götter für ein Leben, in dem du von Sonnenaufgang bis Mitternacht geschuftet hast. Das wird uns allen früher oder später klar – die einzige Freizeit, die du hier hast, ist diejenige, die dir mein ehrenwerter Vater zuzugestehen beliebt, wenn er der Meinung ist, du habest sie verdient.«
»Und die gibt er dir nicht abends«, warf Alex ein. »Die gibt er dir, wenn du ein Weilchen hier warst, am Markttag und manchmal einen Vormittag oder einen Nachmittag, den du ganz allein für dich verbringen darfst. Aber niemals einen Abend. Abends lernst du. Tagsüber lernst du. Im Schlaf –«
Die Glocke bimmelte.
»Ich könnte lernen diese Glocke zu hassen«, murrte Alanna, während sie ihre Sachen einsammelte. Die beiden älteren Jungen lachten und drängten sie zur nächsten Unterrichtsstunde.
Zu ihrer Überraschung war diese anders. Die Jungen saßen aufrecht auf ihren Stühlen und sahen so aus, als sähen sie dem, was ihnen bevorstand, mit Interesse entgegen. An den Wänden hingen Karten und Schaubilder. Vor den Stühlen stand ein Brett, auf dem mehrere große, unbeschriebene Papierbögen befestigt waren. Auf einem Tisch daneben stand eine Schachtel mit Kohlestiften.

Als der Lehrer eintrat, wurde er freundlich begrüßt. Dieses Mal war es kein Priester. Er war klein und dick, sein langes braunes Haar war von grauen Strähnen durchzogen, sein langer Bart war struppig. Seine Kniehose war an den Knien ausgebeult; sein Waffenrock so zerknittert, als habe er darin geschlafen. Er hatte eine winzige, fein geschnittene Nase und einen lächelnden Mund. Alanna sah in die großen, grünbraunen Augen des Mannes und lächelte ganz gegen ihren Willen. Er war die eigentümlichste Mischung aus Unordnung und Gutmütigkeit, die sie jemals getroffen hatte, und sie mochte ihn auf den ersten Blick. Er hieß Sir Myles von Olau.

»Hallo!«, begrüßte er Alanna munter. »Du musst Alan von Trebond sein. Du bist ein äußerst tapferer Junge, dass du am ersten Tag bis jetzt durchgehalten hast. Hat dir jemand verraten, was wir hier zu lernen versuchen?«

Alanna sagte das Erste, was ihr in den Sinn kam. »Ich weiß nur, dass ich gehorchen muss, wenn man mir etwas befiehlt, und dass ich keine Freizeit habe.«

Die Jungen kicherten und Myles lächelte. Alanna wurde rot.

»Entschuldigung«, murmelte sie. »Ich wollte nicht frech sein.«

»Macht nichts«, versicherte ihr Myles. »Dein Leben hier wird schwierig werden. Unser Ritterkodex stellt hohe Anforderungen.«

»Sir Myles, wollt Ihr wieder mit dem Kodex anfangen?«, fragte Jonathan. »Ihr wisst, dass wir Eure Meinung, er verlange uns zu viel ab, nicht teilen.«

»Nein, heute werde ich mich nicht wieder über den Kodex auslassen«, entgegnete Myles. »Erstens einmal werdet ihr mir nicht zustimmen, bis der Ruhm, ein Ritter und ein Edelmann zu sein, seinen Glanz verloren hat und bis ihr seht, welchen Preis dieser Lebensstil von euch fordert. Und zweitens hat Herzog Gareth mir zu verstehen gegeben, dass unsere Kenntnisse über die Bazhir-Stämme nicht adäquat sind und dass wir einen höheren Standard erreicht haben müssen, wenn er uns das nächste Mal mit seinem Besuch beehrt.«

»Wie bitte?«, fragte einer.

Myles sah Alanna an und in seinen Augen blitzte der Schalk. »Ich vergesse des Öfteren, dass nicht jeder ein Gelehrter ist wie ich, und ich neige dazu, mich unverständlich auszudrücken. Also – anders formuliert – Herzog Gareth wünscht, dass ich die Bazhir-Kriege behandle, weil er findet, dass ich zu viel Zeit darauf verwende, über den Ritterkodex zu streiten, und zu wenig auf die Geschichte von Tortall und die Kriege – und das ist es ja, was ich euch beibringen soll.«

Alanna verließ nachdenklich den Unterrichtsraum. Und nachdenklich war sie sonst nur selten.

»Warum runzelst du die Stirn?«, fragte Gary, als er sie einholte. »Magst du Myles nicht? Ich schon.«

Aufgeschreckt blinzelte Alanna ihn an. »Oh, nein. Ich mag ihn sehr. Er kommt mir nur –«

»Merkwürdig vor«, sagte Alex trocken. Er und Gary schienen enge Freunde zu sein. »Das ist das Wort, nach dem du gesucht hast – merkwürdig.«

»Alex und Myles streiten sich unentwegt darüber, was richtig ist und was falsch«, erklärte Gary.

»Tatsächlich scheint er mir sehr weise zu sein«, sagte Alanna zögernd. »Nicht, dass ich viele weise Leute kenne, aber –«

»Er ist auch der Trunkenbold des Hofs«, erwähnte Alex. »Komm – sonst ist das Mittagsmahl vorüber, bevor wir etwas gegessen haben.«

Nach dem Essen hatten sie eine Stunde lang Philosophie. Fast wäre Alanna eingeschlafen, während der Priester seine Lektion über die Pflicht herunterleierte.

Schließlich brachte Gary sie nach draußen zu den weitläufigen Übungshöfen hinter dem Palast. Hier erhielten die Jungen ihre Ritterausbildung. Hier würde Alanna ihre Nachmittage und einen Teil ihrer Abende verbringen und sie würde nur nach drinnen gehen, wenn es regnete oder schneite – und manchmal nicht einmal dann. Hier würde sie das Turnierspiel, den bewaffneten Kampf mit Keule, Axt und Knüppel, das Bogenschießen aus dem Stand und vom Pferderücken aus, das gewöhnliche Reiten und das Kunstreiten erlernen. Hier würde sie lernen müssen hinzufallen, sich abzurollen und sich zu überschlagen. Sie würde schmutzig werden, sich Muskelrisse, Schrammen und Knochenbrüche holen. Sofern sie alles überstand, sofern sie starrköpfig und zäh genug war, würde sie eines Tages voller Stolz einen Ritterschild tragen. Das Training war endlos. Selbst dann, wenn ein Ritter schon seinen Schild trug, arbeitete er weiterhin auf dem Übungsgelände. War man nämlich nicht mehr in Form, so riskierte man, auf einem einsamen Weg durch die Hand eines Fremden den Tod zu finden. Als die Tochter eines an der Landesgrenze lebenden Lords wusste Alanna genau, wie wichtig die Kampfsportarten waren. Jedes Jahr musste sich Trebond der Banditen erwehren. Gelegentlich versuchten die nördlich lebenden Bewohner von Scanra durch das Grimholdgebirge einzufallen und somit lag Trebond an der vordersten Verteidigungslinie von Tortall.

Mit dem Bogen und mit dem Dolch konnte Alanna schon umgehen, sie war geschickt im Aufspüren von Fährten und sie ritt auch recht gut. Doch sie lernte rasch, dass die Männer, die die Pagen und die Knappen unterrichteten, sie für einen blutigen Anfänger hielten.

Sie war auch tatsächlich ein blutiger Anfänger. Ihr Nachmittag begann mit einer Stunde Liegestütz, Kniebeugen, Sprüngen und Drehübungen. Ein Ritter musste beweglich sein, damit er rasch herumwirbeln und ausweichen konnte.

In der nächsten Stunde trug sie eine gepolsterte Stoffrüstung, während sie ihren ersten Unterricht im Umgang mit einer Lanze erhielt. Bevor sie lernen würde mit einem Schwert umzugehen, musste sie erst einmal eine gewisse Beherrschung des Kampfes mit einer Lanze nachweisen. Ohne die dicke Polsterung hätte sie sich gleich an diesem ersten Nachmittag etwas gebrochen. So lernte sie einen auf ihren Körper gerichteten Stoß aufzuhalten – und anschließend fühlte sie sich, als habe ein Pferd sie getreten.

Dann lernte sie die wichtigste Bewegung beim Ringen – den Fall. Sie versuchte, im Fallen mit der Hand auf den Boden zu klatschen, sie versuchte ihr Gewicht auf die richtigen Stellen zu verlagern und jedes Mal, wenn ihr das misslang oder wenn sie es vergaß, handelte sie sich neue Schrammen ein.

In der nächsten Stunde musste sie mit ihrem verschrammten und schmerzenden linken Arm einen Schild halten. Als Partner bekam sie einen Jungen mit einem dicken Holzstock zugeteilt. Der Zweck der Übung war, zu lernen, wie man einen Schild zur Abwehr benutzt. Wenn sie Erfolg hatte, konnte sie den Schlag abfangen. Hatte sie keinen, dann versetzte ihr der Gegner einen schmerzhaften Hieb auf den Teil des Körpers, den sie ungedeckt gelassen hatte. Nach einer Weile wechselten sie die Seiten. Jetzt schwang sie den Stock, während ihr Partner ihren Angriff abwehrte. Doch das verlieh ihr nicht unbedingt ein besseres Gefühl – da sie zum ersten Mal mit einem Stock umging, wehrte ihr Gegner jeden Stoß ab, den sie zu landen versuchte.

Mit dem Gefühl, man habe sie betrogen, folgte Alanna Gary zum nächsten Hof. Das Bogenschießen lief ein bisschen besser, aber nur ein bisschen. Da sie es schon zum Teil beherrschte, gestattete man ihr wirklich und wahrhaftig, den Bogen zu spannen und abzuschießen. Als der Lehrer entdeckte, dass sie ein gutes Auge hatte und noch besser zielen konnte, ließ er sie daran arbeiten, richtig zu stehen und den Bogen zu halten – und zwar eine Stunde lang.

Die letzte Unterrichtsstunde dieses Tages verbrachte sie auf dem Pferderücken. Da Alanna nur Pummel hatte, teilte man ihr eines der vielen Extrapferde aus den königlichen Ställen zu. Ihre erste Lektion beinhaltete richtig zu sitzen, im Kreis zu galoppieren, ohne herunterzufallen, und genau vor dem Lehrer anzuhalten. Da das Pferd zu groß für sie und hartmäulig war, fiel Alanna dreimal herunter. Sie schaffte es nicht, das Vieh zu beherrschen, und als sie das dem Lehrer sagte, befahl er ihr, sie solle sich dreimal wöchentlich nach dem Abendessen für zusätzliche Reitstunden bei ihm melden.

Alanna taumelte vor Erschöpfung, als die ferne Glocke sie nach drinnen rief. Rasch ging sie mit den anderen hinein, um ein Bad zu nehmen und sich eine saubere Uniform anzuziehen. Inzwischen war sie so erschöpft, dass sie kaum die Augen offen halten konnte. Aber ihr Tag war noch nicht zu Ende. Gary rüttelte sie aus ihrem Dämmerschlaf und nahm sie mit hinunter in die Banketthalle, wo er sie neben der Küchentür aufstellte. Von dort aus reichte sie die ihr vom Küchenpersonal übergebenen Platten an die Pagen weiter und nahm schmutzige Platten entgegen, um sie in die Küche zurückzugeben.

Beim Essen schlief sie ein. Gary bugsierte sie anschließend in eine kleine Bibliothek und erinnerte sie an die Aufgaben, die sie für den nächsten Tag zu erledigen hatte. Er half ihr mit dem Gedicht; dann ließ er sie mit ihren Mathematikaufgaben allein. Alanna kämpfte sich durch drei davon, bevor sie über dem Schreibtisch einschlief. Ein Diener fand sie und weckte sie gerade noch rechtzeitig vor dem Lichterauslöschen. Sie fiel ins Bett und war augenblicklich eingeschlafen.

Alanna stöhnte, als sie am nächsten Morgen aufwachte. Jeder einzige Muskel war steif und schmerzte und ihr Körper war von großen und kleinen Schrammen und blauen Flecken übersät. Mühsam machte sie sich fertig für den neuen Tag, wobei sie sich fragte, ob sie ihn wohl lebendig überstehen würde.

Er verlief wie der vorhergehende, nur noch schlimmer. Der Mathematiklehrer gab ihr vier weitere Aufgaben auf und – als Strafe für die eine, die sie nicht gelöst hatte, weil sie am Abend zuvor eingeschlafen war – noch drei dazu. Der Lehrer im Lesen teilte ihr mit, da ihr mündlicher Bericht über das lange Gedicht unzureichend sei, könne sie für den nächsten Tag einen längeren Bericht fertig stellen – und zwar schriftlich. Der Benimmlehrer gab ihr ein weiteres Kapitel aus dem Buch über Benimmfragen zu lesen und ließ sie die ganze Stunde über Verbeugungen üben. Der Nachmittag war katastrophal. Da Alanna so steif war und da ihr alles wehtat, machte sie mehr Fehler als am Tag zuvor und handelte sich weitere Extraarbeiten ein.

»Du musst dich daran gewöhnen, dass du nie alles schaffen wirst«, erklärte ihr Gary freundlich. »Tu, so viel du kannst, und nimm die Strafen entgegen, ohne zu murren. Manchmal frage ich mich, ob es nicht das ist, was sie uns in Wirklichkeit beibringen wollen – alles zu akzeptieren und den Mund zu halten.«

Alanna war nicht in der Laune sich mit diesem Gedanken zu befassen. Als sie an diesem Abend in ihr Zimmer zurückkehrte, war sie müde, nervös und wütend.

»Pack deine Sachen«, befahl sie Coram, als sie zur Tür hineinstapfte. »Wir reiten heim.«

Coram sah sie an. Er saß auf seinem Bett und putzte sein Schwert. »Wirklich?«

Alanna lief auf und ab. »Ich schaff es nicht«, erklärte sie dem Diener. »Dieses Tempo bringt mich um. Keiner kann unentwegt so leben. Ich werde nicht –«

»Ich hätte nicht gedacht, dass du so leicht aufgibst«, unterbrach Coram sie leise.

»Ich gebe nicht auf!«, fauchte Alanna. »Ich – ich protestiere! Ich protestiere gegen ungerechte Behandlung – und – und dagegen, dass ich schuften muss, bis ich umfalle. Ich will Zeit haben für mich selbst. Ich will *jetzt* lernen mit einem Schwert zu kämpfen und nicht dann, wenn *die* es wollen. Ich will –«

»Du willst. Du willst. Was du hier lernen sollst, ist was anderes. Disziplin nennt man das. Die Welt läuft nicht immer so, wie du es willst. Du musst lernen Disziplin zu üben.«

»Das ist keine Disziplin! Das ist unmenschlich! Ich kann so nicht leben und ich werde es auch nicht! Coram, ich habe dir einen Befehl erteilt! Pack deine Sachen!«

Coram rieb sorgsam einen winzigen Schmutzfleck von seinem funkelnden Schwert. Schließlich legte er es sorgfältig aufs Bett. Stöhnend kniete er sich auf den Boden, griff unters Bett und zerrte seine Tasche hervor. »Wie du meinst«, entgegnete er. »Aber ich hab gedacht, ich hätte dich mit 'nem bisschen Mumm in den Knochen aufgezogen. Ich hätt nicht erwartet, dass aus dir so ein wehleidiges Edelfräulein werden würd –«

»Ich bin kein wehleidiges Edelfräulein!«, rief Alanna. »Aber ich bin auch nicht übergeschnappt! Ich schufte von Sonnenaufgang bis Sonnenuntergang und noch länger ohne Unterlass und kein Ende ist in Sicht. Meine Freizeit ist ein Witz – sie ist jeden Vormittag schon vor meiner dritten Schulstunde auf null zusammengeschrumpft. Und sie erwarten von mir, dass ich alles schaffe, und wenn mir das nicht gelingt, werde ich bestraft. Und ich muss lernen, wie man hinfällt; ich lerne noch mal ganz von Anfang an die Haltung, die man beim Bogenschießen einnehmen muss, dabei war ich der beste Jäger von Trebond. Und wenn ich etwas sage, dann geben sie mir noch mehr zu tun!«

Coram kniete auf dem Boden und sah sie an. »Du wusstest doch, dass es schwer sein würde, als du den Entschluss gefasst hast, hierher zu kommen«, erinnerte er sie. »Keiner hat je behauptet, es sei einfach, Ritter zu werden. Also *ich* jedenfalls nicht. Ich hab dir gesagt, es sei nichts als harte Arbeit den ganzen Tag lang, und nicht nur den ganzen

Tag lang, sondern noch bis weit in die Nacht hinein. Und jetzt rennst du schon nach zwei Tagen davon.«

»Ich renne nicht davon!«

»Wie du meinst, Fräuleinchen.« Coram ließ sich stöhnend auf sein Bett nieder und griff nach seinen Stiefeln. »Ich hab in null Komma nichts gepackt.«

Alanna ging in ihr Zimmer und klatschte die Tür hinter sich zu. Sie zerrte eine ihrer Taschen hervor und starrte sie an. Seufzend setzte sie sich und rieb sich angewidert den Kopf. In Trebond konnte sie kommen und gehen, wie es ihr beliebte. Hier war das Leben völlig anders. War es deshalb schlechter?

Sie war sich nicht mehr sicher. Corams Worte wie »aufgeben« und »davonrennen« steckten wie Stacheln unter ihrer Haut. Sie versuchte sich einzureden, sie *renne* ja in Wirklichkeit gar nicht davon, doch sie hatte nicht viel Erfolg.

Schließlich öffnete sie ihre Tür und sah zu Coram hinaus.

»Na gut«, knurrte sie. »Ich werd es eine Woche lang probieren. Nicht mehr und nicht weniger. Ich hoffe bei den Göttern, dass es bis dahin einfacher wird.«

»Du bist die Herrin – oder der Herr«, entgegnete Coram, »aber wenn du verschwinden willst –«

»Die Entscheidung treffe *ich*«, erklärte sie. »Und jetzt gute Nacht!«

Erst als sie unter die Decken kroch, wurde ihr klar, dass Coram seine Taschen unters Bett zurückgestellt und seine Stiefel ausgezogen hatte. Der alte Soldat hatte also überhaupt nicht gepackt. *Wenn er mich doch nur nicht so gut kennen würde,* dachte sie verdrießlich. Und dann schlief sie ein.

Aus der einen Woche wurden zwei, aus den zwei Wochen wurden drei und Alanna war zu erschöpft, um den langen Ritt nach Hause in Betracht zu ziehen. Es gelang ihr nie, mit ihrer Arbeit nachzukommen, und jeden Tag stellte mindestens einer ihrer Lehrer fest, dass sie irgendetwas nicht erledigt hatte, und gab ihr noch mehr zu tun. Sie lernte Garys Ratschlag zu befolgen, sie solle jeden Tag so viel erledigen, wie sie schaffte, und die Strafen widerstandslos entgegennehmen.

Der erste Abend, an dem sie Tischdienst hatte, kam und ging vorüber. Sie war zu müde, um während dieser ersten Prüfung aufgeregt zu sein. Sie bediente Herzog Gareth, hörte sich seine Lektion über Tischsitten an und servierte von da an täglich bei den abendlichen Banketten. Schließlich wurde sie zu ihrem größten Vergnügen angewiesen künftig Sir Myles zu bedienen. Der Ritter hatte immer ein freundliches Wort für sie, auch wenn er – wie Alex gesagt hatte – tatsächlich zu viel trank. Manchmal, wenn er zu tief ins Glas geschaut hatte, half sie ihm sogar zurück in seine Gemächer. Oft schenkte er ihr einen Silberpfennig oder eine Süßigkeit, und seine Unterrichtsstunden waren der Lichtblick ihrer Vormittage. Myles hatte die Gabe, die Geschichte zum Leben zu erwecken.

Alanna und Gary wurden rasch Freunde. Gary machte laufend spaßige Bemerkungen über den Lehrer im Benimmunterricht und er nahm sich immer die Zeit ihr zu helfen, wenn sie es über sich brachte, ihn darum zu bitten. Sie entdeckte auch, dass sie ihren kräftigen Freund zum Lachen bringen konnte, indem sie ganz einfach das sagte, was ihr gerade in den Sinn kam. Sie freute sich, dass sie jemanden, der so intelligent war wie Gary, zum Lachen bringen konnte.

Durch Gary, Myles und andere im Palast wurde Alannas Leben leichter und sie vergaß, dass sie Coram einst befohlen hatte zu packen und sie nach Hause zu bringen.

Drei Monate – und ihr elfter Geburtstag – gingen vorüber, ohne dass sich Alanna dessen gewahr wurde. Eines Abends, als Timon nach ihr suchte, wurde ihre neue Routine zum ersten Mal unterbrochen.

»Er will dich sehen.« Timon brauchte nicht zu erklären, wer »er« war. »Du sollst in sein Arbeitszimmer kommen.«

Alanna strich ihren Waffenrock zurecht und versuchte ihr Haar zu glätten, bevor sie an Herzog Gareths Tür klopfte. Warum wollte der Herzog sie sehen? Was hatte sie falsch gemacht?

Er rief sie herein und schaute von seinen Papieren auf, als sie die Tür hinter sich schloss. »Alan, komm herein. Ich schreibe gerade deinem Vater und berichte, welche Fortschritte du machst. Hast du eine Nachricht, die ich an ihn weiterleiten soll?«

Sie hatte also nichts angestellt! Alanna unterdrückte ihren erleichterten Seufzer. Dann fiel ihr etwas noch Schlimmeres ein. Was war, wenn ihr Vater aus seinem Büchernebel auftauchte und Herzog Gareths Brief tatsächlich las?

Darüber mache ich mir Sorgen, wenn es tatsächlich passiert, sagte sie sich. Würden die Probleme denn jemals aufhören?

»Bitte schreibt ihm, dass ich meine Grüße sende, Euer Gnaden«, sagte sie.

Er legte seinen Federkiel beiseite. »Mein Bericht ist zufrieden stellend. Du lernst gut und schnell. Wir sind froh dich bei uns zu haben.«

Alanna lief vor Freude rosa an. So ein schönes Kompliment hatte man ihr noch nie gemacht. »Vie-vielen Dank, Euer Gnaden!«

»Zur Belohnung darfst du morgen früh in die Stadt. In Zukunft kannst du mit den anderen Pagen auch am Markttag nach Corus hinuntergehen. Da du neu bist, darfst du dir einen von den älteren Jungen als Begleiter mitnehmen. Nur nicht Alex. Er hat morgen eine zusätzliche Unterrichtsstunde in Sittenlehre.«

Alanna strahlte. »Ihr seid sehr gütig«, sagte sie. »Dürfte ich Gary – Gareth – mitnehmen?«

Der Herzog zog eine Augenbraue hoch. »Hm. Er hat gesagt, dass er gern mit dir zusammen ist. Das lässt sich machen. Aber achte darauf, dass ihr rechtzeitig zum Nachmittagsunterricht wieder zurück seid.«
»Ja, Herr!« Sie verbeugte sich tief. »Und noch einmal vielen Dank!«

Gary musste lachen, was für große Augen Alanna machte, während sie über den Marktplatz von Corus liefen. »Mach den Mund zu, Landbursche«, neckte er. »Das meiste von dem, was es hier gibt, ist viel zu teuer.«
»Wie viel es hier von allem gibt!«, rief sie aus.
»Hier nicht. Aber demnächst werden wir irgendwann mal nach Cynnhafen reiten. *Dort* wirst du erst recht staunen.« Er blieb stehen, um sich ein Paar Reithandschuhe anzusehen. Alanna betrachtete sehnsüchtig das Langschwert, das daneben hing. Irgendwann einmal würde sie ein Schwert brauchen. Wie sollte sie jemals zu einem guten kommen?
Eine große Hand klopfte ihr auf die Schulter. Erschrocken schaute sie auf und sah in die haselnussbraunen Augen des Mannes, den Coram erst vor drei Monaten einen Dieb genannt hatte.
»Tatsächlich – es ist der junge Bursche mit den purpurfarbenen Augen«, sagte der Mann freundlich. »Ich hab mich schon gefragt, ob du in 'nen Brunnen gefallen bist.« Seine Stimme war rau und ungebildet, aber er gab sich Mühe beim Reden. Alanna kam es so vor, als dächte er über jedes Wort nach, bevor er es aussprach.
Sie grinste ihn an. Aus irgendeinem Grund überraschte diese Begegnung sie nicht. »Ich war im Palast.«
»Wer ist dieser Freund von dir?«, fragte Gary und musterte Alannas Bekannten misstrauisch.
»Erlaubt mir, dass ich mich vorstelle, meine jungen Herren.« Der Mann verbeugte sich. »Ich bin Georg Cooper aus der Unterstadt. Habt ihr Lust ein Erfrischungsgetränk mit mir einzunehmen? Ihr seid natürlich meine Gäste.«

»Vielen Dank«, sagte Alanna rasch. »Wir nehmen an.«

Georg führte sie in eine kleine Schänke, die den Namen »Zum Tanzenden Täubchen« trug. Der alte Schänkenwirt begrüßte ihn wie einen guten Freund und brachte ihm eilends ein Bier und Limonade für die Pagen. Alanna schlürfte ihre Limonade und beobachtete währenddessen Georg. Er sagte, er sei siebzehn, doch er sah älter aus. Eigentlich war seine Nase zu lang, aber trotzdem sah er gut aus, wenn er lächelte. Wie die anderen Bürgerlichen trug er das Haar kurz geschnitten. Alanna spürte, dass er etwas Gebieterisches, ja fast etwas Königliches an sich hatte. Darüber hinaus mochte sie ihn ausgesprochen gern.

»Du brauchst nicht verwundert zu sein, weil ich dich angesprochen habe«, erklärte er Alanna. »Um ganz ehrlich zu sein – es gefällt mir, wie du aussiehst. Augen wie die deinen kriegt man nicht oft zu Gesicht. Da du ja vom Land bist – jetzt sieht man es dir zwar nicht mehr an, aber damals schon –, dachte ich, du würdest dich freuen hier in der Stadt einen zu kennen.«

»Schließt du immer so schnell Freundschaften?«, fragte Gary barsch.

Georg betrachtete ihn einen Augenblick lang. »Ich verlasse mich auf meinen Instinkt, junger Herr. In meinem Gewerbe lernt man rasch sich auf seinen Instinkt zu verlassen.«

»Was für ein Gewerbe betreibst du?«, wollte Alanna wissen.

Georg zwinkerte ihr zu. »Ich – ich kaufe und ich verkaufe.«

»Du bist ein Dieb«, sagte Gary unumwunden.

»›Dieb‹ ist ein hartes Wort, Meister Gareth.« Georg sah den großen und kräftigen Jungen an. »Wie kommst du darauf, dass ich einer bin? Du hast noch immer deine Börse und das, was drin ist. Zumindest hoffe ich das.«

Gary überzeugte sich und bekannte: »Ja, meine Börse ist noch da. Aber weshalb willst du dich eigentlich mit uns anfreunden? Wenn du meinst, wir würden im Palast ein gutes Wort für dich einlegen, dann irrst du dich. Weißt du denn nicht, wer ich bin?«

Georg erwiderte Garys Blick und sah in dessen Augen, wie intelligent dieser Junge war. Es war offensichtlich, dass sich Gary mit seinem scharfen Verstand und seiner noch schärferen Zunge gelegentlich Feinde machte. Georg begriff einiges davon und entspannte sich dann. »Ich weiß wohl, das du Gareth von Naxen bist, der Sohn des Herzogs. Ich hatte keine praktischen Gründe im Sinn, als ich dich ansprach. Wenn ich ehrlich sein soll – wärst du nicht mit Alan zusammen, so hätte ich mich dir nicht genähert. Wir mögen hier die Edlen nicht sonderlich gern.« Er lächelte etwas schief. »Aber ich habe die ›Gabe‹. Sie hilft mir, klarer zu sehen als mancher andere. Ich wusste, dass ich Meister Alan kennen lernen musste. Tatsächlich habe ich ihn in den letzten drei Monaten genauestens im Auge behalten. Ich setze mich nicht über meine Gabe hinweg, wenn sie mir etwas sagt.«

Gary zuckte die Achseln. »Ich weiß nicht viel über Magie, doch was du sagst, klingt vernünftig. Aber trotzdem – was kann Alan für dich tun? Er ist doch nur eine halbe Portion.« Gary grinste Alanna entschuldigend an und sie zuckte mit den Achseln. Langsam gewöhnte sie sich an derartige Bemerkungen. »Und wenn ich mich nicht irre, dann bist du der Mann, den der Oberste Richter liebend gern zwischen die Finger kriegen würde.«

Georg nickte voller Respekt. »Du hast einen wachen Verstand, Meister Gary. Also gut – ich bin der, den man den König der Diebe, den Herrscher am Hof der Schurken nennt. Die Schurken«, erklärte er, zu Alanna gewandt, »das sind all jene, die ihren Lebensunterhalt mit ihrer Bauernschläue verdienen. Sie werden von einem König regiert – und der bin im Augenblick ich. Manchmal nennt man mich auch schlicht und einfach ›den Schurken‹. Aber in einem derartigen Königreich währt die Herrschaft nicht sonderlich lang. Wer weiß, wann mir irgendein junger

Spund das antut, was *ich* vor sechs Monaten dem vorherigen König angetan habe? Wenn es so weit ist, brauche ich Freunde.« Er zuckte die Achseln. »Na ja, es wird nicht so rasch dazu kommen. Und bis dahin – warum wollt ihr einem geschenkten Dieb ins Maul gucken? Jenen, die ehrlich sind mit mir, denen kann ich ein guter Freund sein.«

Gary musterte ihn und nickte. »Ich mag dich – auch wenn du ein Dieb bist.«

Georg lachte. »Und ich mag dich, Gary – auch wenn du ein Edler bist. Wir sind also Freunde?«

»Wir sind Freunde«, sagte Gary entschlossen. Sie schüttelten sich über den Tisch hinweg die Hände.

»Und du, Alan?«, fragte Georg. Alanna hatte zugeschaut und nachgedacht, doch man sah ihr nicht an, was sie dachte. Würde Georg, der ja die Gabe besaß, ihr Geheimnis erraten? Dann fiel ihr ein, was Maude ihr beigebracht hatte: Der Besitz der Gabe schützte augenblicklich vor dem hellseherischen Blick eines anderen, der ebenfalls die Gabe besaß. Im Augenblick würde Georg ihr Geheimnis also nicht erraten können. Und selbst wenn, vermutete Alanna, dann würde ein Dieb ohne guten Grund nicht einmal seiner Mutter verraten, wie spät es ist.

»Ich hätte gern noch ein bisschen Limonade«, sagte sie und goss sich ihren Krug voll. »Die Gabe ist dir sicher sehr hilfreich.«

»Sie hat mir mehr als einmal aus der Patsche geholfen«, bekannte Georg. »Sie hilft mir meine Schurken im Auge zu behalten, also halte ich es unter Umständen länger aus als der König vor mir.« Er trank seinen Krug leer und stellte ihn ab. »Ihr braucht euch nicht um eure Taschen zu sorgen oder um die eurer Freunde, die ihr mitbringt. Aber habt Acht, wen ihr anschleppt. Ein Wort von ihnen, und mein Oberster Richter schnappt sich gewiss meinen Kopf.«

»Wir werden achtsam sein«, versprach Gary. »Mach dir keine Sorgen um Alan. Er hält den Mund.«

Georg grinste. »Das sehe ich. Kaum einer der Burschen – selbst keiner von denen, die sich dem Schurkenring verschrieben haben – könnte sich all dies anhören, ohne ein Wörtchen zu verlieren. Na gut. Ihr macht euch jetzt besser auf den Rückweg. Wenn ihr etwas braucht, dann gebt mir durch Stefan Bescheid – er arbeitet in den Ställen vom Palast. Ihr werdet mich meistens hier antreffen, und wenn nicht, dann fragt den alten Solom.« Er deutete mit dem Daumen auf den Schänkenwirt. »Er wird mich schnellstens holen.«

Alanna erhob sich. Sie und Gary schüttelten ihrem neuen Freund die Hand. »Wir sehen uns bald wieder«, versprach Alanna. »Einen schönen Tag wünsche ich dir noch.«

Die beiden Pagen schlenderten auf die Straße hinaus. Der König der Diebe sah ihnen nach und lächelte.

Einige Wochen später ließ Herzog Gareth Alanna aus ihrem Mathematikunterricht rufen. Verstört begab sie sich zu ihm.

Er überreichte ihr einen Brief. »Kannst du mir das erklären?«

Alanna überflog das mit vielen Klecksen übersäte Pergament. Es war von ihrem Vater.

Der Brief war kurz und darin stand, er hoffe, Thom möge sich weiterhin gut anstellen.

Glücklicherweise hatte sie sich eine Geschichte zurechtgelegt. Sie sah auf, zuckte die Achseln und schaute ein wenig traurig drein.

»Wisst Ihr, er erinnert sich nicht. Ich glaube nicht, dass er meinen Bruder und mich jemals auseinander halten konnte.« Sie überkreuzte hinter ihrem Rücken die Finger und wagte eine Mutmaßung anzustellen. »Ich glaube nicht einmal, dass er Seine Majestät jemals von unserer Geburt unterrichtet hat.«

Der Herzog überlegte und nickte dann. »Du hast Recht – das hat er tatsächlich nicht getan. Er hat sich nicht geändert.« Er seufzte. »Ich hoffe, dein Bruder macht seine Sache ebenso gut wie du. Wenn euer Vater euch auch nicht auseinander halten kann, so kann er wenigstens stolz auf seine beiden Söhne sein.«

Alanna senkte den Kopf. Sie hasste sich selbst, weil sie jemanden wie Herzog Gareth anlügen musste. »Ich danke Euch, Euer Gnaden«, flüsterte sie.

»Du kannst jetzt gehen. Vergiss nicht deinem Vater selbst zu schreiben.«

Alanna verneigte sich. »Gewiss nicht, Herr.« Sie ging hinaus und schloss die Tür. Im Flur ließ sie sich gegen die Wand sinken. Wenn sie Glück hatte, würde Herzog Gareth von nun an glauben, derartige Briefe seien Lord Alans schlechtem Gedächtnis zuzuschreiben.

Sie kehrte ins Klassenzimmer zurück, aber sie hatte noch immer weiche Knie. Es war wahrlich von Vorteil, wenn man einen Vater hatte, den es nicht kümmerte, was man tat.

Aber wenn das so von Vorteil war, warum war ihr dann zum Weinen zu Mute?

3
Ralon

Alanna hatte Ralon von Malven nicht vergessen und er sie ebenfalls nicht. Gewöhnlich begegneten sie sich nicht, da er seine Knappenausbildung begann, während Alanna Page war. Doch wenn sie sich begegneten, ließ Ralon sie spüren, dass sie Feinde waren. Er wartete nur auf eine Gelegenheit sich an ihr zu rächen.

An den Sommernachmittagen beendeten Knappen und Pagen gemeinsam den Unterricht mit Schwimmen und Reiten. An einem dieser Nachmittage kehrten sie später als gewöhnlich in den Palast zurück. Die meisten Jungen eilten zu ihren Zimmern, um sich zu waschen. Alanna rieb gerade ihr Pony ab, als sie ein Plumpsen hörte. Ralon stand vor Pummels Box. Sein Sattel und sein Zaumzeug lagen am Boden.

»Reib mein Pferd ab und häng das hier auf«, befahl er. »Ich gehe.«

Alanna starrte ihn an. »Du machst wohl Witze?«

Ralon gab ihr einen Stoß, dass sie gegen Pummel fiel. »Ich habe dir einen Befehl erteilt.«

Bevor sie etwas sagen konnte, war er verschwunden. Sie starrte hinterher, während sie unentwegt die Fäuste ballte und sie wieder öffnete. Sie hätte gute Lust gehabt ihn zu erwürgen.

»Machst du's?«

Alanna fuhr zusammen und schaute auf. Georgs Mann, Stefan, der Pferdeknecht, schwang sich vom Heuschober herunter. Er war ein kleiner blonder junger Bursche mit fahlen Augen und rötlicher Haut. Die Tiere liebten ihn und bei den Pferden fühlte er sich wohler als bei den Menschen. Alanna und ihre Freunde schien er jedoch recht gern zu mögen.

Sie brauchte ein Weilchen, bis sie ihre Stimme unter Kontrolle hatte.

»Was?«

»Hast du vor, hinter ihm herzuräumen?«, erkundigte sich Stefan, während er Pummels Futtertrog einen kräftigen Schlag versetzte.

Alanna sah auf den Sattel hinunter und holte tief Luft. Jetzt, wo sie sich zur Wehr setzen musste, war sie nicht nur wütend, sondern hatte auch Angst. »Nein. Das kann ich nicht. Das will ich nicht.«

Stefan zuckte die Achseln. »Denk dran, dass ich dem Herzog Bescheid sagen muss«, erinnerte er sie. »So wurd's mir befohlen. Die Jungen müssen ihre Gäule selbst versorgen. Und wenn sie's nicht tun, dann muss ich's dem Herzog melden.«

Alanna zögerte. Ralon würde sie umbringen. Aber wenn sie nachgab, würde er ständig so weitermachen.

»Dann meldest du's eben«, sagte sie mürrisch und machte sich wieder an die Arbeit. »Ich habe nichts damit zu schaffen.«

»Überleg's dir gut«, riet Stefan und sein rundes Gesicht sah sorgenvoll aus. »Dieser Ralon wird nicht grad begeistert sein, wenn er Schwierigkeiten mit dem Herzog kriegt.«

Alanna sah mit tief violettfarbenen Augen von ihrem Pony auf. »Das ist ja wohl Ralons Problem, oder?«, fragte sie mit leiser Stimme. Sie bürstete Pummel zu Ende und ging.

Stefan schüttelte den Kopf. *Der Bursche hat Mut,* dachte er. *Viel Verstand hat er nicht, aber dafür Mut.*

Bis zur Bettgehenszeit an diesem Abend hatte es sich herumgesprochen. Ralon musste einen Monat lang jeden Abend in den Ställen arbeiten.

Jonathans Freunde hatten Mühe ihre Schadenfreude zu verbergen.

»Geschieht ihm recht«, bemerkte Francis. Sie saßen vor dem Lichtauslöschen in Garys Zimmer. »Er hat einfach sein Zaumzeug auf dem Boden liegen lassen. Sein Pferd war schweißbedeckt. So darf man ein gutes Tier nicht behandeln.«

»Ich frage mich sowieso, wieso er auf die Idee kam, er könne ungestraft damit durchkommen«, murmelte Alex.

»Vermutlich hat er versucht irgendeinen von den Jüngeren dazu zu kriegen, es für ihn zu erledigen«, sagte Raoul verächtlich. »So macht er es doch des Öfteren, oder etwa nicht?«

Alanna hatte sich zu ihnen gesellen dürfen. Jetzt wurde sie rot und schaute auf ihre Schnürsenkel hinunter.

Gary sah, wie sie errötete. »Alan – du warst doch der Letzte heute Nachmittag. Weißt du etwas über diese Angelegenheit?«

Alanna hielt nichts vom Lügen, aber in einer Notlage war eine Lüge manchmal besser als die Wahrheit. »Nein.«

Raoul grinste. »Ich rate ihm nicht, unseren Alan zu belästigen. Sonst schlage ich diesen Ralon windelweich.« Raoul hatte Alanna ins Herz geschlossen, und das zeigte er auch ganz offen.

Alanna verzog das Gesicht. »Ich danke dir, aber ich setze mich schon selbst zur Wehr.«

»Raoul sucht nur eine Entschuldigung«, erklärte Jonathan. »Es macht ihm *Spaß*, Ralon zu verprügeln.«

»Also hat Ralon keinem anderen befohlen, er solle das Zaumzeug für ihn wegräumen?«, wollte Alex wissen. »Du hast wirklich nichts Ungewöhnliches bemerkt?«

Alanna sah nicht auf. »Nein.« *An dieser Angelegenheit war ja eigentlich nichts Ungewöhnliches*, rechtfertigte sie ihre Lüge im Stillen. *Ralon macht ja laufend derartiges Zeug.*

Die Bediensteten kamen und schickten die Jungen zu Bett. Jonathan kehrte in sein Zimmer zurück und runzelte nachdenklich die Stirn. Zwischen Ralon und Alan brauten sich Schwierigkeiten zusammen, aber er sah keine Möglichkeit dies zu verhindern.

Die Bestrafung hielt Ralon nicht davon ab, an den nachmittäglichen Ausritten teilzunehmen, und so war er am nächsten Tag mit dabei, als sich die Jungen zum Teich begaben. Es war heiß und schwül. Die meisten Jungen behielten nur ihr Lendentuch an und stürzten sich ins

Wasser. Alanna saß unter einem schattigen Baum und schaute ihren Freunden sehnsüchtig zu. Sie hätte sich liebend gern zu ihnen gesellt. Ralon pflanzte sich vor ihr auf. »Du bist dir wohl zu gut für uns, Meister Alan? Hast du Angst im gleichen Wasser zu schwimmen wie wir?«
Alanna sah auf. Die anderen waren plötzlich still geworden.
»Lass mich in Ruhe!«, fauchte sie.
»Lass mich in Ruhe«, äffte er sie nach und wackelte mit den Hüften. »Du bist dir wohl zu gut, Alan Rotznase, um mit uns zu schwimmen?«
»Ich habe keine Lust zum Schwimmen.« Die anderen beobachteten sie und überlegten sich, ob sie wohl ein Feigling war. *Er wird mich umbringen,* dachte sie. *Ich bin nur ein Mädchen und er wird mich umbringen.*
Ralon packte sie am Arm. »Ins Wasser mit dir, Page!«, sagte er gehässig. »Wir wollen unseren Spaß haben.«
Alanna rammte Ralon den Kopf in den Magen. Der ältere Junge stieß einen schrillen Schrei aus, bevor er in den Teich plumpste und mit einem schmerzhaften Platscher auf die Wasseroberfläche aufschlug.
»Ach herrje, Ralon!«, rief Raoul. »Komm, ich helfe dir hinaus!«
Er packte einen von Ralons fuchtelnden Armen und zerrte ihm die Füße unter dem Leib weg. Unter Raouls Gewicht tauchte Ralon bis hinunter zum Grund. Er wehrte sich verzweifelt, doch es gelang ihm nicht, den stämmigen Raoul von sich zu stoßen. Als er schließlich wieder auftauchte, war er halbwegs blind und dreiviertels ertrunken. Wütend funkelte er den hämisch grinsenden Raoul an.
»Malven!«, schrie Alanna. Sie hatte sich mit geballten Fäusten am Ufer aufgebaut. »Ich schwimme nicht gern. Versuch bloß nie wieder mich ins Wasser zu kriegen. Und versuch nicht mich noch einmal herumzuschikanieren. Sonst schlag ich dir die Zähne ein. Hörst du mich?«
Jonathan legte eine Hand auf Ralons Schultern. »Du hast gehört, was Alan sagt«, flüsterte der Prinz. »Vergiss es nicht.« Und damit stieß er Ralon noch einmal unter Wasser.

Alanna kehrte wieder zu ihrem Sitzplatz zurück. Das würde ihr Ralon nie verzeihen, aber es nutzte nichts, sich Sorgen zu machen, bevor die zu erwartenden Probleme auch wirklich eintraten.

An diesem Abend bediente sie eben Sir Myles, als Ralon an ihr vorüberging. Unter dem Lärm des Servierens raunte er ihr zu: »Teilzahlung, Rotznase«, wobei er sie gleichzeitig heftig kniff.

Alanna ließ die Platte fallen, die sie in der Hand hielt, und unterdrückte einen Schmerzensschrei. Während sie aufputzte, unterdrückte sie die Zornestränen. Sie wusste, dass ihr Herzog Gareth später Vorhaltungen machen würde.

»Jeder kann mal ausrutschen«, erklärte ihr Myles freundlich. »Ach, Alan – ich bin ein wenig müde. Wärst du so gut mich zu meinen Gemächern zu bringen, sobald sich der König erhebt?«

Sie nickte verwirrt. Myles hatte an diesem Abend nur wenig getrunken. Und wenn er nicht betrunken war, bat er sie sonst nie ihn zu begleiten. Wie sie vermutet hatte, brauchte Myles ihre Hilfe nicht. Als sie jedoch in seinen Gemächern ankamen und sie sich zum Gehen wandte, hielt er sie zurück. »Einen Augenblick bitte, Alan.«

Alanna setzte sich in den Sessel, auf den er deutete, und überlegte sich, was er wohl von ihr wollte.

Der Ritter zündete die Kerzen in einem Leuchter an und stellte ihn auf einen Tisch, der zwischen seinem Sessel und dem Alannas stand. Er schenkte sich ein Glas Brandy ein und deutete mit dem Kopf auf eine Schale mit Früchten. »Bedien dich. Ich werde versuchen dich nicht allzu lange von deinem Abendbrot fern zu halten.«

»Danke, Herr.« Alanna nahm sich eine Orange und begann sie zu schälen.

»Ralon hat es auf dich abgesehen, wie?«

Alanna erstarrte. »Ich weiß nicht, was Ihr meint, Herr.«

»Sei nicht so verschlossen, Alan.«

»Wie bitte?«

»Versuch nicht etwas zu verheimlichen, was wir alle beide genau wissen. Ich sehe vieles von dem, was hier vor sich geht. Das ist einer der Gründe, warum ich so viel trinke. Und ich sehe, wie Ralon dich tyrannisiert, wenn du alleine oder mit den jüngeren Burschen zusammen bist.«

Alanna zuckte die Achseln. »Ich bin weder ein Jammerlappen noch ein Petzer.«

»Meinst du, die anderen Burschen würden dich nicht mehr respektieren, wenn du etwas davon verlauten ließest? Prinz Jonathan wäre der Erste, der deine Partei ergriffe.«

Alanna fühlte sich sehr unbehaglich. »Ich muss diese Angelegenheit selbst regeln.«

Myles schüttelte den Kopf. »Was willst du denn damit beweisen?«, fragte er. Sie gab keine Antwort. Bitter fuhr er fort: »Unser Ritterkodex ist wirklich eine prächtige Sache. Man bringt uns bei, ein Edler müsse alles über sich ergehen lassen, ohne sich zu beklagen. Ein Edelmann muss alleine zurechtkommen. Tja – wir sind Menschen, und der Mensch ist nicht dafür geboren, alleine zu sein.«

»Edle schon«, entgegnete Alanna. »Zumindest bleibt ihnen nichts anderes übrig. Ist das nicht dasselbe?«

Myles schüttelte den Kopf. »Nein, das ist nicht dasselbe.« Er seufzte. »Früher oder später wirst du gegen ihn kämpfen müssen.«

»Ich weiß, Herr.«

»Alan, er ist größer und schwerer als du! Er wird dich umbringen!«

Alanna legte die Orange weg. »Dann setze ich mich so lange zur Wehr, bis er mich in Ruhe lässt oder bis ich stark genug bin ihn zu besiegen. Ich kann nicht zulassen, dass er mich unterbuttert, Sir Myles! Wenn man –« Entsetzt brach sie ab. Fast hätte sie zugegeben, dass sie ein Mädchen war! Rasch fuhr sie fort: »Wenn man so klein ist wie ich, hat

man zwei Möglichkeiten: Man kann klein beigeben und wird unentwegt geplagt. Oder man setzt sich zur Wehr. Ich muss mich zur Wehr setzen.«
Myles zog ein Gesicht. »Lauf zu deinem Abendbrot.« Sie erhob sich, um zu gehen. »Alan!«
»Ja, Herr?«
»Wenn du zuschlagen musst, dann schlag tief.«
Sie grinste und verneigte sich. »Danke, Sir Myles. Das werde ich mir merken.«

Am nächsten Tag in den Ställen war es so weit. Alanna versorgte gerade Pummel; die anderen waren schon alle weg. Sie träumte von dem Pferd, das sie eines Tages besitzen würde, als sie die Stalltür knarren hörte.
Ein hässliches Grinsen verzerrte Ralons Gesicht. »Vermutlich meinst du, mit unserer gestrigen Unterhaltung sei die Angelegenheit erledigt, wie?«
Alanna zitterte vor nervöser Energie. »Nein, das meine ich nicht«, sagte sie geradeheraus.
Ralon stolzierte um sie herum und musterte ihre zierliche Gestalt. »Deine Reithosen sind reichlich groß für dich. Wenn du keinen Raoul oder keinen Gary hast, hinter dem du dich verstecken kannst, dann hast du nicht mehr viel zu bieten, hab ich Recht?«
Sie ballte die Fäuste. »Ich verstecke mich hinter keinem! Und ich belästige auch keinen, der kleiner und jünger ist als ich, nur um zu beweisen, was für ein Mordskerl ich bin!«
Er packte sie an den Schultern und schüttelte sie heftig. »Das brauche ich mir von dir nicht gefallen zu lassen, du stinkiger Misthaufen!«
Sie schlug tief und kräftig zu. Ralon krümmte sich vornüber und hielt sich die Hände vor den Unterleib. Mit geballten Fäusten und gespreizten Beinen wartete sie. »Das nimmst du zurück! Wenn nicht, dann stopfe ich dir Mist ins Maul – wo du den doch so gern magst!«

Glücklicherweise sah sie keiner, als sie zurückkehrte. Alanna schloss ihre Tür und verriegelte sie. Den Kopf hielt sie gesenkt. Coram hatte ihr Bad gerichtet.

»Heilige Mutter der Dunkelheit«, flüsterte er, als er sie sah. »Was ist passiert?«

Sie sah in den Spiegel. Ihre Uniform war über und über verdreckt und voller Blut. »Ich bin gestürzt.«

Coram zwang sie zu ihm aufzuschauen. Sie zuckte zusammen, als er ihr das Gesicht mit einem feuchten Tuch abrieb. Seine schwieligen Hände waren erstaunlich sanft. »Das ist 'ne gewaltige Lüge. Geprügelt hast du dich.«

»Ich habe dir doch gesagt, dass ich hingefallen bin.« Sie keuchte, als er ihr Auge berührte.

»Aha. Der Fußboden hat dir also die Nase blutig gehauen, die Lippe aufgeschlagen und zudem hat er dir noch ins Auge geboxt. Vielleicht solltest du eher sagen, es sei dein Pony gewesen? Die andern haben nichts davon verlauten lassen, dass du verletzt bist. Also musst du in den Ställen ›hingefallen‹ sein.«

»Ich will nicht darüber reden«, sagte sie abweisend.

Er grinste. »Ich mach mich auf den Weg und besorg 'ne Scheibe rohes Fleisch für das blaue Auge, das dir der Fußboden verpasst hat. Ich werd den Jungs sagen, dir sei's nicht wohl.« Er klatschte ihr auf die Schulter und fügte mürrisch hinzu: »Bist 'ne tapfere Kleine. Ich bin stolz auf dich. Ich denk, 's ist an der Zeit, dass ich dir ein bisschen unter die Arme greife.«

Als er gegangen war, legte sie sich hin. Ganz gegen ihren Willen kamen ihr die Tränen. Einem *richtigen* Jungen wäre das nicht passiert.

Jemand klopfte an die Tür. »Alan? Ich bin's, Raoul. Coram sagt, du seiest krank. Was fehlt dir?«

»Nichts.«

»Können wir reinkommen?«

»Nein! Verschwindet!«

»Alan – ich bin's, Alex! Was ist passiert?«

»Nichts ist passiert«, schrie sie. »Lasst mich in Frieden!«

Kurze Stille.

»Alan. Mach die Tür auf!« Das war der Prinz und er erteilte ihr einen Befehl.

Langsam gehorchte sie. Es war fast dunkel – vielleicht würden sie es nicht entdecken.

Draußen standen alle ihre Freunde. Sie sah zu Boden.

»Tut – tut mir Leid, dass ich euch angeschrien habe. Vermutlich ist es die Hitze –«

»Sieh mich an!«, befahl Jonathan.

Doch sie weigerte sich. Er legte kühle Finger unter ihr Kinn und hob ihr Gesicht. Sie erwiderte seinen Blick mit ihrem gesunden Auge und achtete nicht darauf, wie die anderen erschrocken nach Luft japsten und sie bemitleideten.

»Was ist passiert?«, fragte der Prinz schließlich.

»Ich bin gestürzt, Hoheit. In den Ställen.« Jetzt wussten alle, was für ein Schwächling sie war.

Jonathan ließ sie los. »Ich werde dich bei Onkel Gareth entschuldigen. Wir bringen dir später etwas zu essen.«

»Vielen Dank«, flüsterte sie. »Aber ich habe keinen Hunger.«

»He, Burschen – was ist denn hier los?« Coram kehrte mit einem Stück rohen Fleisches zurück. »Alan hat lediglich 'nen kleinen Unfall gehabt. Ihr geht jetzt besser zu Tisch – Seine Majestät wird gleich anfangen wollen.«

Die anderen verschwanden hastig. Jonathan zögerte. »Ich komme später noch einmal vorbei«, erklärte er Coram.

Dieser verbeugte sich. »Sehr wohl, Eure Hoheit.«

An diesem Abend aßen die Pagen schweigend. Nach dem Essen begaben sich Jonathan und seine Freunde in Garys Gemächer.

»Das war Ralon«, platzte Raoul heraus, als sie allein waren.

»Dem hat nicht gefallen, was gestern passiert ist!«, meinte Francis.

»Es wird Zeit, dass wir uns um ihn kümmern«, fügte Alex mit seiner sanften Stimme hinzu. »Er vergisst seinen Platz.«

»Ich werd ihm beibringen, wo sein Platz ist!«, schimpfte Raoul.

»Die Lektion, die du ihm gestern erteilt hast, hat er schon wieder vergessen«, erinnerte ihn Gary.

Raoul lächelte kalt. »Diesmal werde ich dafür sorgen, dass er die Lektion begreift.«

»Ihr vergesst etwas.« Alle sahen Jonathan an. »Alan gibt nicht zu, dass es Ralon war. Alan will sich selbst gegen Ralon wehren.«

»Aber das kann er doch nicht!«, protestierte Raoul. »Er ist doch nur ein kleiner Bursche. Und er weiß noch nicht, wie man kämpft!«

»Er hat Mut«, sagte Alex.

»Mut!«, brüllte Raoul. »Dieser Feigling hat ihn fast *umgebracht* und –«

»Pst!«, befahl Jonathan. »Hört zu. Wir müssen erst einmal Gewissheit haben. Gary – du erkundigst dich, ob in den Ställen einer weiß, was vorgefallen ist. Vielleicht verrät mir Alan etwas. Und denkt daran – wir müssen die Sache auf seine Art und Weise erledigen. Er würde sich schämen, wenn er dächte, wir würden seine Schlachten für ihn ausfechten.«

Die anderen nickten zustimmend und die Gruppe trennte sich.

»Wie fühlst du dich?«, fragte der Prinz.

Alanna setzte sich mühsam auf. »Miserabel, Eure Hoheit«, bekannte sie.

»Armer Kleiner. Er hat dich wirklich vermöbelt, was?«

»Mich hat keiner vermöbelt. Ich bin gestürzt.«

Er grinste. »Du kannst es ableugnen, so viel du willst. Wir wissen alle beide, dass du dich mit Ralon geprügelt hast und dass du der Verlierer warst.«

Sie streckte eigensinnig das Kinn vor. »Ich bin gestürzt, Eure Hoheit.«

Jonathan tätschelte ihre Schulter. »Du hast einen verteufelten Mut, kleiner Trebond. Schlaf dich aus.«

Gary fand Stefan sofort. Der Pferdeknecht nickte, als der junge Edelmann auf den Heuschober geklettert kam. »Hab mir gedacht, dass vielleicht einer von euch rüberkäm. Was für 'ne Lüge erzählt denn unser Meister Alan?«

Gary verzog das Gesicht. »Er sagt, er sei gestürzt.«

Stefan spuckte aus. »Das ist er, da gibt's keinen Zweifel. Klar, Meister Ralon hat ihm beim Hinfallen geholfen, und zwar nicht nur einmal. Das arme kleine Kerlchen hatte nicht die geringste Chance.« Er kicherte. »Aber zum Auftakt hat er unserem Meister Malven 'nen ordentlichen Schlag in die Eier versetzt.«

»Warum hast du nicht eingegriffen?«, wollte Gary wissen.

Stefan schüttelte den Kopf. »Wir dürfen uns nicht einmischen, wenn die Edelleute 'nen Streit austragen. So lauten die Regeln. Aber eins ist sicher – wenn Ralon jemals aus der Stadt heimkommt und sein Geldbeutel noch voll ist, dann schnappt sich Georg all unsere Ohren. Georg mag Meister Alan.«

»Georg soll machen, was er will«, sagte Gary. Dann runzelte er die Stirn. »Was meinst du damit, dass er sich unsere Ohren schnappt?«

Stefans Augen waren ruhig. »Georg hat 'ne Sammlung. Beim ersten Fehler warnt er dich. Beim zweiten schnappt er sich ein Ohr. Für seine Sammlung. Und beim dritten Mal –« Stefan zuckte die Achseln. »Beim dritten Mal nimmt er sich das zweite Ohr, mit allem, was dranhängt. Georg mag es, wenn die Sachen richtig erledigt werden.«

Am nächsten Tag erteilte Raoul Ralon eine ordentliche Tracht Prügel.

Ralon brach die Regeln und informierte Herzog Gareth. Von da an verließen Jonathans Freunde jedes Zimmer, das Ralon betrat. Raoul beobachtete Ralon unentwegt und wartete auf die richtige Gelegenheit.

Ralon konnte sich weder an Raoul noch an Gary, noch am Prinzen rächen.

Stattdessen fand er ein besseres Opfer.

»Du hast mich bei deinen Freunden verpfiffen!«, zischte er, als er Alanna eines Tages allein in der Bibliothek erwischte. Er schlug ihr das andere Auge blau und sorgte dafür, dass ihre Lippe von neuem aufplatzte. Vier Tage später schnappte er sie noch einmal. Diesmal benutzte Alanna ein paar Tricks, die ihr Coram beigebracht hatte. Sie schlug Ralons Nase blutig.

Er brach ihr den Arm.

Jedes Gespräch, das sie mit Herzog Gareth führte, war schlimmer als das vorhergehende. Wieder einmal stand sie ihm gegenüber. Diesmal trug sie den Arm in der Schlinge.

»Ich bin gestürzt, Euer Gnaden«, sagte sie mit undurchdringlichem Gesicht.

»Bei Mithros, Junge – fällt dir denn keine bessere Ausrede ein?«

Sie scharrte mit dem Fuß. »Sie funktioniert so gut. Sie – sie hat schon Tradition.«

Gareth warf ihr einen finsteren Blick zu. »Das ist gewiss. Von jedem einzelnen Pagen, den ich jemals ausgebildet habe und der sich geprügelt hat, musste ich mir das anhören. Mit ein paar Ausnahmen.«

»Nun, Herr, Ihr glaubt mir nicht und ich *weiß*, dass Ihr mir nicht glaubt, aber die Ehre aller Beteiligten bleibt gewahrt, Euer Gnaden.«

Der Herzog musste sich ein Lächeln verkneifen. »Du bist naseweis, Alan von Trebond. Für die nächsten fünf Wochen machst du jeden Tag eine Extrastunde Mathematik. Du kannst gehen.«

Alanna öffnete gerade die Tür, als er hinzufügte: »Ich wollte, du würdest ihn verprügeln. Er verdient es.«

Sie schaute zu ihm zurück. »Eines Tages werde ich das tun, Euer Gnaden. Ich habe die Nase voll davon, unentwegt zu stürzen.«

Während Alanna mit Herzog Gareth sprach, kam Stefan auf die Übungshöfe und suchte nach dem Lehrer, der die Jungen im Ringkampf unterrichtete. Nachdem Stefan den Mann weggelockt hatte, stellten sich Jonathans Freunde im Kreis um Ralon auf. Als er sah, wie Raoul die gepolsterten Handschuhe zurechtzog, die seine großen Hände bedeckten, begann er zu schwitzen.

Mit eiskalter Stimme sagte Jonathan: »Wir haben dich gewarnt. Du bist kein Ehrenmann. Du bist ein Hund und wie ein Hund wirst du jetzt Prügel beziehen.«

Gary hielt Ralon fest. Mit undurchdringlichem Gesicht erteilte ihm Raoul eine Tracht Prügel. Als der Lehrer von seinem unnützen Gang zurückkehrte, fand er seine Schüler vor, wie sie sich im Ringen übten. Ralon fühle sich nicht wohl und sei auf sein Zimmer gegangen, sagten sie.

Danach hielt sich Ralon an kleine Boshaftigkeiten, denn er wusste, dass sich Alanna nie bei jemandem beklagen würde. Wäre sie schwimmen gegangen, hätten die anderen die vielen Schrammen und blauen Flecke auf ihrem dünnen Körper gesehen. Sie sagte jedoch nichts und fuhr fort mit Coram zu üben. Sie ließ Ralons Quälereien über sich ergehen und verbrachte ihre Freizeit mit Ringen und Boxen. Sie schlief auf der Stelle ein, wenn sie sich abends ins Bett fallen ließ, nur um sich bei Morgengrauen zu erheben, um weiter zu trainieren. Sie war entschlossen Ralon zu besiegen – denn für sie bedeutete das, dass sie damit schließlich und endlich ihren Platz unter den Pagen verdienen würde, dass sie all das, was die größeren und stärkeren Jungen konnten, ebenfalls schaffte.

Ihr geschienter Arm erwies sich als Vorteil. Normalerweise war sie Rechtshänderin. Jetzt war sie bei allem auf die linke Hand angewiesen und mit ihrer Linken lernte sie zum ersten Mal, richtig zu kämpfen. Rasch wurde ihr klar, dass sie doppelt so viel ausrichten konnte, wenn sie beide Hände benutzte, und sie schuftete, so sehr sie nur konnte, um ihre Geschicklichkeit zu entwickeln.

Mitte Oktober entfernten die Palastheiler die Schiene. Sofern sie erstaunt waren, dass ihr Arm so rasch verheilt war, sagten sie nichts. In ihrer Ungeduld, es Ralon heimzuzahlen, hatte Alanna ihre Gabe benutzt und mitgeholfen den gebrochenen Knochen zu heilen.

An dem Abend, an dem die Schiene abgenommen wurde, legte sich Alanna ins Bett und wartete, bis Coram schnarchte. Dann stand sie wieder auf, zog sich rasch dunkle Kleider an und nahm ihre Stiefel. Sie schlich durch Corams Zimmer, wobei sie sich bemühte kein Geräusch zu machen.

Als sie an der Tür ankam, stieß Coram einen Seufzer aus. »Was hast du denn jetzt schon wieder vor?«

Alanna erstarrte. »Schlaf weiter.«

»Wo gehst du hin?« In dem schwachen Licht, das durchs Fenster hereinfiel, sah sie, wie er sich aufsetzte.

»Wenn Herzog Gareth fragt, dann brauchst du nicht zu lügen, wenn du ihm sagst, du wusstest es nicht«, erklärte sie ihm.

Coram machte ein Geräusch, das bedeuten sollte, er wolle sich dreinfügen. »Kleine – wenn du erwischt wirst, kriegst du Palastarrest.«

»Das ist mir bekannt.«

»Also gut. Ich lass die Tür offen.« Er legte sich zurück und schlief augenblicklich wieder ein.

Es war einfach, aus dem Palast hinaus und auf die Straße zu schleichen, die zur Stadt hinunterführte. Alanna machte sich im Laufschritt auf den Weg. Sie wäre lieber auf Pummel geritten, doch sie wusste, dass sie dann den Palast nicht hätte verlassen können, ohne entdeckt zu werden.

Das »Tanzende Täubchen« war brechend voll. Sie konnte durch die rauchgeschwängerte Luft kaum etwas sehen, und der Lärm, den die Diebe und ihre Damen veranstalteten, war ohrenbetäubend. Einen Augenblick lang wollte sie sich umdrehen und davonrennen, doch zu Hause wartete Ralon. Da war es besser, Georgs Freunden gegenüberzutreten – die waren wenigstens ehrliche Bösewichte, und nicht so hinterhältig wie Ralon. Aber wie sollte sie in diesem Durcheinander Georg finden?

Eine große, vollbusige Rothaarige blieb stehen und nahm Alanna in Augenschein. Sie stemmte fest die Hände in die Hüften und sagte mit schleppender Stimme: »Bist du nicht noch ein bisschen zu jung, Herzchen, um dich hier rumzutreiben?«

Die raue Stimme der Frau war spöttisch, aber ihre großen braunen Augen waren freundlich. »Ich suche Georg«, entgegnete Alanna. »Er hat mir gesagt, ich könnte ihn hier finden.«

Die Frau zog ein Gesicht. »Hat er das? Das sieht ihm ähnlich, 'nem jungen Bürschchen zu sagen, er solle zu einer derartigen Zeit herkommen!«

»Ich glaube nicht, dass er erwartet hat, ich könne bei Nacht hier auftauchen«, sagte die stets faire Alanna.

»Soso. Warte!«, befahl die Frau. Sie verschwand in der Menge und kehrte nach ein paar Minuten wieder zurück. »Also komm schon – und pass auf deine Geldbörse auf!«

»Ich habe keine mitgebracht!«, schrie Alanna über den Lärm hinweg, während sie hinter der Rothaarigen herging.

»Da wär'n wir.« Die Frau schob Alanna in eine Lücke vor dem Feuer. Neben dem Kamin stand ein Tisch und da, am Kopfende, saß Georg, umgeben von Männern und Frauen, die Alanna misstrauisch beäugten.

Georg schaute eigenartig drein, als er Alanna musterte. Schließlich sagte er: »Alan, das ist Rispah, die Königin unter den Damen, die sich den Schurken zugehörig fühlen. Alan ist ein Freund von mir. Er kommt vom Land.«

Rispah lächelte schief. »Klar kommt er vom Land.« Dann rief sie laut: »Solom, alter Tattergreis, bring Limonade für den Jungen! Siehst du denn nicht, dass er am Verdursten ist?« Sie warf Alanna einen Blick zu. »Oder willst du was Stärkeres, Kleiner?«

Alanna lief leuchtend rot an. »Nein, danke.«

Rispah kehrte zu ihren Freunden zurück. Alanna blieb stehen. Warum sah Georg sie bloß so komisch an?

Schließlich sagte er: »Ich habe gehört, dass du Probleme mit dem jungen Malven hast.«

»So kann man es nennen«, stimmte sie zu. *Ich hätte nicht herkommen sollen,* dachte sie.

Solom erschien mit einem Krug Limonade. »Willkommen, Meister Alan. Wie ich sehe, ist dein Arm wieder heil.«

»So gut wie neu ist er. Danke, Solom.« Sie nahm den Krug entgegen und warf Georg einen Blick zu. »Darf ich?«

»Ja, natürlich. Setz dich.«

Alanna ballte hinter ihrem Rücken eine Faust. Jetzt kam der schwierige Teil. »Wenn ich mir's recht überlege – könnten wir uns irgendwo alleine unterhalten?« Sie atmete tief ein. Es fiel ihr nicht leicht, um etwas zu bitten. »Du – du musst mir einen Gefallen tun.«

Georg stand mit grimmiger Miene auf. »Wir gehen in meine Stuben.« Er legte einen Arm um ihre Schulter und fügte hinzu: »Ich will nicht, dass wir gestört werden, Solom.«

Der Schänkenwirt nickte. »Zu Befehl, Majestät.«

Georg kletterte eine enge Treppe hinauf. Alanna folgte. »Sie nennen dich Majestät?«, fragte sie entsetzt.

»Warum nicht? Ich bin hier der König – ich bin eher ein König als der Mann, der auf der Spitze des großen Hügels thront. Dem würden meine Leute nicht einmal einen guten Tag wünschen, wenn sie an ihm vorübergingen, mir hingegen lesen sie jeden Wunsch von den Augen ab.«

»Vermutlich«, sagte sie zweifelnd.

Georg schloss eine stabile Tür auf. »Du bist nachlässig, Alan. Aber zumindest bist du höflich.« Er inspizierte jede Ecke der beiden Zimmer, bevor er sie hereinwinkte. »Setz dich.« Mit einer Fackel aus dem Flur entzündete er einen Kerzenleuchter, bevor er die Tür schloss. Alanna betrachtete die einfachen Holzmöbel und ihr fiel auf, wie ordentlich und sauber das Zimmer war. Außerdem entdeckte sie, dass der Kerzenleuchter, den Georg auf den Tisch stellte, aus Silber und der Rahmen des Spiegels, der an seiner Schlafzimmertür hing, aus gehämmertem Gold bestand.

Der Dieb ließ sich auf einem der Stühle nieder, die am Tisch standen. Alanna setzte sich ebenfalls. »Warum bin ich nachlässig?«, wollte sie wissen. »Ich habe mich genauestens überzeugt, dass mich keiner aus dem Palast hat weggehen sehen.«

Georg schaute immer noch eigenartig drein. »Soso.« Er klang nicht überzeugt. »Einen Gefallen soll ich dir also tun? Was hast du im Sinn? Soll jemandem die Kehle aufgeschlitzt werden? Oder soll einer von meinen kräftigen Burschen diesen Ralon in eine dunkle Gasse locken und sich mit ihm unterhalten?«

Alanna stand auf. Dabei stieß sie den Stuhl so heftig vom Tisch zurück, dass er nach hinten umstürzte. »Wenn du denkst, ich sei *deswegen* gekommen, dann verschwinde ich wieder!«, fauchte sie. »Ich – ich dachte –« Sie biss sich auf ihre zitternde Lippe. Wie kam er nur auf die Idee, sie könnte sich mit einem solchermaßen unehrenhaften Ansinnen an sie wenden?

»Beruhige dich, Junge.« Georg hob den Stuhl auf und drängte sie, sich wieder hinzusetzen. »Ich habe dich falsch eingeschätzt. Vergib mir. Ich habe viele Edelleute gekannt, die mich ausnutzten. Woher soll ich wissen, dass du nicht einer von ihnen bist?«

Verwirrt runzelte Alanna die Stirn. »Was meinst du damit: Edelleute, die dich ausnutzten?«

Georg seufzte und setzte sich. »Ich habe Edelmänner gekannt, die der Meinung waren, ich müsse für ihre Freundschaft dankbar sein – so dankbar, dass ich ihnen alle möglichen Gefallen tue. Sie wollten keinen Freund, sondern einen verdungenen Dieb. Zuerst dachte ich, du wärst deshalb gekommen. Jetzt sehe ich, dass du als Freund gekommen bist, um den Rat eines Freundes einzuholen. Du willst also nicht, dass Ralon Prügel bezieht? Er könnte welche vertragen.«

»Der Meinung bin ich ebenfalls«, sagte sie grimmig. »Aber *ich* will derjenige sein, der sie ihm verpasst.«

»Noch besser. Warum kommst du dann zu mir?«

Sie starrte auf ihre Hände. »Coram hat mir das Boxen und das Ringen beigebracht, aber das kann Ralon auch. Er ist ja ein Knappe. Ich hatte gehofft, du würdest vielleicht eine Kampfart kennen, die man uns im Palast nicht beibringt.«

Georg dachte nach. »Haben sie denn keinen Shang-Meister da oben? Die Shangs kennen mehr Tricks, als irgendeiner jemals erlernen kann – Wenn er nicht ebenso jung damit angefangen hat wie sie.«

Alanna schüttelte den Kopf. »Der vorige Shang-Meister hat den Palast ein paar Tage nach meiner Ankunft verlassen. Sir Myles sagte, sie würden nicht gern sesshaft werden.«

Georg nickte. »Er hat Recht. Von dem Tag an, wo sie Shang verlassen, bis zu dem Tag, an dem sie sterben, sind sie auf Wanderschaft. Es sind eigenartige Leute, diese Shang-Krieger.«

Er lehnte sich zurück und sah sie an. »Weshalb meinst du, ich sei ein besserer Lehrer als ein Mann, der mit dem Schwert aufgewachsen ist?«

»Das ist es ja gerade. Coram ist ein Mann des Schwerts. Ich wette, *du* fichtst deine Kämpfe mit bloßen Händen oder mit dem Messer aus.«
Georg grinste. »Da hast du Recht.« Er stand auf und legte Wams und Stiefel ab. »Also – dann zieh deinen Umhang und deine Schuhe aus. Deine erste Unterrichtsstunde fängt an.«
Wochenlang trainierte Alanna sowohl mit Coram als auch mit Georg. Sie begann ihre Lehrer zu überraschen, weil sie noch weitermachen konnte, wenn die größeren Jungen schon erschöpft waren. Alannas Schweigen machte Ralon nervös, aber er erriet nicht, was Alanna mit ihm im Sinn hatte. Wenn sich eine Gelegenheit dafür bot, dann plagte er sie auch weiterhin, und wenn sich keine Gelegenheit bot, dann schuf er eine. Alanna verhielt sich ruhig. Sie wusste, dass die älteren Jungen vermuteten, dass die Fehde noch immer andauerte. Doch diesen Kampf musste sie selbst ausfechten. Sie würde es allen zeigen, dass sie ebenso fähig war wie die anderen Jungen im Palast – und nicht nur den anderen wollte sie es zeigen, sondern auch dem Teil ihres Selbst, der ständig zweifelte.
Im Dezember, kurz vor dem Mittwinterfest, ruhte sich Alanna nach einer Übungsstunde mit Georg zusammen aus. Der Dieb schob ihr einen Krug Bier zu. »Trink aus!«, befahl er. »Willst du warten, bis du ein ausgewachsener Mann bist, bevor du diesem Malven besorgst, was ihm zusteht?«
Bis jetzt hatte ihr Georg nie etwas anderes zu trinken gegeben als Limonade. »Meinst du, ich bin bereit?«, fragte sie mit ganz kleiner Stimme.
»Was *ich* meine, ist nicht von Bedeutung. Gewinnen kannst du nur dann, wenn *du* der Meinung bist, du seist bereit.«
Sie verstand, was er damit sagen wollte. Grimmig lächelnd hob sie den Krug, prostete ihm zu und trank das Bier in einem einzigen Zug aus.
Am nächsten Tag trainierten alle Jungen auf den überdachten Übungs-

höfen. Den ganzen Nachmittag über beobachtete Alanna Ralon und wartete auf ihre Chance. Sie hatte Angst: Ihr Gesicht fühlte sich heiß an, ihre Hände zitterten. Wenn sie unterlag, wollte sie den Palast verlassen. Sie konnte kein Ritter werden, wenn Ralon weiterhin auf ihr herumtrampelte. Heute war es so weit. Sie hatte sich nie so stark und so gut vorbereitet gefühlt.

Die Lehrer entfernten sich. Ralon stand in einer Ecke und drosch auf einen aufgehängten Strohsack ein. Alanna holte tief Luft und trat in die Mitte der Halle.

Laut und deutlich verkündete sie: »Ralon von Malven stammt von Bettlern und Dieben ab.« *Verzeih mir, Georg,* fügte sie im Stillen hinzu. »Er entspringt aus einer Ehe zwischen einer Eidechse und einem Dämon und er ist so ehrenhaft wie ein Schakal. Er wagt es nicht, wie ein Edelmann vor den Augen aller zu kämpfen. Stattdessen sucht er sich dunkle Winkel aus, damit keiner sieht, wie er betrügt.«

Die Jungen sperrten vor Überraschung den Mund auf. Plötzlich schlug Gary Jonathan auf die Schulter und strahlte. »Ich wusste es!«, flüsterte er. »Ich wusste, dass er es machen würde.«

Ralon starrte Alanna an. Er schnappte nach Luft, doch er bekam kein Wort heraus. »*Was* sagst du da?«, brachte er schließlich zu Stande.

»Lügner. Betrüger. Feigling. Angeber!«, warf sie ihm an den Kopf. »Du bringst Schande über deinen Namen. Soll ich es dir vielleicht schriftlich geben? Oh – das habe ich ganz vergessen. Lesen kannst du ja auch nicht.«

»Schweig!«, schrie Ralon, dem fast die Augen aus dem Kopf traten. »Du Schweinekerl! Du hättest nicht so viel Mut, wenn nicht deine Freunde da wären, um sich für dich zu prügeln –«

»Meine Kämpfe erledige ich selbst!«, fauchte sie. »Ich will Genugtuung für alles, was ich mir von dir gefallen lassen musste. Die anderen sind meine Zeugen.«

Ralon sah sich um. »Und sie werden nicht eingreifen, egal, was geschieht?«, erkundigte er sich hinterhältig.

»Nein. Das werden sie nicht. Ich schwöre bei meiner Ehre. Du solltest allerdings besser bei etwas anderem schwören, denn Ehre hast du keine.« Sie gab ihm eine schallende Ohrfeige und duckte sich.

Ralon wollte zurückschlagen, doch er traf daneben. Alanna tauchte unter seinem ausgestreckten Arm durch und rammte ihm den Kopf gegen die Brust. Er stieß einen Schrei aus und packte ihr Haar. Sie schlug ihm zweimal hart in den Magen, wobei sie den Schmerz ignorierte, als er ihr einige Haare ausriss. Ralon packte sie an der Kehle und würgte sie. Sie stieß ihm den Daumen ins Auge und stampfte ihm gleichzeitig heftig auf einen Fuß. Ralon schrie vor Schmerz auf und wich zurück. Vorsichtig umrundeten sie sich. Jetzt wusste Ralon, dass sich seit ihrer letzten Prügelei etwas geändert hatte. Er schwitzte gewaltig, als er erneut angriff.

Alanna stürzte sich auf ihn und drängte ihm die Hüfte zwischen die Beine. Er stolperte. Sie half nach und warf ihn über ihre Hüfte hinweg zu Boden. Rasch kniete sie sich auf seinen Rücken, denn sie wusste, dass sie ihn daran hindern musste, wieder aufzustehen. Mit der einen Hand bog sie ihm den Arm nach hinten, mit der anderen packte sie ihn am Haar und zerrte ihm den Kopf zurück.

»Gibst du auf?«, keuchte sie. Ralon nickte japsend. Sie stand auf. Er stürzte sich auf sie und versetzte ihr einen heftigen Schlag auf die Wange. Doch darauf war sie vorbereitet, was sie dem »unehrenhaften« Georg zu verdanken hatte. Sie knallte ihm noch einmal von unten herauf derart die Faust in den Magen, dass ihm die Luft wegblieb. Mit der anderen Hand brach sie ihm das Nasenbein. Ralon brach zusammen und weinte wie ein kleines Kind.

Alanna trat zurück. Ihre Brust hob und senkte sich, während sie nach Luft japste. Sie wischte sich den Schweiß aus den Augen. »Rühr mich bloß nie mehr an! Sonst bringe ich dich um – ich schwöre es bei Mithros und bei der Göttin.« Ralon lag da und weinte noch immer.

Alanna wandte sich zu ihren Freunden. »Kommt! Wir gehen uns waschen.«

Ralon rief: »Alan von Trebond!«

Alanna wandte sich zurück und schaute ihn an. Ihr Feind hatte sich aufgerappelt. Er sah entsetzlich aus und in seinen Augen lag etwas Irres. »Dafür wirst du bezahlen!«, kreischte er. »Du wirst sehen – das wird dir noch Leid tun!«

Raoul klopfte Alanna auf die Schulter. »Komm«, sagte er. »Hier drinnen wird die Luft schlecht.«

Als Myles kam, saß sie allein in ihrem Zimmer im Dunkeln. »Du warst heute nicht beim Abendbrot«, meinte der Ritter.

Alanna blinzelte ihn überrascht an, als er eine Kerze entzündete.

»Ralon von Malven hat den Palast verlassen«, fuhr Myles fort und setzte sich auf ihren einzigen Stuhl. »Coram, dein Diener, brüstet sich vor den anderen Palastwachen damit, er habe schon immer gewusst, dass du das Zeug dazu hast. Die anderen Jungen wollen feiern – sie halten dich für einen Helden. War es nicht das, was du wolltest?«

Sie spritzte sich kaltes Wasser ins Gesicht. »Wollte ich das? Ich weiß es nicht.« Sie rieb sich das Gesicht trocken und sah Myles an. »Anschließend musste ich mich übergeben«, gestand sie. »Ich hasse mich. Ich habe lediglich mehr gewusst als Ralon. Und er gerät immer in Wut, wenn er kämpft – das habe ich ausgenutzt. Ich bin ebenso schlimm wie er.«

»Ich bezweifle, dass Ralon sich jemals übergeben musste, nachdem er einen Kleineren und Jüngeren verprügelt hat.«

Alanna runzelte die Stirn. »Glaubt Ihr?«

»Ich bin mir dessen gewiss.« Myles nickte. »Alan, die Zeit wird kommen, wo du als Ritter gegen jemanden kämpfen musst, der nicht so gut ausgebildet ist wie du. Daran lässt sich nichts ändern und das macht noch keinen Tyrannen aus dir. Das bedeutet nur, dass du lernst deine Fähigkeiten richtig einzusetzen.«

Alanna dachte darüber nach, was Myles da sagte. Schließlich seufzte sie und schüttelte den Kopf. Im Augenblick war sie dieser Angelegenheit nicht gewachsen.

Myles wuschelte ihr durchs Haar. »Jetzt hast du also dem ganzen Palast bewiesen, dass du ein Krieger bist. Gewiss willst du das feiern.«

Alanna schnitt eine Grimasse. Was Myles auch immer sagen mochte – sie hatte Tricks angewendet, um Ralon zu besiegen. Sie war trotz allem immer noch ein Mädchen, das sich für einen Jungen ausgab, und manchmal bezweifelte sie, dass sie sich jemals für ebenso befähigt wie den dümmsten und ungeschicktesten Jungen halten würde.

Die Tür ging auf. »Sir Myles? Ihr seid mir zuvorgekommen.« Es war Prinz Jonathan. »Wie geht es Alan?«

Myles erhob sich. »Ich glaube, er ist müde. Alan, ich gehe. Aber ich wollte, du würdest über das nachdenken, was ich dir sagte.«

»Über die Dinge, die Ihr mir sagt, denke ich immer nach«, bekannte sie und reichte ihm die Hand. »Danke, Sir Myles.«

Der Ritter verbeugte sich vor Jonathan und ging. Der Prinz sah Alanna an. »Worum ging es?«

Alanna zuckte die Achseln. »Ich glaube, wir haben uns darüber unterhalten, was einen Tyrannen ausmacht.«

»Ein Tyrann kämpft gegen Kleinere und Schwächere, weil ihm das Spaß macht«, sagte Jonathan geradeheraus. »Hat es dir Spaß gemacht, gegen Ralon zu kämpfen? Wir wollen für den Augenblick vergessen, dass er schon Knappe ist und älter als du.«

»Beim eigentlichen Kampf vielleicht«, entgegnete sie zögernd. »Anschließend nicht.«

»Du wirst keinen verprügeln können, der kleiner ist als du, weil es hier im Palast keinen gibt«, sagte der ältere Junge vernünftig. »Und nach dem heutigen Tag werden wir es uns alle zweimal überlegen, ob du der Schwächste von uns bist. Schau mal, kleiner Trebond – was meinst du wohl, worum es bei unserer Ritterausbildung geht?«

Ganz plötzlich fühlte sich Alanna viel besser. »Vielen Dank, Hoheit.« Sie strahlte. »Vielen herzlichen Dank.«

Er legte ihr die Hand auf die Schulter. »Du hast vielleicht bemerkt, dass mich meine Freunde Jonathan oder Jon nennen.«

Alanna schaute zu ihm auf. Sie wusste nicht so recht, was da vor sich ging. »Heißt das, dass *ich* Euer Freund bin, Hoheit?«

»Ich denke doch«, entgegnete er ruhig. »Ich hoffe es jedenfalls.«

Er streckte ihr die Hand hin.

Sie griff danach. »Dann bin ich es, Jonathan.«

4
Tod im Palast

Die Predigt, die ihr Herzog Gareth am Tag nach der Schlägerei mit Ralon hielt, war lang und eindrucksvoll. Er sprach von der Pflicht, die ein Edelmann einem anderen Edelmann schulde, vom Frieden, der auf dem Palastgelände herrschen müsse, und von Menschen, die andere tyrannisieren. Er informierte sie, dass der unbewaffnete Kampf ein unehrenhafter Zeitvertreib sei, den die Bürgerlichen pflegten und den die Shang-Krieger als Kunst betrieben – und sie sei weder das eine noch das andere. Sie musste eine formelle, schriftliche Entschuldigung an Ralons Vater verfassen und bekam für die nächsten zwei Monate Ausgehverbot. Alanna stand stramm und hörte zu. Sie mochte die Art und Weise, wie der Herzog sprach. Sie wusste, er war nicht böse mit ihr, sondern er freute sich darüber, dass sie Ralon besiegt hatte. Sie wusste ebenfalls, dass er ihr das nie sagen konnte, weil sie die Regeln missachtet hatte, und dass sie ihre Bestrafung ohne Klage entgegennehmen musste, weil ihr diese Regeln bekannt gewesen waren. Alannas Welt wurde von Regeln regiert – für jede Lebenslage gab es eine. Auf dem Palastgelände gegen einen Edlen zu kämpfen war gegen die Regeln und ihr das beizubringen war Herzog Gareths Aufgabe. Dennoch – die Regeln, die besagten, inwieweit sich ein Edler beleidigen lassen durfte, forderten, dass sie gegen Ralon kämpfen *musste*, und Herzog Gareth war stolz auf sie, dass sie ihre Ehre gewahrt hatte.

Wenn man die Regeln erst einmal kennt, überlegte sie sich, während sie mit einem Ohr dem Herzog zuhörte, *dann ist das Leben ziemlich einfach. Ich bin dem Herzog nicht böse, denn ich weiß, dass er die Regeln ebenso befolgen muss wie ich. Sowieso ist mir klar, dass er in Wirklichkeit gar nicht böse ist mit mir. Vielleicht ist unser Ritterkodex doch gar keine so schlechte Sache.*

Am zweiten Tag des acht Tage lang währenden Mittwinterfestes ernannte der König Gary, Alex, Raoul und einige andere vierzehnjährige

Pagen zu Knappen. Jeder Knappe wurde in den Dienst eines Ritters gestellt. Sie bedienten nach wie vor bei der Tafel, doch anschließend nahmen sie ihre Mahlzeiten im Knappensaal ein. Wenn sie benötigt wurden, bedienten sie – im Gegensatz zu den Pagen – auch bei den abendlichen Festlichkeiten. Alanna half ihren Freunden beim Umzug in ihre neuen Quartiere. Sie zogen in Räume, die an die Gemächer der Ritter angrenzten, die sie nun bedienten, und Alanna überlegte sich, ob sich ihr Leben nun wohl sehr verändern würde.

Die Dinge änderten sich und sie änderten sich doch nicht. Die gering bemessene Freizeit, die den Knappen, Alanna und Jonathan verblieb, verbrachten sie zusammen. Doch im Unterricht, den sie mit den anderen Pagen teilte, vermisste sie ihre Freunde. Es gab keinen Gary mehr, der im Benimmunterricht bissige Späße machte, und keinen Alex, der ihr die Tücken der Mathematik erläuterte.

Doch eines Abends kam Jonathan mit seinem Buch über die Kriegsgeschichte in ihr Zimmer. Er sei gern bereit ihr mit der Mathematik zu helfen, wenn sie ihm dafür erklärte, wie die Schlachten, die sich im Buch so langweilig lasen, abgelaufen waren, erklärte er grinsend. Er hatte im Unterricht bemerkt, wie wirklichkeitsnah und interessant sie ihm plötzlich vorkamen, wenn Alanna darüber sprach.

Alanna akzeptierte das Angebot ihres neuen Freundes überaus gern. Von da an fand man sie abends oft in seinem oder ihrem Zimmer, wo sie beisammensaßen und die Köpfe über eine Karte oder ein Blatt Papier beugten.

Das Schwitzfieber schlug ohne Vorwarnung im März zu. Es verschonte keinen, weder Stadtbewohner noch Palastpersonal, noch Priester, nicht einmal die Königin. Herzog Gareth und der Oberste Richter waren als Nächstes an der Reihe. Sir Myles erkrankte nicht. »Ich muss so viel Wein in mir haben, dass für eine Krankheit kein Platz mehr bleibt«, erklärte er Alanna. »Wirst du es jetzt also aufgeben, mir zu sagen, ich solle mit dem Trinken aufhören?«

Alanna ging es gut. Sie arbeitete härter als jemals zuvor. Jedes Mal, wenn ein weiterer Diener erkrankte, bekam sie noch mehr Pflichten auferlegt. Unterricht fand keiner statt, denn die meisten ihrer Lehrer waren erkrankt. Alanna machte Betten, wusch Geschirr, mistete Ställe aus. Von Geburt an hatte man ihr beigebracht, dass es keine Arbeit gab, die einem wahren Edlen zu schmutzig war. Jetzt wurde die Theorie zur Praxis.

Die Pagen und die Knappen – die Jüngsten und Gesündesten des Palasts – waren die Letzten, die erkrankten. Und zu diesem Zeitpunkt war es, dass der Dunkelgott den Palast besuchte und sich unter den Fieberkranken seine Opfer suchte. In der Stadt, wo die Seuche begonnen hatte, waren so viele gestorben, dass die Priester des Dunkelgotts die Toten auf Karren fortschafften. Innerhalb einer Woche hatte der Gott des Todes drei Pagen, fünf Knappen und den Obersten Kämmerer dahingerafft. Von Alannas engen Freunden erkrankte Raoul als Erster. Als Alanna ihn besuchte, schenkte er ihr ein mattes Lächeln.

»Ich komme mir blöde vor, dass ich hier im Bett liege, wo ich doch arbeiten sollte«, bekannte er, während er unter den dicken Decken zitterte. »Wie geht es dir? Und dem alten Coram?«

»Uns geht es gut.« Sie stopfte die Decken um ihn herum fest.

»Und Jon?«

»Der hat nicht einmal einen Schnupfen. Er verbringt viel Zeit mit dem König.«

»Das kann ich ihm nicht verdenken. So Mithros will, wird die Königin wieder gesund.« Raoul ließ es zu, dass ihm Alanna das schweißbedeckte Gesicht abwischte. Dann gab er ihr einen Schubs. »Hinaus mit dir, bevor du es auch noch einfängst.«

Alanna stellte fest, dass sie nicht mehr schlafen konnte. Maudes Mahnung, sie solle ihre Gabe zum Heilen benutzen, ging ihr nicht aus dem Sinn. Sie wusste, dass die Götter die Menschen bestraften, wenn sie ihre magischen Fähigkeiten nicht nutzten. Und doch kam sie ins Zittern, wenn sie daran dachte, sich ihrer Magie zu bedienen. Sie und Thom verfügten über eine größere Zauberkraft als alle, die sie kannte, und wenn sie diese Kraft benutzte und die Kontrolle darüber verlor, dann war es aus mit ihr – ebenso wie mit allen anderen, die sich in ihrer Nähe befanden. Thom gefiel diese eigenartige Macht – ihr nicht. Sie war sich ihrer Kontrolle über die Gabe nie sicher.

Nacheinander bekamen auch Gary, Francis und Alex das Fieber. Francis war der Kränkste und er phantasierte schon am Ende des ersten Tages. Die Palastheiler konnten nichts für ihn tun. Alanna hörte, wie einer von ihnen sagte, diejenigen, die es schon am ersten Tag so heftig treffe, müssten gewöhnlich sterben. Und es gab noch weitere beängstigende Geschichten. Man munkelte, das Schwitzfieber sei durch Zauberei verursacht worden. Es zehre die Zauberkraft der Heiler auf und sie seien inzwischen zu schwach, um irgendeinem helfen zu können.

Eines Abends war Alanna eben eingeschlafen, als Coram sie weckte. Er hatte schlechte Nachrichten. Francis hatte sich gerade in die Hände des Dunkelgottes begeben.

Alanna eilte hinunter zu der Kapelle, die dem Gott des Todes geweiht war. Jonathan war schon dort und hielt beim Leichnam seines Freundes Wache. Alanna wollte den Prinzen nicht stören und kniete sich im hinteren Teil der Kapelle nieder. Sie zitterte, als sie Francis ansah, wie er da auf dem Altar lag. Vielleicht wäre er noch am Leben, wenn sie etwas unternommen hätte.

Alanna schämte sich.

Sir Myles kniete sich neben sie. Sein Haar und sein Bart waren schlafzerzaust. »Tut mir Leid, Alan«, murmelte er. »Ich weiß, dass du mit Francis befreundet warst.«

Alanna sah den Ritter an. Er war ihr Freund und er war ein Erwachsener – er würde eine derartige Gewissensfrage verstehen. Und sie hatte Vertrauen zu seiner Meinung.

»Kann ich einen Augenblick mit Euch sprechen?«, flüsterte sie. »Draußen?«

Leise gingen sie hinaus. Myles ließ sich gleich vor der Kapelle auf eine Bank nieder. »Was bedrückt dich?«, fragte er und bedeutete ihr Platz zu nehmen.

Alanna blieb stehen. »Sir Myles – wenn jemand über Kräfte verfügt, die man sowohl zum Guten als auch zum Bösen einsetzen kann, sollte er sie dann benutzen?«

Er sah sie durchdringend an. »Zauberkräfte?«

Alanna scharrte mit dem Fuß. »Nun – ja, ich habe die Gabe.«

Myles runzelte die Stirn. »Das kommt darauf an, Alan. Die Gabe ist lediglich eine Fähigkeit. Wir verfügen nicht alle über sie, gerade wie wir nicht alle einen wachen Verstand oder gute Reflexe haben. Die Magie ist an sich weder gut noch böse. Ich denke, du solltest sie nur benutzen, wenn du absolut sicher bist, dass deine Sache es rechtfertigt. Hilft dir das weiter?«

Alanna zupfte sich nachdenklich am Ohr. »Ihr könntet mir wohl nicht mit Ja oder Nein antworten?«

Myles schüttelte den Kopf. »In diesem Fall nicht. Gewissensfragen lassen sich in den seltensten Fällen mit Ja oder Nein beantworten.«

Die Tür ging auf und Jonathan trat ein. »Alan?«, sagte er leise. Er war sehr bleich und seine Augen glänzten vor zurückgehaltenen Tränen.

»Danke, Sir Myles«, sagte Alanna und ging zu ihrem Freund.

Francis wurde am nächsten Tag beerdigt. Raoul und Gary, denen es endlich besser ging, kamen ebenfalls. Der Heiler, der Alex betreute, erklärte Alanna, dass auch er gesunde. Jonathan wohnte zusammen mit seinem Vater der Beerdigung bei. Sie verschwanden gleich hinterher und Alanna widmete sich eilends wieder ihren Pflichten.

Sie schlug sich mit ihren Gedanken herum und grübelte darüber nach, ob sie zu den Heilern gehen und ihre Dienste anbieten sollte. Für Francis konnte sie nichts mehr tun, aber da waren ja noch andere.

Das Fieber nahm ihr die Entscheidung ab. Coram und Timon suchten sie am nächsten Morgen in der Küche auf, wo sie Geschirr abwusch.

»Alan!«, rief Timon.

Sie schaute von einer Wanne voller Töpfe auf und runzelte die Stirn.

Corams Stimme war sanft. »Der Prinz ist gestern Abend erkrankt. Er ruft nach dir.«

Alanna legte das Spültuch beiseite. Vor Angst wurde ihr die Kehle eng. »Wie geht es ihm?«

»Schlecht«, sagte Timon.

Gefolgt von den beiden Dienern rannte Alanna zu Jonathans Gemächern. Sie öffnete die Tür und erstarrte. Es war unglaublich, was sie da sah. Jonathans Bett war von Menschen umrundet. Der Weihrauch, der in der Luft hing, brachte sie zum Niesen. Die Priester des Dunkelgottes sangen Sterbegesänge, während der Oberste Heiler im Hintergrund stand. Herzog Baird sah sich am Ende seiner Kraft. Jonathan halluzinierte schon und der Heiler hatte gelernt, dass die Menschen, denen es gleich von Anfang an so schlecht ging, immer starben.

Alanna schnappte vor Wut nach Luft. Wie konnte jemand in einem derartigen Durcheinander gesund werden? Wie sollte Jonathan atmen? Das widersprach allen Regeln des gesunden Menschenverstandes, die ihr Maude beigebracht hatte. Zum Heilen waren frische Luft, Ruhe, absolute Sauberkeit, Gelassenheit und besänftigende Stimmen vonnöten. Hatten diese Stadtleute denn von *gar nichts* eine Ahnung? Alanna machte den Mund auf – und dann klappte sie ihn wieder zu. Fast hätte sie den Erwachsenen befohlen zu verschwinden! Sie konnte sich vorstellen, wie ein derartiger Befehl aufgenommen werden würde, wenn er von einem Pagen kam.

Sie drehte sich zu Coram um. »Hol Sir Myles! Sofort!«

Der stämmige Soldat blickte auf sie hinunter. Er kannte dieses vorgereckte Kinn. »Du hast doch wohl nichts Törichtes im Sinn, wie?«

»Nichts Törichteres als das da.« Heftig deutete sie mit dem Kopf auf das überfüllte Gemach.

Coram seufzte und wandte sich an Timon, der ihn verwirrt ansah. »S – er ist ein Trebond«, erklärte er. »Die sind so stur wie die Maulesel. Alle miteinander. Es ist wohl das Beste, wir gehen Sir Myles holen.«

Alanna ging wieder hinaus und schloss die Tür. Lieber wollte sie im Flur warten als sich dieses verrückte Treiben da drinnen mit ansehen. Glücklicherweise dauerte es nicht lange, bis die beiden Männer mit einem sehr neugierigen Myles zurückkehrten.

»Ich brauche Eure Hilfe«, erklärte Alanna dem Ritter kurz angebunden. »Seht einmal da hinein!«

Myles warf einen Blick in Jonathans Gemach. Er schloss die Tür und zog die Augenbrauen hoch. »Du weißt, dass es nicht viel Hoffnung gibt«, erklärte er Alanna leise. »Nicht, wenn er so rasch derart schwer erkrankt.«

Ihre Augen und ihre Stimme waren so hart wie Stahl. »Vielleicht nicht, vielleicht aber doch. Hört zu – ich habe Euch etwas verheimlicht. Ich habe die Gabe und ich bin zum Heilen ausgebildet. Die Dorfheilerin hat mir alles beigebracht, was sie wusste.« Als der Ritter ernst blieb, fuhr sie überstürzt fort. »Ich mag ja erst elf sein, aber es gibt Dinge, die sogar ein Idiot weiß. In einem Krankenzimmer macht man keinen Krach und man vernebelt nicht die Luft mit Weihrauch! Und meine Heilkraft ist nicht so ausgezehrt wie die der Palastheiler.« Sie sah den Zweifel in den Augen des Ritters und fügte hinzu: »Jonathan hat nach mir gerufen. Ich glaube, er spürt, dass ich ihm helfen kann.«

Myles zupfte an seinem Bart. »Ich verstehe. Und was soll *ich* dabei tun?«

Alanna holte tief Luft. »Schickt diese Leute weg. Auf Euch werden sie hören.« Sie konnte nicht sagen, woher sie wusste, dass die Leute in Jonathans Gemach einem untergeordneten Ritter gehorchen würden – sie wusste es einfach. »Holt sie da heraus, damit wir den Raum lüften können und damit ich mit Herzog Baird reden kann.«

»Das ist ein gewaltiger Befehl.« Myles dachte nach, dann zuckte er die Achseln. »Du bist sehr überzeugend, Alan. Und was haben wir schon zu verlieren?«

Sie schaute ihn an und in ihren Augen lag der Schmerz.

»Jonathan«, flüsterte sie.

Das überzeugte ihn. »Na gut.« Er nickte Timon zu. »Melde mich an.«

Timon, der aussah, als habe sich seine Welt von oben nach unten gekehrt, öffnete die Tür.

»Sir Myles von Olau!«

Die Menge verstummte und wandte sich zur Tür. Die Priester brachen ihren Gesang ab. Myles trat, von Coram und Timon flankiert, ins Zimmer. Alanna folgte. Keiner achtete auf sie. Es war verblüffend, wie Myles sich verändert hatte. Ganz plötzlich lag etwas Fürstliches im Auftreten des kleinen, untersetzten Mannes. Darüber hinaus war er sehr wütend.

»Habt ihr der Verstand verloren?«, forderte er zu wissen. Seine sonst so sanfte Stimme war scharf und durchdringend geworden. »Erzählt mir nur nicht, dass seine Majestät darüber unterrichtet ist, was hier vor sich geht. Das ist unmöglich.«

Keiner sagte etwas.

»Verschwindet!«, befahl Myles. »Hier liegt ein Kranker, kein Toter.« Er warf den Priestern einen Blick zu. »Schande über euch! Der Junge lebt noch!«

Einen Augenblick später senkte der Oberpriester den Kopf und führte die anderen Priester mit sich hinaus. Einige der Höflinge warfen Herzog Baird einen Blick zu: Eigentlich führte ja *er* hier das Kommando. Der Heiler nickte Myles zu. Auf seinem müden Gesicht lag die Erleichterung.

»Ihr könnt hier nichts ausrichten«, erklärte er den anderen Edlen. »Myles hat Recht, geht zu euren Göttern und betet für unseren Prinzen. Das ist der einzige Weg, wie wir ihm jetzt noch helfen können.«

Nach und nach verschwanden sie. Nur Herzog Baird blieb zurück. Alanna eilte zu Jonathan. Ihr Freund war leichenblass und schwitzte heftig. Alanna stopfte die Decken um Jon herum fest. »Coram!«, rief sie. »Mach die Fenster auf. Wir müssen frische Luft hereinlassen.«

Baird sah Myles misstrauisch an. »Was geht hier vor sich?«

»Alan hat mich gebeten ihm zu helfen«, entgegnete der Ritter. »Ich führe seine Befehle aus.«

Baird starrte ihn an. »*Ihr* führt die Befehle eines Pagen aus?«

»Alan«, sagte Myles. »Du bist Herzog Baird eine Erklärung schuldig.«

Alanna erhob sich und ging zum Heiler. Rasch erzählte sie ihm, was sie Myles schon gesagt hatte, und unterbrach lediglich, um Coram zu bedeuten, er solle die Fenster wieder schließen. »Ich bin noch jung und ich bin auch nicht so gut ausgebildet wie Ihr«, schloss sie. »Aber meine Kraft ist nicht so ausgelaugt. Und er ist mein Freund.«

»Freundschaft wird da nicht reichen«, erklärte ihr Baird. »Als Heiler wirst du wissen, dass das Heilen gewöhnlich nur einen kleinen Teil der Kraft eines Heilers beansprucht. Bei diesem Fieber ist es anders. Es beraubt dich ganz und gar deiner Kraft – und wenn du auch weiterhin zu heilen versuchst, wird sie in einem solchen Maß aufgezehrt, dass es dich das Leben kostet. Schon drei meiner Heiler sind gestorben. Willst du dein Leben riskieren, indem du dich gegen diese Hexerei stellst?«

»Also glaubt Ihr tatsächlich, dass diese Krankheit durch Zauberkraft verursacht wurde?«, fragte Myles.

Der Heiler rieb sich die Augen. »Natürlich. Außerhalb der Stadt ist keiner erkrankt, und kein Heiler wird von einem gewöhnlichen Fieber umgebracht. Und ich finde es sehr interessant, dass der Thronerbe erst erkrankte, als alle Palastheiler ihre Kraft erschöpft hatten.«

»Kann keiner von unseren Zauberern gegen dieses Fieber ankämpfen oder feststellen, wo es seinen Ursprung hat?«, fragte Myles.

»In Tortall gibt es keinen, der dafür mächtig genug ist. Herzog Roger wäre es, doch der ist in Carthak. Der König hat nach ihm schicken lassen, doch in weniger als einem Monat kann nicht einmal Roger von Conté so weit reisen.«

Alanna hörte zu und beobachtete währenddessen Jonathan. Er war fiebergerötet und warf sich unter seinen Decken hin und her. Sie biss sich auf die Lippe. Auf eine gewisse Art und Weise hatte sie den Tod von Francis verschuldet. Sie hatte ihm ihre Heilkraft versagt und er war gestorben. Diesen Fehler durfte sie nicht noch ein zweites Mal machen.

»Ich werde es trotzdem versuchen«, sagte sie. Als sie sah, wie streng Baird dreinblickte, fügte sie hinzu: »Mit Eurer Erlaubnis.«

Baird streckte ihr eine Hand hin und Alanna griff danach. »Ich bin sehr müde«, sagte der Oberste Heiler. »Wenn du so fähig bist, wie du behauptest, sollte es dir eigentlich nicht allzu schwer fallen, mich zu stärken. Tu es!«

Alanna schaute auf die Hand des Herzogs. Langsam und sorgfältig griff sie in sich hinein. Da war er: ein purpurfarbener, winziger Feuerball, der anschwoll, während sie ihn im Geist sanft anstupste. Wie immer, wenn sie ihre Zauberkraft anrief, begann ihre Nase zu jucken. Sie ignorierte dieses unangenehme Gefühl. Ihre Augen tränten. Sanft zog sie das Feuer in ihrem Körper empor und ließ es durch ihren Arm und in Herzog Baird fließen. Er stieß zischend die Luft aus und packte fester nach ihrer Hand. Alanna ließ das Purpurlicht in den Mann gleiten, bis er nichts mehr davon aufnehmen konnte. »So soll es sein«, flüsterte sie und ließ seine Hand los.

Alanna taumelte. Ihr war ein bisschen schwindlig. Myles packte sie am Arm.

»Mir geht es gut«, erklärte sie ihrem Freund. Dann sah sie Herzog Baird an. »Mir blieb gar nichts anderes übrig, als diesen Zaubertrick zu lernen. Mein Bruder wurde nämlich immer müde, wenn wir einen Fußmarsch unternahmen.«

Der Heiler starrte sie an und rieb sich die Hand. »Möge dir Mithros beistehen«, flüsterte er. »Ich glaube, der Prinz hat tatsächlich eine Chance.« Er eilte aus dem Raum. Myles, Coram und Timon starrten Alanna beeindruckt an, weil der Herzog so von ihr beeindruckt gewesen war. Alanna fühlte sich benommen und ein wenig einsam. Sie mochte es nicht, wenn die Leute sie ansahen, als müsse man Angst vor ihr haben.

»Bleibt ihr da?«, bettelte sie.

Myles legte ihr den Arm um die Schulter. »Du kannst auf uns zählen«, sagte er.

Die anderen beiden nickten.

Alanna biss sich nachdenklich auf die Lippe. »Wir versuchen es erst mit den gewöhnlichen Heilmethoden«, entschied sie. »Coram, wir brauchen ein Feuer, das so hoch brennt wie nur irgend möglich.« Der Diener verbeugte sich und verließ den Raum. Alanna ging zum Schreibtisch und nahm sich Papier und Feder. Eilends schrieb sie etwas nieder. »Timon, diese Dinge benötige ich aus der Küche. Und außerdem brauche ich ein paar zusätzliche Decken.«

Timon nahm die Liste und verschwand. Myles schürte das Feuer mit dem Holz, das in einem Korb neben dem Kamin lag.

»Alan?« Jonathans Stimme war tief und krächzend. Alanna ging zu ihm und nahm seine Hand.

»Ich bin da, Jonathan. Ich bin es, Alan.«

Jonathan lächelte. »Ich weiß, dass du mich nicht sterben lassen wirst.«

»Ihr werdet nicht sterben«, sagte Myles über Alannas Schultern hinweg. »Daran dürft Ihr nicht einmal denken.«

Jonathan runzelte die Stirn. »Myles? Ihr seid hier?« Er sah sich um. »Ich träumte, hier seien viele Menschen –«

»Hier waren auch viele«, versicherte ihm Alanna. »Myles hat sie hinausgeworfen.«

Der Prinz lächelte. »Das hätte ich gern gesehen.«

»So, und jetzt musst du schlafen«, sagte Alanna.

An Jonathans Blick konnte man ablesen, dass er eben im Begriff war, noch weitere Fragen zu stellen, also benutzte Alanna noch einmal ihre Zauberkraft. Sie strich Jonathan über die Schläfen und sah ihm tief in die Augen.

»Schlaf jetzt, Jonathan.«

Ihre raue, jungenhafte Stimme war seltsam zwingend. Myles ertappte sich dabei, wie er gähnte.

»Schlaf.« Jonathan kam es so vor, als ertränke er in Lilafarben. Er schlief ein.

Coram kehrte mit Feuerholz beladen zurück. Timon kam mit den Decken und den anderen Dingen auf Alannas Liste. Sie schickte ihn noch einmal los, um Backsteine zu besorgen. Dann ließ sie sich vor dem Feuer nieder. Sorgsam braute sie aus Met, Honig, Kräutern und Zitronensaft einen Sirup gegen Jonathans Husten. Ihre Hand zitterte, während sie rührte. Myles bemerkte es und nahm ihr den Löffel ab.

»Was ist los mit dir?«, fragte er, während er in der Mischung rührte. »Du zitterst schon, seit du Jonathan zum Einschlafen brachtest.«

Sie setzte sich erschöpft nieder. »Herzog Baird hatte Recht.« Sie nahm das Glas Wein entgegen, das ihr Coram einschenkte, und trank es leer. »Dieses Fieber – es erschöpft mich wie nichts anderes, was ich jemals verspürt habe.« Sie seufzte. »Myles? Könntet Ihr mit dem König und der Königin reden? Sie werden sich Sorgen machen –«

Der Ritter übergab Coram den Löffel. »Du brauchst nichts weiter zu sagen«, erklärte er ihr. Er verließ den Raum, wobei er versuchte sich sein struppiges Haar zu glätten.

Coram beobachtete sie, während er rührte. »Ich hoffe doch, dass du weißt, was du da tust?«

Alanna rieb sich den Kopf, der schon jetzt schmerzte. »Das hoffe ich auch.«

Als Timon die Backsteine brachte, erhitzte Coram sie im Feuer und wickelte sie in Tücher. Alanna packte sie um Jonathan herum ins Bett. Dann häufte sie mit Timon zusammen weitere Decken über den Prinzen. Schon nach kurzer Zeit begann Jonathan zu schwitzen. Ein heftiger Husten schüttelte ihn. Alanna ließ den Sirup ein klein wenig abkühlen und flößte Jonathan etwas davon in die Kehle.

Alle zwei Stunden wechselten sie das schweißgetränkte Bettzeug und packten Jonathan in frisch angewärmte Backsteine und Decken. Es war glühend heiß im Zimmer. Die Kleider klebten ihnen am Körper und sowohl Coram als auch Timon zogen ihr Hemd aus. Als Myles zurückkehrte, wurde er fast ohnmächtig von der Hitze.

»Herzog Baird ist bei der Königin«, erklärte er Alanna. »Er wird dafür sorgen, dass sie die Nerven behält und nicht herkommt. Caynnhafen wurde von Piraten angegriffen. Seine Majestät ist im Kriegssaal und unabkömmlich. Sie müssen sich alle beide darauf verlassen, dass Herzog Baird weiß, was er sagt. Sie werden uns in Ruhe lassen.«

Alanna schaute sich um. Drei schweißüberströmte Männer – und nicht nur sie, sondern alle im Palast – beobachteten sie und warteten, was sie wohl als Nächstes tun würde. Das jagte ihr Angst ein. War es möglich, dass die Erwachsenen gar nicht so selbstsicher und stark waren, wie sie immer geglaubt hatte?

Doch sie hatte jetzt keine Zeit sich darüber Gedanken zu machen. »Timon! Sir Myles wird dich jetzt ablösen«, erklärte sie. »Du musst dich ausruhen und etwas essen.«

Timon gehorchte. Jetzt half Myles mit, wenn sie Jonathan mit Coram zusammen neu einpackte. Und Myles war es auch, der den Prinzen hielt, während ihm Alanna ihren Sirup einflößte. Als Timon zurückkehrte, befahl sie Coram sich auszuruhen. Am späten Nachmittag begann

Jonathan das Zeug auszuhusten, das seine Lungen verstopfte. Als es dämmerte, schlief er ein, doch sein Fieber stieg noch immer. Alanna schickte die anderen fort, damit sie aßen und ausruhten, während sie bei ihrem Freund Wache hielt.

Herzog Baird warf einen kurzen Blick herein und verschwand wieder – es war sein dritter Besuch dieser Art und er sagte nie etwas. Alanna nickte ihm nur zu. Sie hatte keine Energie mehr übrig für ein Gespräch. Myles kehrte mit einem Essenstablett zurück. »Iss!«, befahl er. »Und ich stelle in Jonathans Ankleidezimmer eine Liege auf. Jetzt bist du an der Reihe dich auszuruhen.«

Alanna wusste, dass ihr Freund Recht hatte. Sie aß, legte sich im Ankleidezimmer hin, schlief augenblicklich ein und erwachte erst wieder, als die Nacht anbrach. Während ihre Freunde fortgingen, um eine Kleinigkeit zu essen und sich die Füße zu vertreten, setzte sie sich zu Jonathan. Es war drückend heiß im Zimmer, doch der Prinz zitterte. Der Schweiß lief ihm übers Gesicht. Alanna sah zu und sammelte ihre Kraft. Sofern der Dunkelgott Jonathans Leben wollte, würde er dafür kämpfen müssen.

Die Tür ging auf. Alanna sprang auf und verneigte sich tief, als der König und die Königin eintraten. Sie hatte Mitleid mit den beiden. Der König, der sonst immer lächelte, sah sorgenvoll aus. Um seinen Mund herum waren tiefe Linien eingekerbt. Er hatte stützend einen Arm um seine Gattin gelegt. Königin Lianne sank in den Stuhl, den Alanna für sie herbeizog. Sie hatte sich noch immer nicht von ihrem eigenen Fieber erholt und das Gewand schlotterte ihr um den Leib.

»Alan von Trebond«, sagte der König und seine tiefe Stimme klang so, als zwinge er sich dazu, ruhig zu sprechen. »Wie geht es meinem Sohn?«

Alanna schluckte nervös. »Den Umständen entsprechend gut, Majestät. Er hat fast den ganzen Tag geschlafen.«

Liannes Stimme war leise, doch ein klein wenig Schärfe klang darin.

»Wie kannst du ihm helfen, wo du doch lediglich ein kleiner Junge bist, egal, was Herzog Baird sagen mag?«

»Eure Majestät – zumindest weiß ich, dass es nicht gut ist, die Luft mit Weihrauch zu verpesten und Jonathan mit wehklagenden Menschen zu umgeben«, erklärte Alanna. »Außerdem hat er mich rufen lassen. Er vertraut mir und dabei *weiß* er nicht einmal, dass ich die Gabe habe.«

»Bist du jemals ausgebildet worden?«, fragte König Roald.

»Ich habe alles gelernt, was mir unsere Dorfheilerin beibringen konnte, Majestät. Ich kann heilen – und ich kann zaubern. Mein Bruder Thom ebenfalls, nur kann er außerdem noch die Gedanken der Leute lesen und manchmal in die Zukunft blicken. Das kann ich nicht.«

»Warum hast du all dies nicht gleich bei deiner Ankunft Herzog Gareth erzählt?«, wollte der König wissen. »Warum hat uns dein Vater nicht davon unterrichtet?«

Sie scharrte mit dem Fuß. »Meine Mutter ist bei unserer Geburt gestorben. Auch sie hatte die Gabe. Mein Vater war zornig – er dachte, ihre Zauberkraft und die seine hätten sie retten müssen. Also sagte er, er wolle seine Gabe nie mehr benutzen – und wir sollten es mit der unsrigen ebenso halten. Man durfte uns nicht einmal lehren, wie man sie benutzt. Aber Maude, die Dorfheilerin, hat uns heimlich unterrichtet.« Alanna ließ den Kopf hängen. »Und was den Rest betrifft, so will ich ein Ritter werden. Irgendwie schien es mir unfair, meine Gabe zu benutzen. Es kam mir so vor, als kämpfte ich mit faulen Tricks.« Roald nickte verständnisvoll. »Aber Maude sagte, ich solle meine Gabe zum Heilen benutzen. Sie sagte, ich hätte mehr Heilkraft als die meisten anderen. Sie sagte, wenn ich nicht heilen würde, könne ich die Toten, die ich als Ritter einmal zu verantworten hätte, niemals ausgleichen. Ich habe nicht auf sie gehört.« Alannas Stimme war sehr leise. »Ich habe ihr nicht gehorcht und einer meiner Freunde ist gestorben.«

Der König legte ihr die Hand auf die Schulter. »Du hast getan, was du für richtig hieltest, Alan. Wir können nicht alle in die Zukunft sehen und wir können nicht wissen, was von uns verlangt wird.« Er rieb sich die Stirn. »Ich hätte auf Roger hören sollen«, sagte er eher zu sich selbst als zur Königin oder zu Alanna. »Wenn er jetzt hier wäre und euch Jungen unterrichten würde –« Er atmete tief ein und sah Alanna wieder an. »Jonathan hat die Gabe. Er hat sie von mir – von der Conté-Linie. Wenn – *sobald* er wieder gesund ist, werde ich dafür sorgen, dass ihr Burschen eine ordentliche Ausbildung bekommt. Auch ich habe diesen Teil unseres Erbes ignoriert. Wie dein Vater dachte ich, unsere Zauberkraft verschwände, wenn man sie ignoriert.« Der König schüttelte den Kopf. »Ein Ritter muss all seine Fähigkeiten entwickeln, soweit er nur kann. Und das Böse geht oft Hand in Hand mit der Zauberei.«

Alanna glaubte zu wissen, was der König damit sagen wollte. Hätte man ihr eine bessere Ausbildung angedeihen lassen, so hätte sie sich jetzt nicht so hilflos gefühlt. Sofern das Fieber durch einen Zauber verursacht worden war, stürzte sie sich schlecht vorbereitet in den Kampf.

Lianne fächelte sich Luft zu. »Es ist so heiß hier drinnen«, klagte sie.

»Wir wollen, dass er das Fieber ausschwitzt, Majestät«, erklärte Alanna. »Es ist das Beste, wenn man erst einmal die natürlichen Heilmittel versucht.«

Der König tätschelte seiner Gattin die Hand. »Vergiss nicht, was Herzog Baird sagte. Wir können Myles und Alan vertrauen. Wir *müssen* ihnen vertrauen.«

Lianne ging zu dem schlafenden Jonathan und nahm seine Hand. Ihre Augen glänzten feucht. »Er ist alles, was wir haben, Alan. Ich kann nicht – ich bin nicht mehr in der Lage Kinder zu bekommen.« Sie warf dem König ein tapferes Lächeln zu. »Wenn mein Gemahl dir vertraut, dann will ich es ebenfalls tun.«

»Mutter?« Jonathans Stimme war nur ein Flüstern. »Vater?«

Alanna zog sich ins Ankleidezimmer zurück. Es dauerte nicht lange, bis

König Roald sie wieder rief. »Er schläft. Schickst du nach uns, wenn –«
Dem König gelang es nicht, seinen Satz zu Ende zu führen. Impulsiv streckte Alanna die Hand aus und tätschelte seinen Arm.
»Wir werden Euch sofort Bescheid geben, sobald irgendeine Veränderung eintritt«, versprach sie.
Leise trat Myles ins Gemach und verbeugte sich vor dem König und der Königin. »Er wird wieder gesund werden«, sagte er zu Lianne. »All unsere Gebete sind mit ihm.«
»Abgesehen von den Gebeten dessen, der das Fieber geschickt hat«, entgegnete die Königin.
Der König und Myles wechselten einen Blick. Die Königin hatte Recht. Wer war dem Prinzen feindlich gesinnt?
Liebevoll ergriff der König den Arm seiner Gattin. »Komm, meine Liebe«, sagte er leise. »Wir müssen gehen.«
Coram und Timon kehrten zurück, als Jonathans Eltern das Gemach verließen. Alanna krempelte die Ärmel hoch. »Lasst uns das Feuer wieder schüren«, sagte sie grimmig.
Es war eine lange Nacht. Jonathans Husten hörte schließlich auf. Alanna hörte ihm die Brust ab und lächelte, als sie entdeckte, dass er frei atmete. Doch das Fieber ließ nicht nach und trocknete Jonathans Lippen aus, bis sie aufsprangen und bluteten. Er setzte sich gegen Alanna und Myles zur Wehr, während er im Schlaf schlimme Alpträume durchlebte. Seine Stimme war fast unhörbar geworden und Alanna war erschüttert, wenn sie sah, wie er schrie, ohne einen Laut von sich zu geben.
Myles packte sie an den Schultern. »Alan! So kann es nicht weitergehen! Benutze deine Gabe!«
»Ich *habe* sie benutzt!«, rief sie. »Ich bin nicht ausgebildet –«
»Dann geh in dich! Siehst du denn nicht, dass er stirbt?«
Alanna schaute ins Feuer. Es loderte hungrig im Kamin und wartete auf sie. Sie rieb sich die Augen. Schon jetzt war sie von den kleinen

Zaubersprüchen und Tricks, die sie im Lauf des Tages angewandt hatte, völlig erschöpft.

Sie hob das letzte Kräuterbündel auf. Es enthielt Eisenkraut. Sie hatte die ganze Zeit über gewusst, dass es dazu kommen würde. Matt öffnete sie es und starrte auf die brüchigen Blätter.

»Coram. Timon.« Ihre Stimme war leblos. »Es ist wohl besser, ihr geht.« Coram trat zu ihr. »Bursche –«, begann er sorgenvoll. Er sah ihr ins Gesicht und seufzte. »Komm, Timon, wir verschwinden«, sagte er. »Wir sollten nicht dableiben, wenn sie mit der ernsthaften Hexerei anfängt.« Die beiden gingen hinaus und Myles verriegelte die Tür.

Alanna warf das Eisenkraut ins Feuer. Es stand ihr nicht zu, sich an einem derartigen Zauber zu versuchen. Sie war kein Zauberer, und andere, die viel älter und mächtiger waren als sie, waren bei dem Versuch gescheitert, mit den Mächten umzugehen, die sie jetzt anrufen wollte.

Ein Stöhnen vom Bett her erinnerte sie daran, weshalb sie hier war. Sie kniete sich vors Feuer und flüsterte die Worte, die – wie Maude sie gelehrt hatte – die Mächtigen der Götter herbeirufen würden. Langsam, unendlich langsam, da sie so müde war, verfärbten sich die Flammen violett. Mit beiden Händen griff sie in das purpurfarbene Feuer.

Ihr Innerstes, das, was sie zu Alanna machte, strömte durch ihre Handflächen heraus. Sie verströmte ihr Feuer; sie war das Feuer. Dann sprach sie den Zauberspruch, den sie, wie Maude ihr gesagt hatte, nur sprechen durfte, wenn nichts anderes mehr übrig geblieben war.

»Dunkle Göttin, Große Mutter, zeig mir den Weg. Öffne mir die Tore. Leite mich, Mutter der Berge und der Meere –«

Mit einem Geräusch, das sich anhörte wie ein Donnerschlag, loderte das Feuer auf. Alanna zuckte zusammen, doch sie konnte sich nicht von der Feuerstelle entfernen. Das Feuer füllte ihre Augen. Sie sah, wie sich vor ihr unzählige Tore und Türen öffneten. Und plötzlich war sie wieder da: die aus schwarzem, glasartigem Stein gehauene Stadt, die sie auch in Maudes Feuer gesehen hatte. Die Sonne brannte auf sie herab. Alanna wurde es heiß. Die Stadt rief nach ihr; die prächtigen Türme und die schimmernden Straßen sangen in ihrem Kopf.

Die Stadt verschwand. Jetzt schoss Energie in reinster Form durch Alannas Arme und in ihren Körper hinein. Sie unterdrückte einen Schrei, als sich ihr Fleisch in purpurfarbenes Feuer verwandelte, das nur durch ihre Haut zurückgehalten wurde. Sie glühte, sie leuchtete, sie brannte vor Zauberkraft. Es schmerzte. Jede ihrer Körperzellen schrie nach Kühle und nach Dunkelheit, um das Feuer zu löschen. Sie konnte es nicht zurückhalten. Sie würde platzen wie eine überreife Frucht.

Eine Stimme hub zu sprechen an und Alanna schrie auf. Diese Stimme war nicht für menschliche Ohren bestimmt. »Ruf ihn zurück!«, ertönte sie. »Ich bin hier. Ruf ihn zurück.«

Alanna rannen die Tränen über die Wangen. Die Stimme und der Schmerz brachten sie um. Das Feuer fraß sie bei lebendigem Leib, als wäre es ein Tiger.

Etwas in ihr setzte sich zur Wehr. Sie ballte die Fäuste und kämpfte gegen den Schmerz an. Sie knirschte mit den Zähnen. *Sie* würde auf diesem Tiger reiten. Ihr Körper hatte bisher noch nie die Oberhand über sie gewonnen – sie durfte es nicht ausgerechnet jetzt zulassen. *Bin ich ein albernes Mädchen?*, dachte sie wütend. *Oder bin ich ein Krieger?*

Sie setzte sich zur Wehr und drängte den Schmerz zurück, bis sie ihn unter Kontrolle hatte. Jetzt war *sie* Herr über die Macht, die sie aus den Flammen gezogen hatte. *Sie* ritt auf dem Tiger. Sie war ein Krieger!

Alanna ging zum Bett. Myles trat beiseite. Er hatte hilflos zugesehen, als sich Alan strahlend purpurfarben verfärbt und aufgeschrien hatte. Die Farbe war inzwischen verblasst, doch noch immer leuchtete Alanna von einem fahlen, purpurfarbenen Licht. Myles spürte, dass er verbrennen und sterben würde, wenn er den Jungen jetzt berührte.

Alanna stand neben dem Bett und sah auf Jonathan hinunter. Er schien so weit weg, so weit von ihr entfernt. »*Er ist weit gereist*«, sagte die schreckliche Stimme. »*Nimm seine Hände. Ruf ihn zurück.*«

Ganz entfernt nahm Alanna wahr, dass die Stimme einer Frau gehört.

»Danke«, flüsterte sie.

Behutsam nahm sie Jonathans Hände und griff mit ihrem Bewusstsein in seine blicklosen Augen.

»Jonathan!«, rief sie. »Es ist Zeit, nach Hause zu kommen. Jon!«

Myles starrte. Er hörte keinen kleinen Jungen, der nach dem Prinzen rief. Er hörte die Stimme einer Frau, die von unendlich weit herkam. Eine heilige Scheu vor dieser Kraft, die er nicht verstand, ergriff ihn und er trat noch weiter vom Bett zurück.

Alanna fiel in die blauen Tiefen der Augen ihres Freundes. Sie irrte durch einen schwarzen, sich windenden Schacht. Der fremde Ort pulsierte um sie herum und umschlang sie, als sei er ein lebendes Wesen. Ringsumher erklangen Gekreische und Gekichere und die Schreie verlorener Seelen. Sie stand am Rand zwischen der Welt der Lebenden und der Unterwelt. Sie trieb zwischen Leben und Tod dahin.

»Jon!«, rief sie unentwegt und sie spürte, wie die Kraft, die sie in sich barg, das Hässliche zurückstieß. »Jon!« Endlich konnte sie ihn sehen. Er befand sich weit unter ihr, fast am Grund des Schachtes, nahe am Tod.

Ein riesiger, dunkler Schatten, der die Form eines mit einem Kapuzenmantel bekleideten Mannes hatte, schob sich zwischen sie. Trotz des eigenartigen Zustandes, in dem sie sich befand, bekam Alanna Angst. Das musste der Dunkelgott sein, der Herr über den Tod.

Es war verrückt, mit einem Gott zu streiten, aber er befand sich zwischen ihr und ihrem Freund. »Ihr müsst entschuldigen«, sagte sie höflich. »Aber Ihr könnt ihn nicht kriegen. Noch nicht. Er kommt mit mir zurück.«

Die Schattenhände griffen nach ihr. Alanna blieb stehen und ihr Bewusstsein sandte einen purpurfarbenen Feuerschild aus. »Ihr könnt ihn nicht haben«, sagte sie jetzt mit noch viel festerer Stimme.

Die Schattenhände griffen nach ihrem Schild und packten sie an den Schultern. Alanna kam es so vor, als musterten sie unsichtbare Augen. Der mächtige, dunkle Kopf nickte – und der Schatten war verschwunden. Der Dunkelgott war nicht mehr da.

Alanna streckte die Hände nach Jonathan aus und er griff danach. »Komm zurück«, erklärte sie ihrem Freund. »Wir gehören nicht hierher. Komm nach Hause.«

Jonathan lächelte. »Ich komme.« Seine Stimme war die des Mannes, der er eines Tages sein würde: tief und ebenmäßig, ruhig und gebieterisch war sie. Hörte er eine Frau, wenn Alanna sprach? Wusste er, dass sie es war? »Ich bin bei dir, mein Freund. Es wird Zeit, dass wir gehen.«

Ihre verschlungenen Hände leuchteten weiß glühend und schmolzen die umgebenden Schatten fort. Ihre gemeinsame Gabe brannte die Wände dieses unwirklichen Ortes weg. Am Ende des Schachts lag das Zimmer, das sie schon vor so langer Zeit verlassen hatte. Während es immer näher kam, verflüchtigte sich nach und nach das violette Feuer aus Alannas Körper. Als sie in Jons Schlafraum angelangt waren, steckte – zu ihrer großen Erleichterung – nur noch sie selbst in ihrer Haut.

»Vielen Dank«, sagte der Mann in Jonathan. Er ließ ihre Hand los. Alanna wurde wieder zu Alan, dem Pagen, der neben Prinz Jonathan auf dem Bett saß. Dessen Augen waren klar. Er seufzte und schloss sie. »Es ist schön, wieder zurück zu sein«, flüsterte er und schlief ein.

Wankend stand Alanna auf. Myles wagte es schließlich, zu ihr zu treten. Er hatte zugesehen, wie die beiden Jungen mit einem unentwegt heller werdenden purpurfarbenen Licht gebrannt hatten. Er hatte Jonathan mit der Stimme eines Mannes und Alan mit der einer Frau reden hören. Das würde er nie mehr vergessen.

»Alan?«

Sie drehte sich um. »Es geht ihm gut«, murmelte sie und stolperte. »Er wird schlafen –« Die Knochen taten ihr weh, ihr Kopf hämmerte und sie konnte kaum auf den Beinen stehen. »Myles«, keuchte sie und dann fiel sie bewusstlos zu Boden.

5
Das zweite Jahr

Da Alanna drei Tage lang schlief, entging sie den meisten Fragen bezüglich der Rolle, die sie bei Jonathans Heilung gespielt hatte. Als sie später befragt wurde, schob sie Sir Myles das ganze Verdienst zu. Wann immer der Ritter versuchte darüber zu reden, was in jener Nacht passiert war, wechselte Alanna das Thema. Sie wusste, dass Myles sie beobachtete, doch sie sagte nichts, denn sie wusste, dass dadurch lediglich all die Diskussionen wieder aufleben würden.

Auch Prinz Jonathan beobachtete sie. Und doch sprach er nie über diese Nacht. Je weniger über die ganze Angelegenheit geredet wurde, desto glücklicher war Alanna. Manchmal fragte sie sich, ob sich Jonathan überhaupt an diesen Ort erinnerte, der zwischen Leben und Tod lag. Möglicherweise tat er es nicht und er schnitt das Thema niemals an.

Der kalte Winter machte endlich dem Frühling Platz und Alanna packte ihre leichtere Kleidung wieder aus. Eines Morgens kleidete sie sich in höchster Erregung an. An diesem Tag sollten die Pagen ihren lang versprochenen Ritt nach Caynnhafen unternehmen und Alanna konnte kaum still stehen. Plötzlich erstarrte sie vor ihrem langen Spiegel. Sie sah ihr Ebenbild genauestens an und hüpfte auf und ab.

Viel war da nicht zu sehen, aber es war ganz eindeutig: Da wackelte es. Über den Winter waren ihre Brüste größer geworden.

»Coram!«, schrie sie. Tränen der Wut brannten ihr in den Augen.

Der Diener stolperte mit trüben Augen in ihr Zimmer. »Was ist denn jetzt schon wieder los?«, fragte er gähnend.

Alanna trat hinter den Wandschirm und riss sich das Hemd vom Leib. »Geh rasch zu den Heilern und hol mir ein paar Bandagen – aber lang müssen sie sein. Erzähl ihnen, was du willst, aber beschaff mir welche!«

Der verwirrte Coram kehrte schon ein paar Minuten später wieder zurück und warf ein Bündel weißes Leinen über den Wandschirm. Alanna schnappte danach und wickelte sich den Verband fest um die Brust.

»Du verwandelst dich wohl in 'ne Frau, hab ich Recht?«, fragte er von der anderen Seite des Schirmes her.

»Nein!«, schrie sie.

»Daran wirst du wohl kaum was ändern können, Kleine! Das ist dir angeboren –«

Alanna trat hinter dem Wandschirm hervor. Ihre Augen waren rot und verschwollen. Sie hatte geweint, doch Coram wusste, dass er gut daran tat, nichts darüber zu sagen. »Vielleicht bin ich ja so geboren, aber ich brauche mich nicht damit abzufinden!«

Er sah sie erschrocken an. »Kleine, du musst dich so akzeptieren, wie du bist«, protestierte er. »Du kannst doch 'ne Frau sein und trotzdem ein Krieger!«

»Ich hasse es, eine Frau zu sein!«, schrie sie. »Man wird mich für verweichlicht und albern halten!«

»Also verweichlicht kann man dich wohl kaum nennen«, entgegnete er scharf. »Und albern bist du nur dann, wenn du dich so aufführst wie eben jetzt.«

Alanna atmete tief durch. »Ich werde zu Ende bringen, was ich angefangen habe«, erklärte sie ihm ruhig.

Er legte ihr eine Hand auf die Schulter. »Alanna, Kind, du wirst nur glücklich werden, wenn du dich so akzeptierst, wie du bist.«

Darauf wusste sie keine Antwort, doch er erwartete auch keine. »Ich besorge dir noch mehr Bandagen, wenn ich heut in die Stadt runtergeh«, sagte er. »Und jetzt machst du dich besser auf den Weg. Sonst kommst du zu spät.«

Es war nicht leicht, mit einer Bandage über der Brust zu leben. Erstens einmal taten die wachsenden Brüste weh, obwohl sie glücklicherweise ziemlich klein blieben. Jetzt war Alanna doppelt achtsam, wie weit sie ihr Hemd öffnete, und in diesem Sommer taten die Jungen ihr Bestes, sie dazu zu kriegen, es ganz und gar auszuziehen. Die beste Zeit dafür war, wenn sie schwimmen gingen. Den ganzen Sommer über weigerte sich Alanna ins Wasser zu gehen, egal, welche Überredungskünste sie anwenden mochten. So weit, dass man versuchte sie zu zwingen, gingen die Überredungskünste allerdings nie – keiner von ihnen hatte Ralon von Malven vergessen.

Eines Tages zu Anfang August versuchte Raoul sein Glück. »Na, komm schon, Alan«, neckte er. »Nur einen kleinen Platscher. Oder hast du Angst, du wäschst dir vielleicht eine schützende Dreckschicht ab?«

Alanna hatte genug. Mit hochrotem Gesicht sprang sie auf. »Ich hasse es, zu schwimmen!«, schrie sie. »Und mir ist auch nicht zu heiß – also lass mich in Ruh!«

Irgendjemand kicherte. Raoul war ein gutes Stück größer als der Page, der da mit sprühenden Augen vor ihm stand.

»Alan, er wollte dich doch nur necken!«, rief Alex.

»Ich habe es satt, mich necken zu lassen!«, gab sie unwirsch zurück. »Den ganzen Sommer über musste ich mir das gefallen lassen. Warum kann ich nicht tun und lassen, was ich will, ohne laufend belästigt zu werden?«

Raoul zuckte die Achseln. Ganz im Gegensatz zu Alanna war er so gut wie gar nicht aus der Ruhe zu bringen. »Na ja, wenn du so empfindlich bist, dann werde ich dich nicht mehr belästigen.«

»Gut!« Mit funkelnden Augen sah sie die anderen an. »Und solange ich nicht stinke, will ich nie mehr etwas davon hören!«

Alle schwiegen betroffen. Schließlich sagte Jonathan: »Komm wieder ins Wasser, Raoul. Mit Alan kann man nicht streiten – der ist verrückt.«

Leicht zitternd kehrte Alanna zu ihrem schattigen Baum zurück. Sie war leicht beschämt und sie wünschte sich – und zwar nicht zum ersten Mal –, sie könnte ihr Temperament besser im Zaum halten.

Die anderen ließen sie für den Rest des Nachmittags in Ruhe. Beim

Heimreiten trabte Alanna nach vorn, um Raoul einzuholen. »Raoul?«, sagte sie leise. »Kann ich dich einen Augenblick sprechen?«

Sie ließen sich bis ans Ende der Gruppe zurückfallen. »Willst du mich wieder anschreien?«, fragte Raoul unverblümt.

Alanna wurde rot und sah auf ihren Sattel hinunter. »Nein. Ich wollte mich entschuldigen. Ich hätte nicht die Beherrschung verlieren sollen.«

Raoul grinste. »Ich wollte dich ja tatsächlich necken«, bekannte er. »Klar, dass du da böse geworden bist. Du hast ja auch wirklich das Recht, zu tun, was du willst.«

Sie sah ihn verblüfft an. »Habe ich das?«

Raoul runzelte die Stirn. »Ich wollte ja eigentlich nichts darüber sagen, aber jetzt, wo sich die Gelegenheit bietet, sage ich es doch. Alan, du scheinst anzunehmen, dass wir dich nicht mögen, wenn du nicht alles genauso machst wie wir anderen auch. Bist du denn nie auf die Idee gekommen, wir könnten dich gerade deshalb mögen, weil du anders bist?«

Alanna starrte ihn an. Neckte er sie wieder?

Raoul lächelte. »Wir sind deine Freunde, Alan. Hör auf zu denken, wir könnten dir wegen der geringsten Kleinigkeit gleich an die Gurgel springen.«

»He, Raoul!«, rief da jemand von vorn. »Komm her und hilf uns eine Wette zu schlichten!«

Der kräftige Knappe nickte Alanna zu, spornte sein Pferd an und ritt zur Spitze der Gruppe.

»Hast du dich mit ihm versöhnt?«

Alanna drehte sich um. Gary, der andere kräftige Knappe, ritt gleich hinter ihr.

»Weißt du nicht, dass es unhöflich ist, zu lauschen?«, erkundigte sie sich ärgerlich.

Er grinste. »Wie soll ich denn jemals etwas erfahren, wenn ich nicht lausche? Hör zu – diese ewigen Streitereien hängen mir zum Hals heraus. Ich werde dafür sorgen, dass keiner dich mehr zum Schwimmen auffordert.«

Alanna ließ den Kopf hängen. »Ich will keine Probleme machen«, murmelte sie.

Gary lachte. »Natürlich willst du Probleme machen. Das ist es ja, was dich so anziehend macht. Komm. Wir müssen die anderen einholen.«

Sie folgte, als er sein Pferd durch eines der vielen Palasttore drängte. Gary und Raoul hatten ihr einiges zu denken gegeben. Die Idee, man könnte sie gerade deshalb mögen, weil sie anders war, war natürlich Quatsch. Gary und Raoul sagten komisches Zeug, jetzt, wo sie Knappen waren.

Nachdem sie ihre Pferde im Stall untergebracht hatten, holten Gary und Alanna Jonathan ein. Auf dem Hof vor den Ställen standen viele Packesel und Pferde und warteten darauf, gefüttert und versorgt zu werden.

»Sieht aus, als wäre ein wichtiger Gast angekommen«, bemerkte Jonathan. »Komm mit! Wir rennen zur Eingangshalle und schauen nach, wer es ist.«

Die drei Jungen eilten durch die Palastkorridore, bis sie endlich in der Eingangshalle ankamen. Dort stand ein riesiger Haufen Gepäck, der nach und nach kleiner wurde, während eine ganze Armee von Bediensteten ihn stückweise fortschaffte. Ein großer Mann, der noch immer seinen staubigen Reiseumhang trug, gab dem Palastpersonal und seinen eigenen Bediensteten Anweisungen.

Jonathan stieß einen Freudenschrei aus. »Roger!« Er rannte zu dem Neuankömmling und umarmte ihn, während Alanna und Gary in der Nähe stehen blieben.

Das ist also Jons Vetter, dachte sich Alanna und musterte den Mann. Herzog Roger von Conté war über einen Meter achtzig groß hatte schwarzbraunes Haar und sein gut aussehendes Gesicht war von einem sorgfältig gestutzten Bart umrahmt. Seine Augen waren von einem hellen, durchdringenden Blau. Seine Nase war gerade und ebenmäßig geformt, seine Lippen rot und voll. Sein strahlendes Lächeln war voller Charme und Selbstvertrauen. Er war breitschultrig und muskulös und seine Hände sahen kräftig aus. *Sehr attraktiv,* entschied Alanna. *Weshalb gefällt er mir dann nicht? Wenn ich mir's recht überlege, dann mag ich ihn eigentlich überhaupt nicht leiden!*

»Also ist er endlich angekommen«, murmelte sie, zu Gary gewandt. Sie wollte sich später Gedanken darüber machen, warum sie Jonathans Vetter nicht mochte.

»Ich – äh – ich habe rein zufällig mitgekriegt –«

»Du hast wieder gelauscht«, sagte Alanna streng.

»Wie gesagt habe ich rein zufällig mitgekriegt, dass er all jene von euch, die die Gabe haben, in der Zauberkunst unterrichten soll«, fuhr Gary fort. »Außerdem will der König, dass er herausfindet, wer uns die Schwitzkrankheit geschickt hat – obwohl diejenigen etwas Derartiges gewiss nicht mehr probieren werden, jetzt, wo Herzog Roger hier ist. Jeder Zauberer der Ostländer wird sich's zweimal überlegen, bevor er es mit ihm aufnimmt.«

»Ist er so gut?«, fragte Alanna nachdenklich.

»Ja, das ist er.«

Herzog Roger kam auf sie zu. Einen Arm hatte er um Jonathans Schultern gelegt. »Also wirst du deine Gabe weiterentwickeln? Es wird mir eine Freude sein, dich zu unterrichten, Vetter!« Er streckte Gary eine Hand hin. »Der junge Gareth von Naxen, nicht wahr? Du bist gewachsen, seit ich dich das letzte Mal gesehen habe.«

Gary schüttelte dem Älteren herzlich die Hand. »Das sagt jeder, Herr. Sogar mein Vater sagt es, dabei sieht er mich fast jeden Tag.«

Roger lachte in sich hinein. »Ohne Zweifel hat dein Vater Recht.«

Er sprach ziemlich tief und er hatte die melodiöseste Stimme, die

Alanna jemals gehört hatte. Sie starrte den Herzog unverblümt an, als er sich ihr zuwandte. »Und der Kleine? An Augen und Haare wie die seinen würde ich mich erinnern, da bin ich sicher.«

»Herzog Roger von Conté, darf ich Alan von Trebond vorstellen?«, sagte Jonathan förmlich.

»Trebond?« Der Herzog lächelte, als Alanna sich verneigte. »Von deinem Vater habe ich gehört. Er ist ein berühmter Gelehrter, nicht wahr?«

Alanna zitterte am ganzen Leib – *wie ein nervöses Pferd,* schalt sie sich. Sie verschlang die Hände hinter dem Rücken, bevor sie antwortete: »Ich glaube schon, Euer Gnaden!«

»Oh bitte!«, protestierte er. »Lord Roger genügt und selbst darauf würde ich verzichten, wenn ich nicht wüsste, dass Herzog Gareth entsetzt wäre. Ich komme mir alt vor, wenn man mich ›Euer Gnaden‹ nennt.«

Jonathan erwartete eine von Alans frechen Antworten und schaute seinen Freund erwartungsvoll an. Zu seiner Überraschung sah Alan nicht so aus, als sei er von Herzog Roger begeistert. Eher sah er nachdenklich drein.

»Wie lange wirst du bleiben, Vetter?«, fragte Jonathan, um von Alans eigenartigem Schweigen abzulenken.

»Mein Onkel sagt, er wolle, dass ich ein Weilchen dableibe«, entgegnete Roger und sah auf den Prinzen hinunter. »›Richte dich hier häuslich ein‹, war der Ausdruck, den er benutzte.« Der Herzog zuckte die breiten Schultern. »Ich denke, meine Wandertage sind vorüber.«

Jonathan grinste. »Ich verstehe sowieso nicht, wieso du uns gemieden hast.«

»Ich habe euch nicht gemieden«, korrigierte ihn Roger. »Ich habe mich gebildet. Darin liegt ein beträchtlicher Unterschied. So, wärst du so lieb mich zu deinen Eltern zu geleiten? Ich glaube, es wird Zeit, dass ich sie begrüße.«

Alanna sah mit gerunzelter Stirn zu, wie sich der Prinz mit seinem Vetter entfernte. Sie schüttelte sich, um das unangenehme Gefühl loszuwerden, das sie umgab wie ein Umhang.

Gary sah sie an. »Bist du im Begriff dir eine Krankheit zu schnappen, Kleiner?«

Alanna zog ungehalten die Schultern krumm. »Ich war in meinem ganzen Leben noch nie krank.«

»Was ist denn dann los mit dir? Er war freundlich zu dir, und wenn du ein Hund wärst, dann hättest du sicherlich die Nackenhaare gesträubt.«

»Ich bin aber keiner«, sagte sie ärgerlich. »Welchen Grund hat er zu *mir* freundlich zu sein? Er hat mich doch eben erst kennen gelernt.«

»Aber er hat bestimmt schon von dir gehört. Du hast geholfen Jon zu heilen – was ist denn jetzt schon wieder?« In Alannas Augen lag ein seltsamer Ausdruck. Wenn Gary seinen Freund nicht so gut gekannt hätte, dann hätte er geschworen, es sei ein Blick der Angst.

»Ich mag es nicht, wenn sich Erwachsene für mich interessieren«, entgegnete Alanna. Sie hatte tatsächlich Angst. »Ich mag es nicht, wenn die Leute ihre Nase in meine Angelegenheiten stecken. Vor allem dann nicht, wenn sie Zauberer sind. Los, sonst kommen wir zu spät zum Nachtmahl.«

Gary folgte. Alans Reaktion verwirrte ihn komplett. Verbarg er etwas? Das war eine Angelegenheit, über die er nachdenken musste, sobald er mal nichts Besseres zu tun hatte.

Kurz nach Rogers Ankunft wurden alle Pagen und Knappen zu ihm gerufen. Er wollte jeden Einzelnen befragen, um festzustellen, ob er die Gabe besaß oder nicht. Es wurde gemunkelt, er bekäme es auch dann heraus, wenn einer sie zu verbergen suchte. Alanna wurde erst gegen Ende gerufen. Sie hielt die verschwitzten Hände zu Fäusten geballt, als sie Herzog Rogers Arbeitszimmer betrat. Der Herzog von Conté saß gemütlich in einem hohen Lehnsessel und drehte einen mit Juwelen besetzten Zauberstab zwischen den Fingern. Er trug einen schimmernden, bunten Waffenrock und purpurfarbene Kniehosen. Sofern Alanna etwas an ihm bewunderte, so war es sein Geschmack, was die Kleidung betraf.

Er lächelte. »Alan von Trebond.« Er deutete auf einen Stuhl, der vor seinem Schreibtisch stand. »Bitte, nimm Platz.«

Alanna setzte sich sorgfältig hin und faltete die Hände auf dem Schoß. Jeder einzelne Nerv ihres Körpers war wachsam. Sie hatte es nicht bis zu diesem Punkt geschafft, nur um jetzt geschnappt zu werden.

»Ich habe gehört, dass du deine Gabe benutzt hast, um meinen Vetter vom Schwitzfieber zu heilen.«

»Sir Myles hat mich angeleitet, Herr.«

»Es muss dir doch eine gehörige Portion Kraft abverlangt haben. Du hast ein großes Risiko auf dich genommen.«

»Die Dorfheilerin bei mir zu Haus hat mich unterrichtet. Und anschließend war ich tatsächlich tagelang erschöpft.« Alanna beobachtete den Herzog. Er schien ihr zu glauben, dass Myles die geistige Arbeit geleistet und dass sie nur die Kraft geliefert hatte. Myles hatte also nicht über jene Nacht gesprochen. Das gefiel ihr.

»Nun, zumindest brauche ich dir keine unnützen Fragen zu stellen. Wir wissen ja schon, dass du die Gabe hast – im Übermaß. Und eure Dorfheilerin hat dich unterrichtet?«

»Ja, Herr. Mein Vater wusste jedoch nichts davon. Er wollte nicht, dass wir die Magie erlernen – er bekäme einen Tobsuchtsanfall, wenn er wüsste, dass ich sie hier beigebracht kriegen soll.«

»Dann werden wir es ihm nicht verraten. Du sagst ›wir‹. Erzähl mir von deinem Bruder. Soviel ich weiß, seid ihr Zwillinge.«

Rogers helle Augen waren unverwandt auf die ihren gerichtet. Alanna zog die Augenbrauen hoch und rieb sich die Stirn. Ganz unvermittelt bekam sie Kopfschmerzen.

»Er ist in der Stadt der Götter, Herr. Vater hat ihn hingeschickt, damit er Priester wird, aber ich glaube, er hat vor, sich der Zauberei zu widmen.«

Roger lächelte. »Ein beachtenswertes Ziel. Wie heißt er?«

»Thom, Herr.« Warum starrte er sie so an?

Der Herzog blickte auf den juwelenbesetzten Stab in seinen Händen. »Mein Vetter ist voll des Lobes, was dich betrifft, Alan von Trebond.«

»Wir sind Freunde, Euer Gnaden.« Sie entdeckte, dass sie nicht von ihm wegschauen konnte.

»Mein Onkel, Herzog Gareth, ist ebenfalls voll des Lobes, was dich betrifft. Nach allem, was man so hört, bist du ein höchst geschätzter junger Mann.«

Alanna errötete verlegen. Wenn sie die Wahrheit wüssten, würden sie nicht so gut von ihr reden. »Euer Gnaden sind sehr freundlich.« Sie wünschte sich, er würde sie gehen lassen. Sie hatte noch nie so heftige Kopfschmerzen gehabt.

Roger seufzte. Ganz plötzlich konnte Alanna wieder von ihm wegschauen und das Hämmern in ihrem Kopf ließ nach.

»Freundlich bin ich nicht oft, Alan.« Er klopfte sich für eine kleine Weile mit dem Stab auf die Handfläche. Schließlich sagte er: »Ich glaube, ich habe erfahren, was ich wissen muss. Montag nach dem Frühstück meldest du dich bei mir in meinem Sonnenzimmer. Du kannst gehen.«

Dankbar verbeugte sich Alanna und ging hinaus. In ihrem Kopf hämmerte es noch immer. Sie fühlte sich erschöpft und ein bisschen schlecht war ihr auch. Coram tauchte neben ihr auf. Er runzelte besorgt die Stirn. »Nun?«, fragte er.

Alanna fragte nicht, weshalb er Bescheid wusste. Es war fast unmöglich, etwas vor dem Palastpersonal geheim zu halten.

Sie rieb sich die Schläfen. »Vielleicht bin ich übergeschnappt – aber weshalb kommt es mir so vor, als sei da drinnen mehr vor sich gegangen als seine Fragerei?«

»Weil es vielleicht so war.« Coram zog sie in ein leeres Zimmer. »Ich habe gehört, dass Herzog von Conté deinen Willen lahm legen und ihn sich zu Eigen machen kann«, flüsterte er. »Sie sagen, er greift in deinen Kopf hinein und dann sorgt er dafür, dass du ihm sagst, was er wissen will – außer, du setzt dich zur Wehr. Außer, du hast 'ne Wand in dir drin, durch die er nicht kommt.«

»Tja, derartige Zauberkunststückchen beherrsche ich nicht«, gab sie unwirsch zurück. Die Kopfschmerzen machten sie wütend. »Aber er hat nichts von mir erfahren, was ich ihm nicht sagen wollte. Da bin ich ganz sicher.«

»Dann ist deine Zauberkraft größer als die seine«, sagte Coram. »Oder du wirst von den Göttern beschützt.«

Das war zu viel für Alanna. Sie lachte und gab Coram einen Schubs. »Du hast dir wohl was vom Wein der Köchin stibitzt? Von den Göttern soll ich beschützt werden? Er soll mich Dinge sagen lassen, die ich nicht sagen will? Jetzt aber fort mit dir!«

Coram öffnete die Tür. »Lach nur, wenn du willst.« Er zuckte die Achseln. »Ich bin nur ein unwissender alter Mann, der sich am Feuer Geschichten anhört. Aber wenn die ganze Angelegenheit so ulkig ist, dann möchte ich mal wissen, wieso du aussiehst, als habe dich einer durch die Mangel gedreht.«

Darauf gab es keine Antwort und Alanna versuchte nicht einmal, eine zu erfinden.

An einem Abend im Herbst übergab ihr Stefan, der Pferdeknecht, einen Zettel.

»*Du hast doch nach einem Pferd gesucht*«, stand da. »*Ich habe eines. Komm so rasch wie möglich in die Stadt. Georg.*«

Ein Pferd! Ein richtiges Pferd, so eines, wie ein Krieger es haben sollte! Alanna kritzelte Zahlen auf ein Blatt Papier. Nach sorgfältigen Berech-

nungen entschied sie, dass sie sich eines leisten konnte – sofern es das richtige für sie war. Wehmütig sagte sie auf lange Zeit hinaus allen Süßigkeiten Lebewohl – aber das war es ihr wert, wenn sie dafür ein Pferd bekam. Sie hatte es satt, Palastpferde zu reiten, und Pummel wurde alt und verdiente Ruhe. Sie wusste sehr wenig über den Kauf eines Pferdes, und bei dem vielen Geld, das sie dafür aufwenden musste, wollte sie die Meinung eines Fachmanns hören. Wen konnte sie fragen? Da das nachmittägliche Ringen ihr schlechtestes Fach war, konnte sie sich nur vormittags frei nehmen. Coram fiel also weg, denn der hatte vormittags Wachdienst. Außerdem wusste Coram auch nichts von Georg, und Alanna wollte nicht, dass er von ihm erfuhr. Aus irgendeinem Grund hegte sie den Verdacht, der alte Soldat könnte ihre Bekanntschaft mit Georg nicht gutheißen. Gary stand ebenfalls nicht zur Verfügung – er hatte wegen einem seiner vielen Streiche Ausgehverbot.
Sie nagte am Daumen. Wen konnte sie zu Georg mitnehmen?

Bei jedem Schritt Jonathans musste Alanna zwei machen. Dadurch wurde der Marsch in die Stadt recht hastig, doch das passte zu dem frischen Herbsttag. Alanna beobachtete ihren Freund und überlegte. Der Prinz, der im August fünfzehn geworden war, wuchs weiter. Schon jetzt war er einen Meter siebzig groß. Auch seine Stimme begann tiefer zu werden und gelegentlich umzuschlagen, genauso wie bei Gary und Raoul im Jahr zuvor. Bald würde sie anfangen müssen, so zu tun, als sei auch sie im Stimmbruch. *Wir werden alle langsam erwachsen,* dachte sie und seufzte.
Jonathan hörte den Seufzer und sah auf sie hinunter. »Ich helfe dir ja gern bei der Auswahl deines Pferdes«, meinte er. »Aber warum denn diese ganze Heimlichtuerei? Du hast mir nie gesagt, dass du Verwandte in der Stadt hast.«
Alanna zog ein Gesicht. »Irgendwas musste ich doch Herzog Gareth

erzählen. Weißt du, dieser Mann, mit dem wir uns treffen, ist kein Verwandter. Er ist ein Freund von mir. Ich danke dir, dass du mitkommst, Jonathan.«

Er wuselte ihr durchs Haar. »Wenn ich dadurch die *Berichterstattung in der Ratsversammlung* schwänzen kann, bin ich zu allem bereit. Heute geht es um die Frühjahrsaussat – dabei schlafe ich regelmäßig ein.«

Alanna führte ihn zum »Tanzenden Täubchen«. Der alte Solom hockte an einem seiner Tische und schlief. Alanna scheuchte ihn mit einem freundlichen Klaps auf die Schulter hoch.

»Wach auf, du alter Trunkenbold. Ist Georg da?«

Solom blickte sie aus zusammengekniffenen Augen an. »Herrje, es ist unser Meister Alan. Aber wo ist Meister Gary?«

»Meister Gary wirst du vor dem Mittwinterfest nicht mehr zu Gesicht kriegen«, erklärte sie.

»Er hat wohl mal wieder was ausgefressen, wie?« Solom schüttelte anerkennend sein weißhaariges Haupt. »Ein lebhaftes Bürschchen. Ich geh Seine Majestät holen.« Er hoppelte die Treppe hinauf.

Jonathan schaute sich um. »›Seine Majestät‹?«, flüsterte er. »Und woher kennt dieser Mann Gary?«

»Oh, Gary kommt oft mit mir hierher.« Alanna überhörte die andere Frage, indem sie Solom folgte. Jonathan hatte keine andere Wahl, als mitzukommen.

Georg war eben fertig mit seinem Frühstück, als der Schänkenwirt die beiden in seine Stuben führte. Er starrte Jonathan an und erhob sich. Schließlich verbeugte er sich ironisch lächelnd. »Solom, geh wieder schlafen!«, befahl er. Als der ältere Mann außer Hörweite war, murmelte der Dieb: »Eure Hoheit – ich fühle mich geehrt.« Er warf Alanna einen scharfen Blick zu. »Mir scheint, ich habe dich mal wieder unterschätzt, Jüngling. Das passiert mir kein drittes Mal, darauf kannst du Gift nehmen.«

Alanna lief rosa an. »Ich habe ihn nur so zum Spaß mitgebracht«, sagte sie.

»Was geht hier vor sich?«, wollte Jonathan wissen und blickte Alanna durchdringend an.

»Hast du es ihm nicht gesagt?«, fragte Georg.

Alanna schüttelte den Kopf. »Prinz Jonathan – das ist mein Freund Georg.«

»Alan hat vergessen Euch zu sagen, dass meine Arbeit nicht immer im Einklang mit dem Gesetz steht«, erklärte Georg. »Aber kommt mit, Burschen. Ihr werdet das Tier sehen wollen.«

Er führte sie eine andere Treppe hinunter zu einer Hintertür. Georg, der Alannas neugierigen Blick sah, erklärte: »Es macht sich bezahlt, mindestens zwei Ausgänge zu haben – sogar drei.« Er deutete zum Dach. Zwei mit Läden verschlossene Fenster lagen über dem Dach der einstöckigen Küche und an der Küchenwand lehnte eine Leiter, damit man Georgs Stuben auch auf diesem Weg erreichen konnte.

»Hast du keine Angst vor Dieben?«, fragte Jonathan. Als seine Begleiter in Gelächter ausbrachen, runzelte der Prinz nachdenklich die Stirn.

»Gary hat also Lady Roxanne geküsst?«, erkundigte sich Georg. »Also ich hätte mir an seiner Stelle ein knackigeres Schätzchen ausgesucht.«

»Es ging um eine Wette«, erklärte Alanna.

»Für zehn Nobel hätt ich trotzdem 'ne Hübschere geküsst«, entgegnete Georg.

»Wieso weißt du von dieser Wette?«, wollte Jonathan wissen. »Sie war geheim.«

»Ich habe Freunde im Palast«, sagte Georg. »Vor dem Personal lässt sich kaum etwas geheim halten, Hoheit.«

Jonathan öffnete den Mund, um eine weitere Frage zu stellen, doch Alanna lenkte Georg mit unzähligen Fragen über ihre Freunde im »Tanzenden Täubchen« ab. Also verhielt sich der Prinz auf dem kurzen Gang ruhig und dachte einen Gedanken durch.

Sie wandten sich in eine enge Gasse. Georg blieb stehen und riegelte ein hohes Tor auf. Sie betraten einen Hof und Georg verschloss das Tor hinter ihnen.

Alanna keuchte. Eine wunderschöne junge Stute war ihr ins Auge gefallen. Vor dem goldfarbenen Fell des Tiers hoben sich eine fließende weiße Mähne und ein fließender weißer Schweif ab. Sanft liebkoste Alanna die Nüstern der Stute. Das Tier wieherte leise und rieb sich an ihrer Hand.

»Georg, so ein schönes Tier habe ich noch nie gesehen.« Plötzlich fiel Alanna ein, dass dies ja vielleicht gar nicht das Pferd war, das Georg für sie im Sinn hatte. »Georg, das ist doch das Tier, das du mir zeigen wolltest, oder?«

Georg verkniff sich ein Lächeln, als er die Sorge in Alans violettfarbenen Augen sah. »Klar doch, Bursche, das ist es.«

»Es ist phantastisch.« Alanna und die Stute betrachteten sich gebannt.

Jonathan trat in die Box. Er fuhr mit geübten Händen über die Beine und die Schultern der Stute und tätschelte sie geistesabwesend. Schließlich sah er Georg an.

»Sie ist gestohlen«, beschuldigte er ihn.

Georg versenkte die Hände in den Taschen seiner Reithose und grinste. »Würd ich was Derartiges tun, Hoheit?«

»Ich hoffe wirklich, dass du sie nicht gestohlen hast!«, sagte Alanna.

»Ich hab 'nen Kaufvertrag. *Ich* würde nicht davor zurückschrecken, mir 'nen ordentlichen Gaul zu klauen, mein Junge, aber mir war klar, dass du was dagegen hättest.« Georg reichte Jonathan ein Papier, das dieser sorgfältig studierte.

»Es ist rechtsgültig«, sagte der Prinz schließlich und gab es Georg zurück.

»Wie viel, Georg?«, wollte Alanna wissen.

Der Dieb schaute auf das Papier. Seine haselnussbraunen Augen verrieten nicht, was er dachte. »Acht für die Stute, zwei für das Geschirr. Zehn Goldnobel und sie gehört dir.« Seine Stimme klang so, als wolle er den Prinzen herausfordern diesen Preis anzuzweifeln. Der Prinz nahm die Herausforderung nicht an.

Alanna zögerte keine einzige Sekunde lang, obwohl dies der höchste Betrag war, den sie jemals ausgegeben hatte. Sie zählte ihrem Freund das Geld in die Hand und machte sich wieder daran, das Pferd – *ihr* Pferd – zu bewundern. »Wir haben noch einiges zusammen vor, du und ich«, flüsterte sie der Stute zu. Das Pferd stupste sie sanft an, als stimme es ihr zu.

Georg nahm einen einfachen Ledersattel und Zügel herunter.

»So, das wär's.«

»Georg, wenn du jemals mein Leben haben willst, dann sollst du es kriegen«, sagte Alanna ruhig und es war ihr ernst damit. »Wie heißt sie?«

»Sie hat keinen Namen. Der Bazhir, der sie mir verkaufte, hat es nicht gewagt, einer derart noblen Dame einen Namen zu geben.«

»Ich nenne sie Mondlicht. Gefällt dir das, Mädchen?«

Die Stute warf den Kopf. Alanna lachte und machte sich daran, ihr Pferd zu satteln.

Jonathan zog Georg von der Box weg. »Das ist nicht einmal ein Drittel dessen, was du für diese Stute bezahlt hast.«

Georgs Stimme war leise. »Wollt Ihr, dass ich dem Jungen seinen Herzenswunsch versage? Er reitet schon das ganze Jahr über dieses Pony und dabei sollte das arme Vieh auf der Weide stehen und Alan sollte auf einem Pferd sitzen. Dieser Kerl, der sich um nichts kümmert und den er seinen Vater nennt, wird ihm nie 'nen ordentlichen Gaul besorgen. Nennt es ein Geburtstagsgeschenk, wenn Ihr wollt. Ich hätte dem Jungen die Stute ganz schlicht und einfach geschenkt, wenn er sie annehmen würde.«

Jonathan grinste reumütig. Auch er hatte mit dem Stolz seines Freundes schon seine Erfahrungen gemacht. »Ich kann es nicht zulassen, dass du einen Verlust von mindestens zwanzig Goldnobel erleidest. Außerdem verdanke ich Alan mein Leben.« Er sah Georg durchdringend an. »Ich vermute, dass du auch davon weißt.«

»Schon möglich«, bekannte der Dieb.

Jonathan zog einen Saphirring vom Finger. »Das müsste mehr als genug sein, um die Kosten für die Stute zu decken.«

Georg drehte das Schmuckstück zwischen seinen langen Fingern. »Ganz gewiss«, sagte er bedächtig und fasste einen raschen Entschluss. »Wie ich hörte, habt auch Ihr kein ordentliches Pferd. Kein hervorragendes Ross, das Ihr allen anderen vorzieht. Werft einmal einen Blick auf dieses hier.« Er öffnete eine Box. Drinnen stand ein mächtiger Hengst, so schwarz wie Jonathans Haar.

»Der Ring würde auch noch die Kosten für *den da* decken, Hoheit. Ich nehme keine mildtätigen Gaben an.«

Jonathan zögerte. Er nagte auf seiner Lippe herum. »Versuchst du mich zu kaufen, König der Diebe?«

Georg lächelte. »Woher wisst Ihr das, wenn es Euch der Junge nicht gesagt hat?«

»Vergiss nicht, dass ich in der Ratsversammlung meines Vaters sitze. Ich habe von dir gehört.«

Georg fuhr mit der Hand über die Nüstern des Hengstes. »Ich hege nicht den Wunsch, Euer Stillschweigen zu kaufen. Dies ist ein offener und ehrlicher Handel. Als ich die Stute erstand, konnte ich mir den da nicht durch die Lappen gehen lassen. Der Händler war ein schmutziger alter Bazhir. Zwischen all den anderen Gäulen, die er feilbot, waren diese beiden wie Juwelen, die auf dem Misthaufen liegen. Ich dachte mir, dass Alan die Stute nehmen würde, und für diesen Burschen da kann ich jederzeit einen Käufer finden.«

Jonathan untersuchte den Hengst. Er war nervöser als Mondlicht, doch unter der festen Hand des Prinzen wurde er ruhiger.

»Du hast einen guten Blick, was Pferde angeht, Georg.«

»Ich liebe Pferde«, bekannte der König der Diebe. »Ich hab selbst 'ne kastanienbraune Stute, die ist so hübsch wie nur was. Ich wäre geehrt, wenn Ihr sie Euch irgendwann einmal anschauen wolltet.«

»Das mache ich gern.« Nachdenklich sah Jonathan Georg an. Plötzlich lächelte er und bot ihm seine Hand. »Ich danke dir. Ein gutes Pferd kann einem Mann das Leben retten.«

Georg nahm die ihm dargebotene Hand und suchte in Jons Gesicht, ob dieser etwas vor ihm zu verbergen suchte. »Ihr ehrt meinen Geschmack, Hoheit.«

»Meine Freunde nennen mich Jonathan. Könige und Prinzen sollten freundschaftlich miteinander verkehren, meinst du nicht?«

Georg lachte, doch sein Blick blieb respektvoll. »Das finde ich auch – Jonathan. Und du brauchst keine Angst zu haben, dass ich diese Freundschaft ausnutze. Mein Versteckspielchen führe ich nur mit dem Obersten Richter – und sonst mit keinem.«

»Das hoffe ich« – Jon grinste –, »sonst säßen Alan, Gary und ich ganz schön in der Patsche.«

»Georg«, sagte Alanna. Die beiden schauten sie an. Sie sah verwirrt aus. »Ich – ich verstehe das nicht«, stammelte sie. »Warum tust du das für mich? Du hast dir meinetwegen eine Menge Arbeit gemacht. Warum?«

Georg sah sie eine lange Weile an. Schließlich entgegnete er: »Warum fällt es dir so schwer, zu glauben, dass man dich mag und etwas für dich tun will? Das ist es, was es mit der Freundschaft auf sich hat, Bursche.«

Alanna schüttelte den Kopf. »Aber ich habe doch gar nichts für dich getan.«

»So funktioniert Freundschaft nicht«, sagte der Dieb trocken.

Alanna fand dies verwirrend, und das sagte sie auch. Georg lachte und lud die beiden zum Mittagessen ein.

Kurz danach wurden die vier jüngsten Pagen – Alanna, ein neuer Junge namens Geoffrey von Meron, Douglass von Veldine und Sacherell von Wellam – zu einem der am Palast liegenden Übungssäle beordert und nicht wie sonst in die Außenhöfe, wo ihr Unterricht im Lanzenfechten stattfand. Herzog Gareth, Coram und Hauptmann Aram Sklaw, der Kommandant der Palastwache, erwarteten sie. Der Hauptmann, ein zäher alter Söldner, der eine Augenklappe über seinem fehlenden Auge trug, musterte die Jungen von Kopf bis Fuß.

»Pah!«, schnaubte er. »Nicht ein Einziger ist dabei, aus dem was werden könnt.« Er deutete mit einem dicken Finger auf Geoffrey. »Du – du siehst mir so aus, als wärst du ein Träumer. Vermutlich wird dir schlecht, wenn du Blut siehst, wie? Lieber liest du, als dass du kämpfst, hab ich Recht?« Er beäugte Douglass. »Und du isst gern, was? Ich könnt mir vorstellen, dass du dich in der Küche rumtreibst und der Köchin was zum Essen abschwatzt.« Er schaute Alanna mit zusammengekniffenen Augen an. »Und du? Du bist nicht mal groß genug als Vogelfutter. Du wirst das Schwert nicht heben können, geschweige denn damit ausholen.«

Alanna wollte sich wehren, doch dann fiel ihr ein, dass Herzog Gareth zugegen war. Sie sparte sich ihre Bemerkung für später auf. Diesem Sklaw würde sie es zeigen! Der Söldner wandte sich zu Sacherell. »Dich hab ich auf den Höfen gesehen. Faul bist du und langsam obendrein.« Sklaw stand vor dem Herzog stramm. »Mit Euer Gnaden Erlaubnis bitte ich darum, mir das zu ersparen.«

Herzog Gareths Lächeln passte nicht ganz hinter die Hand, mit der er es zu verbergen suchte. »Du bittest jedes Mal darum, dass man dir das erspart, Aram. Und doch gelingt es dir jedes Mal, lobenswerte Schwertfechter aus ihnen zu machen.« Als er sich den Jungen zuwandte, war sein Gesicht wieder ernst geworden. »Ihr werdet nun die Kunst des Schwertfechtens erlernen.« Alanna schluckte vor Schreck – Herzog Gareth machte sie regelmäßig nervös. »Nein, schau mich nicht so an,

Alan – ich vergeude meine Zeit nicht mit Anfängern. Ich habe sowieso schon nicht genug Zeit für die Viel versprechenden unter euch Schülern. Hauptmann Sklaw und Wachmann Smythesson werden euch unterweisen. Ihr werdet lernen ein Schwert zu schmieden, es zu ziehen und es zu halten. In den nächsten paar Monaten werdet ihr mit dem Schwert an eurer Seite essen, schlafen und lernen. Wenn ihr es jemals ablegt, bekommt ihr eine Nachtwache in der Sonnenkapelle aufgebrummt. Der Schwertkampf ist etwas ganz anderes als das Ringen oder das Lanzenfechten. Einen Ringkampf werdet ihr als Ritter unter Umständen euer ganzes Leben lang nicht führen. Ihr könnt aber jederzeit eine Wette eingehen, dass ihr euch selbst – oder einen anderen – zumindest einmal mit dem Schwert verteidigen müsst, bevor ihr sterbt. Sofern einer von euch dem Wachmann oder dem Hauptmann Grund zur Klage gibt, wird er sich vor mir zu verantworten haben. Ich weiß, wie gut euch unsere kleinen Unterhaltungen gefallen.« Der Herzog nickte den Männern zu. »Meine Herren, sie gehören euch.« Und damit verließ er den Raum.

Sklaw blickte sie an und schnaubte. »Bevor ihr viel versprechend aussehende Burschen eine Klinge anrührt, werdet ihr eine herstellen. Wachmann Smythesson, der arme Kerl, wird es euch zeigen. Ich überlasse sie dir«, erklärte er Coram und ging hinter dem Herzog her hinaus.

Coram seufzte mit grimmiger Miene. »Na gut, Jungs – gehen wir also zur Schmiede.«

Das war der Beginn eines langen, harten Winters. Nachdem die Übungsschwerter zu Corams Zufriedenheit ausgefallen waren, übernahm Sklaw den Unterricht. Er brachte ihnen die Stellungen und die Ausfälle bei, die beim Fechten eine so wichtige Rolle spielen. Er lehrte sie, wie man ein Schwert rasch aus der Scheide zog – was viel einfacher aussah, als es in Wirklichkeit war. Sklaw trieb sich unentwegt in ihrer Nähe herum und kritisierte, murrte und meckerte. Die Jungen gewöhnten sich daran, alles mit umgelegtem Übungsschwert zu erledigen, denn man wusste nie, wann Sklaw auftauchte. Nur wenn man in seinem eigenen Zimmer war und ein Bad nahm, konnte man das Schwert gefahrlos ablegen – und selbst dann musste man die Tür verriegeln. Alanna vergaß es nie.

Vielleicht deshalb, weil sie die Kleinste in der Gruppe war, ließ ihr Sklaw eine Sonderbehandlung angedeihen. Sie machte nichts richtig, ja nicht einmal besser als beim letzten Mal. Sie war ungeschickt; sie war faul; sie übte nicht, denn wo waren ihre Muskeln? Sie war ein Zwerg; man hatte sie bei der Geburt auf den Kopf fallen lassen; sie würde nie ein ordentlicher Ritter werden, höchstens ein »Lord«, der nur dazu taugte, zu Hause zu hocken und Gedichte zu schreiben. Alanna ließ sich beschimpfen, übte verbissen und bemühte sich das Geschwätz des alten Bösewichts zu überhören.

»Wie könnt Ihr von mir erwarten, dass ich Selbstvertrauen habe, wenn Ihr mir laufend predigt, wie miserabel ich bin?«, brüllte sie ihn einmal an.

Sklaw grinste humorlos. »Nun, Bürschchen, wenn du dir von einem alten Brummbären wie mir das Selbstvertrauen rauben lässt, dann kannst du von Anfang an nicht viel gehabt haben.«

Von da an biss sich Alanna lieber auf die Lippe, anstatt ihm zu antworten.

Der Frühling kam und eines Tages tauchte Herzog Gareth im Unterricht auf.

»Heute versuchen wir etwas Neues, Jungs«, knurrte der Wachhauptmann, als Herzog von Naxen Platz nahm. Er warf Geoffrey und Douglass gepolsterte Übungsrüstungen zu. »Meron. Veldine. Lasst sehen, ob ihr das, was ihr gelernt habt, auch in der Bewegung beherrscht.«

Die beiden Jungen zogen die Stoffrüstungen an und stellten sich in der Abwehrstellung auf. »Fangt an!«, bellte Sklaw.

Nach ein paar Augenblicken schloss Alanna die Augen. Sie hatte Herzog

Gareth zugeschaut, wie er mit Alex, dem besten Schwertkämpfer unter den Knappen, gefochten hatte. Dies hier war eine Verhöhnung dessen, was sie damals gesehen hatte. Geoffrey torkelte vorwärts und schwenkte sein Schwert auf Douglass zu. Douglass versuchte hastig den Schlag abzuwehren, stolperte zurück, taumelte wieder vorwärts und probierte einen Gegenhieb. Nach einer Weile befahl ihnen Herzog Gareth aufzuhören. Er und Sklaw gingen gemeinsam den Kampf durch und zeigten den beiden Jungen, wie sie ihre Fußstellung verbessern, wie sie sich rascher und ohne zu stolpern bewegen und wie sie ihre Balance besser halten konnten. Schließlich durften sie ihre inzwischen schweißgetränkten Stoffrüstungen wieder ablegen.

»Wellam. Trebond.« Sklaw schob ihnen zwei frische Stoffrüstungen zu. »Sollte mich sehr überraschen, wenn ihr es den beiden anderen gleichtun könnt.«

Alanna stellte sich mit zitternden Knien in der Abwehrstellung auf. Es war wie die sonstigen Prüfungen, nur noch zehnmal schlimmer. Bei einem Ritter entschied die Geschicklichkeit im Schwertfechten über Leben und Tod. Wenn sie den Schwertkampf nicht meisterte, würde sie kein Ritter werden und keine großen Abenteuer erleben. Plötzlich sah ihr Freund Sacherell wie ein Ungeheuer – ja, wie ein großes, dickes, gefährliches Ungeheuer – aus.

»Anfangen!«, befahl Sklaw. Alanna stolperte rückwärts, als sie versuchte Sacherells Ausfall auszuweichen. Als sie ihr Gleichgewicht wieder gefunden hatte, gelang es ihr gerade noch rechtzeitig, Sacherells niederfallenden Hieb abzuwehren. Sie stolperte wieder und fing sich im allerletzten Augenblick, um noch einen – und noch einen und noch einen – Schlag zu parieren. Sie stolperte und wehrte ab, ohne selbst zu einem Hieb zu kommen und ohne dass es ihr jemals gelungen wäre, sicher auf den Füßen zu stehen.

Plötzlich machte Sacherell einen Ausfall, wobei seine Schwertspitze geradewegs auf Alannas Kehle gerichtet war. Sie stolperte über ihre eigenen Füße, stürzte und ließ ihr Schwert fallen. Als sie aufschaute, stand Sacherell über ihr. Seine Schwertspitze berührte ihre Kehle. Sie schloss die Augen, als Sklaw in ein dröhnendes Gelächter ausbrach.

In dieser Nacht lag sie wach und starrte an die Decke. Wieder und immer wieder durchlief sie in Gedanken den Kampf mit Sacherell. Was war denn bloß schief gelaufen?

Sie hörte, wie Coram in seinem Zimmer umherging und sich fertig machte, um die Vordämmerungswache anzutreten. Als er hinausging, kam sie als kleiner, stiller Schatten mit. Wortlos begleitete sie ihn hinunter zu den Küchen und saß neben ihm, während er mit einer verschlafenen Küchenmamsell schäkerte und sein Frühstück aß. Immer noch schweigend folgte sie ihm zu seinem Posten auf der Schlossmauer. Gemeinsam sahen sie zu, wie sich der Himmel über dem Königswald von Grau zu Rotorange verfärbte, als die Morgendämmerung hereinbrach.

Schließlich meinte Coram: »Hast du denn überhaupt geschlafen?«
Alanna schüttelte den Kopf.
»Ich hab schon Schlimmeres gesehen.«
»Du warst dabei?«
»Jawoll.«

Alanna schloss die Augen und schauderte. Diese Demütigung musste schlimm gewesen sein für Coram, und das machte ihre eigene Demütigung nur noch schlimmer. Es war schon schlimm genug, dass sie sich vor ihren Freunden und vor Herzog Gareth zum Idioten gemacht hatte. Aber Coram war es gewesen, der ihr beigebracht hatte, wie man einen Dolch als Waffe benutzt, einen Pfeil abschießt, ein Pony reitet. Coram hatte sie bis jetzt unentwegt ermutigt und sie gegen die Leute abgeschirmt, die unter Umständen herausfinden konnten, wer sie in Wirklichkeit war. Sie hatte Coram enttäuscht und er hatte sich ihr Versagen mit ansehen müssen.

»Ich verstehe das nicht«, flüsterte sie. »Es – es war, als ob – als hätte mein Körper nichts von dem getan, was ich ihm befohlen habe. In Gedanken sagte ich mir: ›Tu dies! Tu jenes! Tu irgendwas!‹ Aber mein Körper hat sich einfach selbstständig gemacht. Sacherell –«

»Sacherell war gar nicht so übel.« Coram gähnte. »Er ist so was wie ein Naturtalent. Ganz im Gegensatz zu dir. Manch einer, so wie zum Beispiel ich, der ist dafür geboren. Ich hab nie was anderes gekonnt und mir stand auch nie der Sinn danach. Tja – und dann gibt es welche, die schaffen's nie, mit 'nem Schwert umzugehen. Die überleben nicht mal ihren ersten richtigen Kampf. Und dann gibt's noch welche –«

»Ja?«, fragte Alanna und griff nach diesem Strohhalm. Es war offensichtlich, dass sie nicht zum Schwertkampf geboren war; andererseits hatte sie aber auch nicht vor, bei ihrem ersten Kampf zu sterben.

»Manche *lernen's,* sich das Schwert zu Eigen zu machen. Sie üben in jeder freien Minute. Die lassen sich nicht von 'nem Stück Metall – oder von Aram Sklaw – unterkriegen.«

Alanna starrte zum Wald und überlegte. »Kann man es *lernen,* ganz selbstverständlich mit dem Schwert umzugehen?«

»Genauso gut, wie man's lernen kann, 'nen Kerl, der größer und älter ist, in 'nem fairen Kampf zu verprügeln. Also zumindest hast *du* fair gekämpft.«

Alanna hatte wochenlang im Geheimen üben müssen, um Ralon zu besiegen. Die vielen darauf verwandten Stunden, die Schrammen, die blauen Flecke und ihre ständige Erschöpfung waren noch ganz frisch in ihrem Gedächtnis. *Aber es hat sich gelohnt,* dachte Alanna. *Mehr als gelohnt.*

Sie streckte sich und gähnte ausgiebig. »Kann ich mir dein Schwert borgen?«

Coram warf einen Blick auf die Waffe, die von seinem Gürtel hing. »Das da? Es ist doch größer als du!«

»Genau.«

Coram starrte sie einen Augenblick an, dann löste er bedächtig den Gürtel und reichte Alanna mit ausdruckslosem Gesicht sein Schwert.

Alanna schätzte die Waffe in ihrer Hand ab. Es war das mächtigste, das schwerste Schwert, mit dem sie jemals umgegangen war. Es würde schwierig sein, es mit einer einzigen Hand zu heben. »Danke. Du kriegst es später wieder.«

Sie trottete davon, um sich einen leeren Übungsraum mit vielen Spiegeln zu suchen. Coram hatte Recht. Von einem Schwert ließ sie sich nicht unterkriegen – und von Aram Sklaw auch nicht.

6
Alanna wird zur Frau

Es war der fünfte Mai. Bereit zu einer weiteren Übungsstunde mit Corams großem Schwert, erwachte Alanna bei Morgendämmerung. Sie kletterte aus dem Bett. Und dann japste sie entsetzt nach Luft. Ihre Schenkel und ihre Betttücher waren blutverschmiert. Vollkommen außer sich vor Schreck wusch sie sich und stopfte die Betttücher ins Klo hinunter. Was war bloß los mit ihr? Sie blutete und sie musste unbedingt mit einem Heiler sprechen. Bloß mit wem? Den Palastheilern konnte sie nicht trauen. Es waren Männer und das Blut rührte von der geheimen Stelle zwischen ihren Beinen her. Sie suchte verzweifelt, bis sie ein Tuch fand, das sie benutzte, um den roten Fluss aufzuhalten. Ihre Hände zitterten. Ihr ganzer Körper war eiskalt vor Angst. Gleich würden die Bediensteten kommen, um die Pagen zu wecken. Sie musste eilends etwas unternehmen!

Sie biss auf ihrem Daumen herum, bis er blutete. Coram hatte Wachdienst. Außerdem – dem konnte sie es nicht erzählen. Dies war etwas, was sie dem alten Soldaten nicht anvertrauen konnte. Es gab nur einen Menschen, bei dem sie sich darauf verlassen konnte, dass er ihr half und Stillschweigen bewahrte. Es gab Leute, die sich möglicherweise fragten, wie verlässlich dieser König der Diebe sein mochte. Doch zu denen gehörte Alanna nicht.

Sie hatte keine Zeit zu verlieren und so konnte sie es sich nicht leisten, aus dem Palast zu schleichen und den weiten Weg bis in die Stadt hinunterzulaufen. Sie musste reiten und die Folgen auf sich nehmen. Ein hastiges Wort zu Stefan und Mondlicht war gesattelt. Der Pferdeknecht lockte sogar den Wachposten von einem der kleinen Tore fort. Alanna ritt in vollem Galopp hinaus und hinunter in die Stadt. Schon ein paar Minuten später band sie ihre Stute an einem Pfosten hinter dem »Tanzenden Täubchen« fest.

Rasch kletterte sie aufs Küchendach und stemmte einen von Georgs Fensterläden auf. Georg selbst hatte ihr gezeigt, wie sie auf diesem Weg seine Stuben erreichen konnte. Doch als Alanna in Georgs Zimmer glitt, wurde sie von hinten gepackt und ein überaus scharfes Messer wurde gegen ihre Kehle gepresst.

»Hat dir deine Mutter nicht beigebracht, dass man durch die Tür reinkommt?«, wurde sie von einer leisen, schleppenden Stimme gefragt.

Alanna rührte sich nicht von der Stelle. Das Messer wurde ihr nicht nur so zum Spaß an die Kehle gehalten. »Georg – ich bin's! Alan!«

Der Mann ließ sie los und drehte sie zu sich um. Er war nicht bekleidet – er schlief immer nackt. »Tatsächlich.« Er legte sein Messer auf den Tisch. Ein Lächeln erhellte seine Augen. »Und wie kommt es, dass ein adliger Sprössling in das Schlafzimmer des Schurken einbricht?«

»Ich brauche deine Hilfe.« Sie verschlang ihre Hände ineinander. »Ich muss auf der Stelle mit einer Heilerin sprechen.«

»Was? Mit einer Heilerin? Das musst du mir schon genauer erklären, Bursche.« Georg überkreuzte die Arme vor der Brust und wartete. Er hatte schon von jeher gewusst, dass Alan von einem Geheimnis umgeben war. »Warum willst du zu 'ner Frau? Und warum zu 'ner Stadtheilerin? Im Palast sind die besten Heiler vom ganzen Land.«

Alanna schluckte mühsam. »Ich bin kein Junge.« Es fiel ihr grässlich schwer, das zu sagen. »Ich bin ein Mädchen.«

»Du bist – *was* bist du?«, schrie Georg.

»Pst! Willst du denn, dass es alle hören?« Sie scharrte mit dem Stiefel. »Ich dachte, du hättest es geahnt. Du hast doch die Gabe.«

»Und *deine* Gabe dient dir als Schutzschild. Alan, sofern das ein Witz sein soll, hast du dir 'nen schlechten Zeitpunkt dafür ausgesucht.«

Sie funkelte ihn wütend an. »Soll ich mich ausziehen?«

»Beim großen Mithros – nein. Dreh dich um, während ich mich ankleide.«

Sie gehorchte, doch dabei sagte sie: »Das ist doch albern. Ich habe dich schon öfters nackt gesehen.«

Georg suchte nach seiner Hose. »Jetzt ist es was anderes. Na gut – dreh dich wieder um. Warum musst du zu 'ner Heilerin?«

Alanna sah ihn flehentlich an. »Frag mich nicht. Bitte.«

Der Dieb verzog das Gesicht. »Na schön. Komm mit.« Er drängte sie hastig die Hintertreppe hinunter und auf die Straße hinaus. »Ich kenne genau die richtige Frau für dich. Bevor sie heiratete, war sie Priesterin im Tempel der Mutter hier in der Stadt. Dort wurde sie unterrichtet. Es ist meine eigene Mutter und sie verrät kein Wort, selbst wenn man ihr die Kiefer aufbricht.« Er entdeckte Alannas Stute, die geduldig wartete. »Du bist klein genug – Mondlicht wird uns alle beide tragen.« Er schwang sich hinter Alanna in den Sattel. »Wir reiten zur Straße der Weiden.«

Alanna nickte und drängte ihr Pferd vorwärts. Georgs Wärme an ihrem Rücken war eigenartig tröstlich.

»Was ist denn los?«, fragte er noch einmal.

»Wenn ich das wüsste, hätte ich keine solche Angst«, fauchte sie.

»Das ist wahr – so aufgeregt habe ich dich noch nie erlebt«, sagte er nachdenklich. »Wir müssen uns unterhalten, wir beide.« Sie wandten sich in eine kleine Straße, die von mit Mauern umgebenen Häusern gesäumt war. Georg stieg ab und öffnete ein Tor, auf dem das Zeichen der Heiler – ein hölzerner Becher, umgeben von einem roten und einem braunen Kreis – angebracht war. »Wie heißt du denn dann?«

Sie zögerte. »Wenn ich es dir sage, dann denkst du vielleicht nicht dran und es rutscht dir später mal heraus.«

»Mir doch nicht, Kleine.« Er bedeutete Alanna in den Hof zu reiten und schloss dann die Tür ab. »Mir rutscht nichts heraus.«

Sie stieg ab. Mondlicht schubste sie liebevoll mit dem Kopf. »Alanna heiße ich«, flüsterte sie.

Georgs Mutter kam zur Haustür. Sie war eine große Frau. Sie hatte die strahlenden, haselnussbraunen Augen ihres Sohnes, und etwas Respekt einflößendes umgab sie. Nur eine einzige weiße Strähne in ihrem kastanienbraunen Haar zeigte, dass sie die Lebensmitte gerade eben überschritten hatte.

»Eine Patientin für dich, Mutter«, verkündete der Dieb. »Ich bringe die Stute in den Stall.«

Frau Cooper führte Alanna in ein kleines, ordentliches Zimmer. Die verschiedensten Heilpflanzen hingen von den Deckenbalken und verliehen dem Raum einen wohlriechenden Duft. In der Mitte stand ein kleiner Holztisch mit einer sauberen Decke darauf.

»Setz dich hierher«, befahl Frau Cooper. »So. Wo fehlt es dir?«

Rasch erklärte Alanna, dass sie kein Junge, sondern ein Mädchen und Page im Palast war. Frau Cooper zog die Augenbrauen hoch, doch sie sagte nichts. Alanna atmete tief ein und fügte hinzu: »Ich – ich blute.«

»Du blutest?«, war die ruhige Antwort. »Wo?«

Rot vor Verlegenheit deutete Alanna. Georgs Mutter begann zu lächeln. »Ist dir das schon einmal passiert?« Alanna schüttelte den Kopf. »Hast du dich da verletzt? Nein? Wann hat es angefangen? Heute früh? Hast du Schmerzen?«

Alanna war zu beschämt, um zu reden, und so schüttelte sie nur den Kopf oder nickte, je nachdem, wie die Frage lautete. Da waren noch weitere Fragen, die so persönlich waren, dass sie sich am liebsten in ein Mäuseloch verkrochen hätte. Als Frau Cooper zu lachen begann, wurde ihre Verlegenheit noch größer.

»Arme Kleine«, gluckste die Frau. »Hat dir noch nie einer etwas über den Monatszyklus einer Frau erzählt? Über den Fruchtbarkeitszyklus?«

Alanna starrte. Irgendwann einmal hatte Maude tatsächlich etwas Derartiges erwähnt.

»Das ist es? Es ist also *normal?*«

Die Frau nickte. »Wir alle haben es. Wir können erst Kinder kriegen, wenn es angefangen hat.«

»Wie lange muss ich mich damit herumschlagen?«, fragte Alanna und knirschte mit den Zähnen.

»Bis du zu alt bist zum Kinderkriegen. Es ist so normal wie der Vollmond und es kommt ebenso oft. Du tust also gut daran, dich daran zu gewöhnen.«

»Nein!«, rief Alanna und sprang auf die Beine. »Ich lasse es nicht zu!«

Frau Cooper zog noch einmal die Augenbrauen hoch. »Du bist ein Mädchen, mein Kind, ganz egal, wie du dich kleidest. Daran musst du dich gewöhnen.«

»Warum?«, verlangte Alanna zu wissen. »Ich habe die Gabe. Ich werde dafür sorgen, dass es verschwindet. Ich werde –«

»Papperlapapp!«, gab die Frau barsch zurück. »Du kannst deine Gabe nicht darauf verwenden, etwas zu ändern, was dir die Götter auferlegt haben, und du wärst töricht, wolltest du es versuchen! Die Götter wollten, dass du weiblich, klein und rothaarig und darüber hinaus ganz offensichtlich albern –«

»Ich bin nicht albern!«, protestierte Alanna. »Ich will nur –« Sie rieb sich mit dem Handrücken die brennenden Augen. Sie wusste, dass Frau Cooper Recht hatte. Sie hatte einmal versucht ihre Gabe zu Hilfe zu nehmen, damit sie wuchs, und sie hatte tagelang Kopfschmerzen gehabt.

»Na gut, vielleicht bist du nicht albern.« Eine tröstende Hand wurde auf Alannas Schulter gelegt. »Hör zu. Deine Stellung im Leben kannst du jederzeit ändern, ob du nun die Gabe hast oder nicht. Aber das, wozu dich die Götter gemacht haben, das kannst du nicht ändern. Je rascher du das begreifst, desto glücklicher wirst du sein.« Sie führte Alanna in die Küche und stellte einen Teekessel aufs Feuer. »Du bist nicht daran gewöhnt, dass dein Körper Dinge tut, um die du ihn nicht gebeten hast. Stimmt's?«

Alanna schnitt eine Grimasse. »Es ist schon schlimm genug, dass meine

Brüste unentwegt wachsen. Und jetzt passiert auch noch so was.« Sie legte den Kopf in die Hände. Schließlich schaute sie auf und fragte: »Was muss ich über diese – diese Angelegenheit wissen?«

»Deine Periode kommt einmal im Monat und sie dauert ungefähr fünf Tage. Bade dich täglich. Natürlich musst du Binden benutzen. Die Periode bleibt aus, wenn du bei einem Mann liegst und er dich schwängert.« Die Frau schenkte eine Tasse Tee ein und reichte sie dem Mädchen. »Hier. Der wird dir gut tun.«

Alanna schlürfte ihren Tee und wurde ruhiger. »Wird es mich schwächen?«

»Nicht, solange du dich von den Männerbetten fern hältst. Ein Säugling wird dich schwächen – das ist gewiss.«

Alanna schüttelte den Kopf. »Ich habe nicht vor, Kinder zu kriegen.«

»Es gibt viele Mädchen, die das nicht vorhaben.« Frau Cooper schenkte sich Tee ein. »Weißt du, was geschieht, wenn du bei einem Mann liegst?«

Alanna errötete. »Natürlich.«

Die Frau lächelte. »Ich sehe, dass du weißt, wie es für den Mann abläuft. Nun – auch die Frau hat Vergnügen daran und ein einziges Mal kann ausreichen, um dich zu schwängern.« Sie schaute Alanna besorgt an. »Ich gebe dir ein Amulett, damit du nicht schwanger wirst. Solltest du dich anders besinnen, kannst du es wegwerfen.«

»Eher lernen die Schweine fliegen«, brummte Alanna.

Der Blick, der in Frau Coopers Augen lag, war skeptisch. »Wir werden sehen. So, Georg wird ein paar Fragen haben. Soll ich ihn hereinrufen? Es ist am besten, wenn er alles erfährt.« Alanna nickte. Die Frau öffnete die Tür und rief: »Hör auf, am Schlüsselloch zu horchen, mein Sohn.« Georg kam herein, lehnte sich gegen den Küchentisch und blickte Alanna besorgt an. »Dann ist also alles in Ordnung?«

»Es geht ihr gut«, entgegnete seine Mutter. »Tee?«

»Ist das dein Beruhigungstee? Die Götter wissen, dass ich den brauchen kann. So, Kleine, und jetzt heraus mit der Sprache.«

Alanna erzählte ihnen alles. »Ich kann jetzt nicht aufgeben«, schloss sie. »Ich habe nicht darum gebeten, als Mädchen geboren zu werden. Es ist ungerecht.«

Georg wedelte ungeduldig mit der Hand. »Hör auf mit dem Quatsch!«, befahl er. »Bis jetzt hat es dich nicht geschwächt, dass du ein Mädchen bist. Und gewiss hast du nicht vor, dein ganzes Leben lang ein hübscher junger Mann zu bleiben. Oder etwa doch?«

»Nein, natürlich nicht. Ich werde ihnen die Wahrheit sagen, wenn ich achtzehn bin und meinen Schild habe.« Sie seufzte. »Wenn sie mich dann hassen – tja –, dann habe ich bewiesen, dass ich ein Ritter sein kann, nicht wahr? Ich werde in die Welt hinausziehen und Abenteuer bestehen. Sie brauchen mich nie mehr zu sehen.«

Georg zog die Augenbrauen hoch. »So einen Blödsinn habe ich in meinem ganzen Leben noch nicht gehört. Willst du uns weismachen, dass Jon dich hassen wird? Gary? Raoul? Oder dein Freund Sir Myles? Ich höre wohl nicht recht?«

»Aber ich bin doch ein Mädchen!«, rief sie. »Ich lüge sie an. Ich tue, was sonst nur die Männer tun –«

»Und du machst deine Sache besser als die meisten Jungen«, entgegnete Georg mit fester Stimme. »Sei still. Denk darüber nach, ob sie dich hassen oder nicht, wenn es so weit ist. Und mach dir keine Sorgen. Bei uns ist dein Geheimnis gut aufgehoben.« Er legte den Arm um ihre Schulter und drückte sie an sich.

Alanna legte den Kopf gegen seine Brust und ihre Augen füllten sich mit Tränen der Dankbarkeit. Sie blinzelte sie weg und flüsterte: »Ich danke dir, Georg.«

»Wenn wir allein sind, werd ich dich Alanna nennen«, sagte er. »Ich finde, du solltest dran erinnert werden, wer du bist.«

Alanna musste an ihren Monatszyklus denken und lächelte bitter. »Ich werde wohl kaum 'ne Chance haben das zu vergessen.«

Frau Cooper lachte in sich hinein, denn sie erriet, was Alanna zu dieser Bemerkung bewegt hatte.

Alanna zuckte die Achseln. »Vermutlich bestehst du darauf –«

»Ja, das tue ich«, war die ruhige Antwort.

»Aber pass auf, dass es dir nicht herausrutscht. Ich bin inzwischen schon zu weit gegangen.«

»Derartige Details vergisst er nicht«, sagte Frau Cooper trocken. »Das muss er von seinem Vater haben, denn von mir hat er es nicht.« Sie ging in den Raum, in dem sie sich zu Anfang mit Alanna unterhalten hatte.

Georg kraulte Alanna unterm Kinn. »Es wird mir Spaß machen, zuzusehen, wie du erwachsen wirst, Mädchen. Wenn du Hilfe brauchst, kannst du auf mich zählen.«

Alanna ergriff seine Hand und sah ihm in die Augen. »Das habe ich niemals auch nur eine Sekunde lang bezweifelt.«

»Du bist außer mir vermutlich die Einzige in der Stadt, die das behaupten kann«, kommentierte Georgs Mutter, die eben zurückkehrte. »Er ist ein guter Junge, auch wenn er ein Gauner ist. Da. Zieh dir das über.«

Alanna betrachtete verdutzt das an einer dünnen Kordel baumelnde goldene Symbol. Ein derartiges Zeichen hatte sie noch nie gesehen und sie konnte spüren, wie es Kraft verströmte. Rasch zog sie die Kordel über den Kopf und steckte sie unter ihr Hemd. Jetzt spürte sie diese seltsame Zauberkraft nicht mehr.

»Von nun an sollen mich Georgs Leute zu dir bringen«, befahl Frau Cooper. »Aber ich bezweifle, dass du mich oft brauchen wirst. Gib mir deine Hand.«

Alanna gehorchte.

Die Frau berührte ihre Finger und zog dann die Hand fort, als habe sie sich verbrannt.

»Was ist los?«, wollte Alanna wissen.

»Armes Mädchen.« Im Gesicht der Frau lag Mitleid. »Die Göttin hat ihre Hand auf dir. Man hat dir einen schwierigen Lebensweg auferlegt.« Sie versuchte zu lächeln. »Ich wünsche dir Glück, Alanna von Trebond. Du kannst es gebrauchen.«

Alanna schlüpfte eben in ihr Zimmer, als Coram sie fand.

»Zweimal darfst du raten, wer dich sehen möchte.«

Alanna schnitt eine Grimasse. »Es war nicht zu ändern. Ich hatte ein dringendes Problem.«

»Jetzt hast du noch ein dringendes Problem«, war die Antwort. »Der Herzog hat bestimmt 'ne Wut auf dich.«

Dafür, dass sie unerlaubt in der Stadt gewesen war, erhielt sie von Herzog Gareth für die nächsten zwei Monate Ausgehverbot. Außerdem musste sie sich in ihrer Freizeit nach dem Abendbrot bei ihm melden und Botengänge für ihn erledigen. Alanna nahm diese Strafen klaglos entgegen. Sie hatte keine andere Wahl. Ganz gewiss konnte sie einem verärgerten Gareth nicht sagen, warum sie in die Stadt geritten war.

Ihr dreizehnter Geburtstag verstrich und es war August geworden, bevor sie den Palast wieder verlassen durfte. Auch als sie keinen Beschränkungen mehr unterlag, verhielt sie sich weiterhin tadellos. Herzog von Naxen war mit ihrer vagen Ausrede bezüglich des morgendlichen Ritts in die Stadt nie zufrieden gewesen und beobachtete sie. Also sah sie sich vor.

Herzog Gareth war nicht der Einzige, der sie im Auge behielt. Auch Sir Myles beobachtete sie immer noch dann und wann. Ihre Freundschaft mit dem Ritter hatte sich nach und nach vertieft und nun verbrachte sie manchen Abend mit ihrem älteren Freund und spielte Schach, anstatt sich dem Prinzen und dessen Kreis anzuschließen. Zum einen erzählte Myles

faszinierende Geschichten, zum anderen konnte Myles auch erklären, warum sich die Leute so verhielten, wie sie es taten. Zwar war das Kämpfen für Alanna zu ihrer zweiten Natur geworden, doch die Menschen verstand sie nicht. Myles verstand sie und an ihn wandte sie sich um Rat.
Eines Herbstabends, als sie Schach spielten, fragte Myles: »Hast du jemals meine Güter gesehen? Sie liegen gleich an der Großen Nordstraße. Zwischen hier und Trebond.«
Alanna runzelte über das Brett gebeugt die Stirn. »Außer in Trebond und in Caynnhafen war ich noch nirgendwo.«
Myles zog die Augenbrauen hoch. »Du solltest mehr von Tortall kennen lernen. Weißt du, dass ich droben in der Baronie Olau Ruinen besitze, die auf die Alten zurückdatieren?«
Alanna packte die Neugierde. Sie wusste ein kleines bisschen über die Alten Bescheid. Sie waren über den Ozean gesegelt und hatten nördlich des Binnenmeers eine Zivilisation aufgebaut. Nur noch Bruchstücke waren übrig geblieben: Pergamente, die Jahrhunderte überdauert hatten, Mosaike, die weiße Städte mit hohen Türmen zeigten – und Ruinen. Der königliche Palast war auf den Überresten einer ihrer ehemaligen Städte aufgebaut. Alanna hatte schon immer mehr über dieses Volk erfahren wollen, das vor dem ihrigen da gewesen war.
»Sind sie interessant, Eure Ruinen?«, fragte sie gespannt. »Habt Ihr jemals etwas dort gefunden?«
Myles lächelte vergnügt. »Sie sind groß und ich habe viele Dinge dort gefunden. Hättest du Lust mit mir hinaufzureiten und sie dir anzusehen? Ganz nebenbei: Schach.«
»Liebend gern. Meint Ihr, es stimmt, dass die Götter befürchteten, die Alten könnten sie zum Kampf herausfordern, und dass sie deshalb Feuer auf die Ostländer regnen ließen? So.« Sie schob ihren König aus der Gefahrenzone. Sie sah rechtzeitig hoch, um auf Myles' Gesicht einen eigenartigen, nachdenklichen Ausdruck zu entdecken.

»Ich wusste nicht, dass dich die Alten – oder die Götter – so interessieren.«

Alanna zuckte die Achseln. »Ich rede nicht viel darüber. Herzog Roger mag keine Fragen über die Alten oder die Götter beantworten. Er sagt, wir seien zu jung, um zu verstehen. Und die anderen haben kein großes Interesse.«

»Ich glaube nicht, dass das sehr weise ist«, kommentierte Myles. »Unsere Götter wirken viel zu sehr auf unser Leben ein, als dass wir sie ignorieren könnten.« Er rückte eine Figur. »Schachmatt.«

Alanna wollte gerade zu Bett gehen, als Timon sie holen kam. Rasch kleidete sie sich wieder an und folgte dem Diener.

»Was hast du denn jetzt schon wieder ausgefressen?«, rief ihr Coram nach. »Wieso will dich der Herzog zu so 'ner Stunde sprechen?«

»Woher soll denn ich das wissen?«, fragte Alanna, drehte sich um und warf dem Soldaten einen finsteren Blick zu. »Vielleicht mag er meine Gesellschaft?«

Anstatt sie zu Herzog Gareths Büro in der Nähe der königlichen Ratsstuben zu führen, brachte Timon sie zu dessen Zimmerflucht und in sein privates Arbeitszimmer. Alanna war baff, als sie Herzog Gareth in einem bunten Hausmantel aus Brokat antraf. Der große Mann sah sie an und seufzte. »Vermutlich weißt du, dass Sir Myles morgen mit dir zur Baronie Olau reiten will, oder?«

Alanna schluckte. »Er sagte, ich müsse dort einmal einen Besuch abstatten, aber ob heute oder morgen oder wann auch immer, wusste ich nicht, wenn Euer Gnaden es gestatten, Herr.« Sie verknotete nervös die Hände hinter ihrem Rücken.

Der Herzog lächelte dünn. »Ich bin nicht ärgerlich, sofern du deswegen ins Plappern kommst. Ich bin lediglich verwirrt. Ich wusste nicht, dass ihr beide euch so nahe steht.«

Alanna verlagerte das Gewicht auf ihr anderes Bein. »Wir spielen manchmal Schach miteinander«, bekannte sie. »Und ich bediene ihn beim Abendbrot. Diese Pflicht habt Ihr mir übertragen, Herr.«
»Das habe ich.«
»Und er weiß Dinge, die ich nicht verstehe. Mit ihm kann ich reden, Herr.« Alanna errötete. »Womit ich nicht sagen wollte, dass –«
Der Herzog grinste. Wirklich und wahrhaftig. »Mach es nicht noch deutlicher, als du es schon getan hast, Junge. Ich bin nicht dein Kindermädchen. Und es missfällt mir nicht, dass ihr Freunde seid, du und Myles. Es tut dir gut, einen Älteren zu haben, mit dem du sprechen kannst. Wenn dein eigener Vater –« Er brach ab. Zu ihrer Überraschung sah Alanna, dass er leicht errötete. »Das war nicht angebracht. Vergib mir, Alan.«
»Ich wüsste nicht, was ich Euch vergeben sollte, Herr«, sagte sie ehrlich.
»Na gut. Du legst dich jetzt besser schlafen. Myles will früh aufbrechen. Ich werde dafür sorgen, dass dich Coram weckt. Du wirst eine Woche lang unterwegs sein. Ich erwarte von dir, dass du deine Studien fortsetzt, sonst überlege ich es mir in Zukunft zweimal, bevor ich dir derartige Unternehmungen gestatte.«
»Danke, Euer Gnaden.« Alanna verbeugte sich tief und entfernte sich eilends aus der herzoglichen Gegenwart. Sie rannte zu ihren Zimmern zurück, wo sie Coram vorfand, der aufgeblieben war, um auf sie zu warten. Sie erzählte ihm die Neuigkeiten, wobei sie vor Aufregung kaum still stehen konnte. »Und der Herzog trägt einen rotgolden gemusterten Hausmantel. Kannst du dir das vorstellen?«, fragte sie, während sie hinter ihrem Wandschirm verschwand.
Coram lachte in sich hinein. »Derartige Dinge erinnern mich wieder dran, wer du bist. Manchmal vergess sogar *ich*, dass du kein Bursche bist.«
Alanna hüpfte in ihrem Nachthemd ins Bett, während Coram die Kerzen löschte.

»Coram?«, sagte sie, als auch er sich unter seinen Decken zurechtgelegt hatte.

»Was ist?«

»Meinst du, irgendeiner hat eine Ahnung, dass ich kein Junge bin?«

Der Mann gähnte. »Unwahrscheinlich. Du hast dir zu viel Mühe mit deiner Verkleidung gegeben. Schlaf jetzt. Oder lass wenigstens mich schlafen. Die Frühwache morgen ist bestimmt mein Tod.«

Alanna war angezogen und hatte gepackt, als Coram sie am nächsten Morgen holen kam. Er reichte ihr einen Wecken und ein Glas Milch. »Iss und trink!«, befahl er streng. »Hast du geschlafen heute Nacht?«

Sie lächelte verschmitzt. »Ich glaube nicht.«

»Tja, nimm dich zusammen und stürz die Milch nicht runter. Er wird sich nicht ohne dich auf den Weg machen.«

Coram hatte Recht. Myles erwartete sie in Reitkleidung auf dem Schlosshof. Schon allein die Vorstellung eines reitenden Myles brachte Alanna dazu, die Augen aufzureißen. Irgendwie hatte sie sich den älteren Mann nie auf dem Pferd vorgestellt. Dann schalt sie sich insgeheim. Myles hatte genau dieselben Prüfungen durchgestanden wie sie. Sonst wäre er ja nie zum Ritter ernannt worden.

Der Tagesritt zur Baronie Olau machte ihr Spaß. Myles hatte unzählige Geschichten zu erzählen und es war schön, die Palastdisziplin zu vergessen. Die Sonne begann im Westen zu versinken, als sie von der Großen Straße abbogen. Im Gegensatz zu Trebond war die Baronie Olau keine Festung, die dafür gebaut worden war, Bergbanditen und Plünderer aus Scanra abzuwehren. Myles' Heim stand in einem lang gestreckten Tal und war von riesigen Stoppelfeldern umgeben. Zu den Hügeln hin sah Alanna Baumreihen.

»Meine Leute sind Bauern«, erklärte Myles, als er sah, in welche Richtung sie schaute. »Die Äpfel von Olau sind die besten Tortalls – auch wenn ich es selbst bin, der das sagt.«

»Es ist ganz anders hier als in Trebond«, entgegnete Alanna. Sie streichelte Mondlichts Nacken – ob sie Mondlicht damit trösten wollte oder sich selbst, wusste sie nicht so recht.

Die Räume, die Myles ihr zuwies, waren klein und gemütlich. Der Fußboden war mit bunten Teppichen bedeckt, im Kamin brannte ein Feuer und die Fenster waren dicht und ließen keine Kaltluft herein. Alanna musste noch einmal an ihr eigenes Zuhause denken und seufzte. Die Bediensteten waren höflich und drückten sich gewählt aus. Als sie dem Mann, den ihr Myles als ihren Diener schickte, erklärte, sie sei gern für sich allein und ungestört, verbeugte er sich und entgegnete: »Wie der junge Herr wünschen.« Sie wusste nicht, dass der Mann auf der Stelle zu Myles ging und ihm von ihrem Wunsch berichtete, noch wusste sie, dass Myles in dieser Nacht noch lange dasaß und nachdachte.

Beim Frühstück am nächsten Tag erkundigte sich Myles: »Fühlst du dich den Ruinen gewachsen? Wir werden zu Fuß gehen müssen – für Pferde ist die Strecke zu holperig.«

Sie war Feuer und Flamme. Nachdem sie ihr Frühstück verschlungen hatte, ging sie sich eilends umkleiden. Sie zog dicke Strümpfe, stabile Kniehosen, ein warmes Hemd und einen festen Mantel an, bevor sie in ihre bequemsten Stiefel schlüpfte. Im letzten Augenblick steckte sie ein Paar Handschuhe in ihre Manteltasche. Alanna mochte die Kälte nicht und die Tage wurden langsam frisch.

Als sie sich zu Myles gesellte, stellte sie fest, dass er ebenso bekleidet war wie sie. »Nein, Ranulf«, erklärte er gerade seinem Haushofmeister, »keine Bediensteten.« Er kicherte. »Ich glaube, es würde dir schwer fallen, einen zu finden, der mit uns ginge.«

Ranulf nickte. »Da habt Ihr nur allzu Recht, Herr. Kommt Ihr vor Dunkelheit zurück? Es würde mir sogar noch schwerer fallen, einen Suchtrupp nach Euch auszuschicken, wenn erst mal die Sonne untergegangen ist.«

»Bei Dunkelheit sind wir längst wieder da«, versprach der Ritter. »So, wir machen uns auf den Weg.«

Alanna wartete, bis sie das Schloss hinter sich gelassen hatten, bevor sie fragte: »Warum mögen Eure Bediensteten die Ruinen nicht?«

»Meine Leute behaupten, dort gäbe es Gespenster«, sagte er. »Aber das bezweifle ich. Ich habe sie jahrelang durchforscht, ohne ein einziges Gespenst zu entdecken.«

»Warum habt Ihr sie so gründlich durchforscht?«

»Ich schreibe ein Schriftstück darüber«, war die Entgegnung. »Ich will zeigen, wie das Haus angelegt war, wer dort lebte, wie sie lebten. Ich bin fast fertig.« Er zupfte sich am Bart. »Ich bezweifle, dass es viele lesen werden, aber die Arbeit befriedigt mich.«

Alanna schüttelte den Kopf. Sie war keine Gelehrte. »Warum habt Ihr mich hierher gebracht?«, fragte sie, um das Thema zu wechseln.

»Weil ich dazu gezwungen wurde«, antwortete Myles.

Sie blieb abrupt stehen. »*Was* wurdet Ihr?«

»Ich wurde gezwungen«, sagte er geduldig. »Sieben Nächte lang hintereinander hatte ich denselben Traum. Du und ich durchforschten zusammen die Ruinen und wir waren genauso bekleidet wie jetzt. Als ich Gareth darum bat, dass du mich begleiten dürftest, blieb der Traum aus.«

»Oh!«

»Dein ›Oh‹ ist berechtigt.« Sie setzten sich wieder in Bewegung. »Ich bin ein ganz gewöhnlicher Mann. Ich mag meine Bücher und meinen Brandy und meine Freunde. Ich mag es, wenn alles seinen gewohnten Gang nimmt, und ich mag es, wenn ich heute schon weiß, wo ich morgen sein werde. Wenn die Götter mein Leben berühren – an irgendeinem Punkt berühren sie jedermanns Leben –, dann werde ich nervös. Man kann nie wissen, was sie von einem wollen.«

Der Wald öffnete sich und Alanna machte Halt. Vor ihnen lagen die

Ruinen. An manchen Stellen standen die Mauerüberreste höher als sie selbst. Sie waren aus Marmor gebaut und der Stein schimmerte, als sei er erst am Tag zuvor behauen worden. Ein aus schwerem schwarzem Holz bestehendes Tor baumelte schief an bronzenen Scharnieren.

»Sollen wir hineingehen?«, fragte Myles. Er ging durchs Tor. Alanna blieb gleich innerhalb vom Eingang stehen, kratzte sich die juckende Nase und schaute sich um. Vor ihnen erstreckten sich in wohl geordneten Reihen die Reste der steinernen Mauern und zeigten den Verlauf der ehemaligen Gebäude und der darin liegenden Zimmer.

Myles deutete auf eine große, von Mauern umgebene Fläche. »Ich glaube, dies war das Haupthaus. Siehst du die Tür?« Der Ritter klopfte auf eine schwarze Holzplatte, die an der Mauer lehnte. »Sie ist sechshundert Jahre alt. Mindestens.« Er lief weiter. »Ich glaube, das war die Küche«, fuhr er fort, während Alanna ihm folgte. »Als ich jünger war, fand ich hier Kochgerätschaften. Ich zeige sie dir, wenn wir zurückkehren.«

»Woraus sind sie gemacht?«, fragte sie.

Myles rieb sich die Nase. »Es sieht wie Bronze oder Kupfer aus, aber wenn man es poliert, funkelt es stärker als neues Metall. Ich glaube, es ist der Überzug, mit dem sie es versahen. Den benutzten sie für alles – für Metall, Holz, Papier. Für alles, dem man unter Umständen das Alter ansehen konnte. Vor dem Altern hatten sie schreckliche Angst.«

Alanna starrte ihn an. »Wie bitte?«

»Nein, das habe ich mir nicht aus den Fingern gesogen, Junge.« Myles lächelte. »Ich kann ihre Schrift lesen. Aus dem zu schließen, was ich gelesen habe, fürchteten sie das Altwerden mehr als alles andere.«

Alanna begann ihre Erkundungen, wobei sie mit wachsamen Augen den Fußboden musterte. Ein Glitzern am Rand eines Marmorblocks fiel ihr auf. Es war eine Speerspitze. Sie rieb daran, bis sie glänzte. Als sie sich umsah, entdeckte sie in den nahebei liegenden Steinen eingehauene

Halterungen, in die ohne weiteres Speere, Schwerter und Äxte gepasst hätten.

»Myles!«, rief sie. »Ich glaube, ich habe die Waffenkammer gefunden!«

Myles trat zu ihr. »Ich glaube, du hast Recht. Und du hast noch einen weiteren Fund gemacht.« Er untersuchte die Speerspitze. »Ich bin an Kochgeschirr interessiert, nicht an Waffen. Du wirst vermutlich noch mehr davon finden. Du bist ein kluger Junge, Alan.«

In der Ecke der Waffenkammer entdeckte Alanna eine große Steinplatte, die auf der Erde lag. Im Gegensatz zu den Blöcken, aus denen die Mauer bestand, war diese Platte pechschwarz. An einer Stelle war ein Metallgriff eingelassen. Alanna rieb ihn mit ihrem Hemdsärmel ab.

»Wieso sagt Ihr das?«, fragte sie, während sie mit zusammengekniffenen Augen die Kanten der Platte musterte.

»Wie viele dreizehnjährige Jungen würden wohl zu einem Ort wie dem hier kommen und herausfinden, wo die Waffenkammer war?«

Sie zerrte an dem Griff. Der Stein rührte sich nicht. »Myles, Ihr scheint zu denken, ich sei etwas Besonderes. Das bin ich nicht, wirklich nicht.« Sie zerrte noch einmal, diesmal mit beiden Händen.

»Sie lässt sich nicht bewegen«, sagte er. »Mithros weiß, dass ich es oft genug versucht habe. Ich glaube, es war lediglich die Tür zur Waffenkammer.«

Alanna stemmte fest die Füße gegen den Boden und packte den Griff. »Wenn Ihr mir vielleicht helfen würdet –«, sagte sie und zerrte mit aller Kraft. Gerade wollte ihr Myles zu Hilfe kommen, als der seit langem unbenutzte Mechanismus ein Stöhnen von sich gab, Alanna sprang beiseite, als die mächtige Platte auf sie zugeglitten kam. Darunter kam eine Treppe zum Vorschein, die hinunter in die Dunkelheit führte.

Alanna drehte sich verschwitzt und triumphierend um und musste entdecken, dass Myles sie eigenartig ansah. »Verdammt, Myles, ich habe mich lediglich dagegen gestemmt!«, rief sie. »Das hätte jeder andere Junge auch geschafft!«

»Ich war sechzehn, als ich das letzte Mal versuchte dieses Ding da zu bewegen«, erklärte ihr Myles. »Ich hatte einen Freund dabei. Er war einer von den Ortsansässigen hier und mein Diener. Er ist inzwischen der Schmied und auch damals war er kein Schwächling. Wir schafften es nicht, die Platte von der Stelle zu rühren.«

»Na ja – vielleicht war Dreck im Mechanismus und ein Regen hat ihn weggewaschen, oder irgendwas in der Art«, sagte sie mürrisch und machte sich daran, die Treppe hinunterzusteigen. »Kommt Ihr nicht mit?«

»Sei nicht närrisch, Alan«, warnte Myles. »Wir haben keine Fackel dabei. Dieser Gang kann überall hinführen. Ohne Licht kommst du nicht weit.«

Sie grinste zu ihm hinauf. »Oh, aber Ihr vergesst etwas. Ich *habe* ein Licht.« Sie hob eine Hand und konzentrierte sich auf ihre Handfläche. Schweiß trat ihr auf die Oberlippe, während sie spürte, wie sich die Zauberkraft in ihr entfaltete. Noch etwas anderes entfaltete sich in dem Gang unter der Treppe, doch sie ignorierte es, weil sie sich auf die Hitze konzentrierte, die sich in ihrer Handfläche bildete. Als sie die Augen öffnete, verstrahlte ihre Hand ein helles violettfarbenes Licht. »Kommt schon!«, rief sie und trottete den Gang entlang.

»Alan, ich befehle dir zurückzukommen!«, schrie Myles.

»Gleich!«, rief sie. Sie spürte eine fremdartige Gegenwart um sich herum – nein, zwei. Die eine machte ihr Angst. Sie war schwarz und gespenstisch und schwebte gleich außerhalb des Lichts, das ihre Zauberkraft verströmte. Die andere rief mit einer hohen, singenden Stimme nach ihr, die sie nicht hätte ignorieren können, selbst wenn sie es gewollt hätte. Ihre Nase juckte und sie musste mehrmals niesen. Der Gesang erfüllte ihren Kopf und übertönte Myles' Stimme.

Ihr Licht fiel auf einen Gegenstand und wurde von dort in unzähligen strahlenden Lichtblitzen zurückgeworfen. Sie bemerkte nicht, wie sich hinter ihr die Dunkelheit schloss, als sie den herrlich funkelnden Gegenstand aufhob. Es war ein Schwert, in dessen Heft ein Kristall eingelassen war. Die lange und leichte Klinge steckte in einer abgenutzten schwarzen Scheide. Alannas Hand zitterte, als sie die Waffe an sich nahm.

»Myles!«, schrie sie. »Ratet mal, was ich gefunden habe!«

»Komm zurück!«, schrie er. Sie sah erschrocken auf. In Myles' Stimme lag Angst. »Ein Gewitter zieht auf – und wenn es natürlichen Ursprung hat, dann bin ich ein Priester!«

Plötzlich verlosch Alannas Zauberlicht ganz und gar. Das Dunkel umschlang sie mit langen Fangarmen, die sich fest um ihren Körper schlossen. Sie öffnete den Mund, um nach Myles zu rufen, doch kein einziger Laut kam heraus. Sie bemühte sich zu atmen, sie bemühte sich mit ihrer Zauberkraft das erstickende Dunkel zu durchdringen, doch nichts geschah. Sie versuchte es mit Armen und Beinen wegzustoßen und stellte fest, dass das Dunkel sie gefesselt hielt. Es quetschte ihr die Rippen zusammen und presste den Atem aus ihrer Lunge. Alanna japste nach Luft. Das Dunkel füllte ihre Nase und ihren Mund. Blitzende Lichter explodierten in ihrem Kopf und sie kämpfte wie eine Irre. Doch nichts konnte dem Dunkel etwas anhaben. Ihre Gegenwehr wurde immer matter. Sie gab sich noch mehr Mühe zu kämpfen, doch es war hoffnungslos. Sie war im Begriff zu sterben und sie wusste es.

Zum ersten Mal in ihrem Leben hörte Alanna auf, sich zur Wehr zu setzen. Sie hatte ihre ganze Atemluft, ihre ganze Kraft, ihre ganze Magie verbraucht. Sie war wehrlos. Das Dunkel drang in ihr Gehirn ein und sie starb. Mit einem stillen Seufzer, der fast ein Seufzer der Erleichterung war, fügte sie sich drein. Als ihre Knie nachgaben, nahm Alanna das Wissen um ihren Tod und machte es zu einem Teil ihres Selbst.

Der Kristall des Schwertes flammte auf und sein Licht durchdrang das Dunkel in ihrem Kopf. Plötzlich lockerte sich der grässliche Griff, der ihren Körper und ihren Geist umschlungen hielt. Sie sog die Lunge voller Luft und war höchst überrascht, dass sie es noch konnte. Sie öffnete die Augen und schloss sie wieder, da der flammende Kristall sie blendete.

Irgendwo von draußen her rief Myles nach ihr, doch seine Stimme wurde von dem sich nähernden Donnergrollen fast verschluckt. Alanna benutzte das Licht des Kristalls, um zur Treppe zurückzufinden, und sie spürte, wie das Dunkel vor ihr zurückwich. Immer noch wacklig krabbelte sie nach oben. Als sie ans Tageslicht trat, verlöschte das Licht des Kristalls.

Am Himmel ballten sich schwarze Wolken; ein paar Meilen weiter schlug schon der Blitz ein. Myles packte ihren Arm und zog sie von der Treppe fort, gerade als sich die Platte ächzend wieder darüber schob. Alanna starrte sie an und fragte sich, was da eigentlich vor sich ging. Sie hatte den Tod akzeptiert. Warum lebte sie dann noch?

»Du hast jetzt keine Zeit zum Nachdenken!«, schrie ihr Myles ins Ohr. »Komm mit!«

Sie kehrten im Laufschritt zum Schloss zurück, wobei Myles die verstörte Alanna mehr oder weniger tragen musste. Der Sturm peitschte ihnen Äste und Zweige ins Gesicht und im Nu waren sie von dem plötzlich einsetzenden Sturzregen bis auf die Haut durchnässt.

Im Schloss richteten ihnen die Dienstboten heiße Bäder und trockene Kleider. Alanna badete und zog sich um; sie konnte es immer noch nicht glauben, dass sie noch lebte. Dann nahm sie das Schwert und ging ihren Freund suchen.

Myles erwartete sie in seinem Morgenzimmer. In einer Festung wie Trebond hätte man nie einen derartigen Raum gefunden: Die riesigen, auf das Tal hinausblickenden Fenster hätten gegen feindliche Bogenschützen keinerlei Schutz geboten. Hier im friedlichen Olau konnte Myles seine weiten Felder, das ferne Dorf und an einem klaren Tag sogar die Große Straße sehen. Jetzt saß er in einem tiefen Sessel und schaute zu, wie der Regen an den Fenstern hinunterlief. Ein dampfender Krug und zwei Becher standen neben ihm.

»Trink einen Grog«, sagte er und reichte ihr einen vollen Becher. »Du siehst aus, als könntest du ihn gebrauchen.« Alanna starrte auf die dampfende Flüssigkeit und versuchte sich zu erinnern, was sie damit tun sollte. »Trink aus, Junge!«, drängte Myles liebevoll. Er trank seinen eigenen Becher leer, schenkte ihn wieder voll und beobachtete sie.

Alanna setzte sich vorsichtig in einen Sessel und starrte zum Fenster hinaus. Schließlich hob sie den Becher an die Lippen und nippte. Die heiße Flüssigkeit sandte Feuerwellen durch ihren Körper. Vielleicht lebte sie ja tatsächlich noch? Sie nahm noch einen Schluck und dann noch einen.

»Ich dachte, ich sei tot«, sagte sie endlich. »Aber vermutlich bin ich es doch nicht.« Sie reichte ihm das Schwert. »Da. Das habe ich im Gang gefunden.«

Myles untersuchte das Schwert sorgfältig, ohne es zu ziehen. Er fuhr mit den Fingern über die Scheide, rieb mit dem Daumen über die Metallbeschläge und schaute mit zusammengekniffenen Augen durch das Kristall hindurch eine Kerzenflamme an.

»Was ist geschehen?«, fragte er, während er sich das Schwert ansah.

Sie erzählte es ihm in kurzen Worten, ohne sein Gesicht aus den Augen zu lassen.

»Liegt Zauberkraft in dem Kristall?«, fragte er schließlich.

»Ich weiß nicht. Mit meiner Zauberkraft bringe ich die seine jedenfalls nicht zum Funktionieren. Sie kam erst, als ich aufhörte um mein Leben zu kämpfen.«

»Ich verstehe«, murmelte er. »Du hast den Tod akzeptiert – und der Stein hat dir das Leben gerettet.«

Das kam Alanna unsinnig vor, also ging sie darüber hinweg. »Wollt Ihr das Schwert nicht ziehen?«

Myles sah nachdenklich aus dem Fenster. »Das Gewitter lässt nach«, bemerkte er.

Alanna rutschte unruhig im Sessel hin und her. »Nun?«

»Nein, ich ziehe es nicht. Das wirst *du* tun.« Myles hielt ihr das Schwert hin.

»Das kann ich nicht!«, protestierte sie. »Es sind Eure Ruinen. Es gehört Euch.«

Myles schüttelte den Kopf. »Du hast nicht Acht gegeben. Ich wurde gezwungen dich hierher zu bringen. Du hast den Zugang zur Treppe geöffnet, nachdem ich es jahrelang vergebens versucht habe. Etwas ist da unten passiert und das Schwert hat dich beschützt. Und vergiss das Gewitter nicht. Ich sehe einen Fingerzeig, wenn man mir einen gibt, Alan.«

»Es gehört Euch«, protestierte sie fast unter Tränen.

»Es hat mir nie gehört.« Er schob es ihr zu. »Lass mich sehen, wie es aussieht, Bursche.«

Widerstrebend stand Alanna auf und nahm die Waffe entgegen. Das Heft passte in ihre Hand, als sei es für sie gemacht. Sie schloss die Augen und zog das Schwert.

Nichts geschah. Verlegen schaute sie Myles an. Ihr Freund grinste sie an. »Ich komme mir komisch vor«, bekannte sie.

»Nach all dem, was heute Vormittag geschah, hätte auch ich etwas Dramatisches erwartet. Was hältst du davon?«

Alanna wog die Klinge in der Hand. Sie war dünner und leichter als ein Breitschwert, doch war sie zweischneidig wie jenes. Das Metall war federleicht und schimmerte silbern. Sie berührte sanft eine Schneide mit dem Daumen und schnitt sich. Freudestrahlend versuchte sie ein paar Hiebe. Das Schwert fühlte sich wundervoll an in ihrer Hand.

»Wie wirst du sie nennen?«, fragte Myles.

Sie nahm keinen Anstoß daran, dass Myles ihr Schwert als eine »Sie« bezeichnete. »In Anbetracht dessen, dass es so eine Reaktion verursacht hat bei – bei –«

»Bei dem Irgendwas, das die Ruine bewacht?«, schlug der Ritter vor.

»Ja, ich denke, das war es. Aber wie auch immer – in Anbetracht dessen, dass es ein Gewitter aufziehen ließ, und all das so rasch – wie wär's mit ›Blitzschlag‹?«

Myles hob seinen Becher und prostete ihr zu. »Auf das Wohl von Alan und das von Blitzschlag. Mögest du nie einer besseren Klinge begegnen.«

Alanna leerte ihren Becher. »Myles«, sagte sie, während sie das Schwert in die Scheide steckte.

»Hm?« Der Ritter ließ sich von ihrem beiläufigen Tonfall nicht irreführen.

»Mir – mir wäre es lieber, wenn niemand davon wüsste – na ja, was passiert ist. Könnten – könnten wir einfach sagen, ich hätte mir Blitzschlag in Eurer Waffenkammer ausgesucht?«

»Jonathan wirst du doch die Wahrheit sagen, oder nicht?«

»Natürlich. Aber ich will nicht, dass ein anderer sie erfährt. Wenn Ihr einverstanden seid.«

»Gewiss, Junge. Wie du willst.« Myles schenkte sich seinen Becher von neuem voll und fragte sich, wovor – oder vor wem – Alan Angst hatte.

Alanna erwartete, dass man Blitzschlag bemerkte – sie wäre verletzt gewesen, wäre dem nicht so gewesen. Sogar Herzog Gareth befragte sie nach ihrer Waffe, ebenso wie Hauptmann Sklaw. »Nicht schwer genug«, grunzte der Hauptmann, als er Blitzschlag das erste Mal in die Hand nahm. Als er jedoch die Schneide prüfte, wurde sein Gesicht respektvoll. »Nicht übel«, sagte er schließlich. Damit musste sich Alanna zufrieden geben. Alle akzeptierten ihre Geschichte, Blitzschlag sei ein Geschenk von Sir Myles.

Doch Jonathan erzählte sie unter vier Augen die Wahrheit. Der Prinz war fasziniert von ihrem Abenteuer und stellte ihr viele Fragen. Er machte sogar den Versuch, den Kristall mit seiner eigenen Zauberkraft zum Leuchten zu bringen. Doch nichts geschah und schließlich gab er es auf, wobei er bemerkte, er bekäme Kopfschmerzen bei dieser Übung.

Auch Coram sagte Alanna die Wahrheit. Sie hatte das Gefühl, das sei sie ihrem alten Kameraden schuldig. Coram sagte nichts, doch er rührte das Schwert auch nicht an.

Als Georg darum bat, Alannas neue Klinge zu sehen, überreichte sie ihm Blitzschlag gern. Doch zu ihrer Überraschung stieß der Dieb einen Schrei aus und ließ die Waffe fallen. Er bat Alanna sie selbst aufzuheben.

»Sie steckt voller Zauberkraft von einer Art, wie ich ihr noch nie begegnet bin«, sagte er. »Und du willst mir weismachen, dass sie einfach bei Sir Myles in der Waffenkammer herumhing?«

Alanna öffnete den Mund zu einer Lüge – und machte ihn wieder zu. Als sie schließlich sprach, erzählte sie ihm die wahre Geschichte. Georg hörte sie an und schüttelte verwundert den Kopf.

»*Du* hast etwas akzeptiert?«, bemerkte er. »*Du?*«

»Ich hatte ja keine andere Wahl«, gab sie unwillig zurück. »Ich war im Begriff zu sterben, ob ich nun wollte oder nicht. Aber als ich aufhörte dagegen anzukämpfen –«

»Als du es *akzeptiert* hast –«

»Willst du wohl aufhören auf dem Wort ›akzeptieren‹ herumzureiten, Georg? Wie auch immer – da trat der Kristall in Aktion. Und bisher ist es mir nicht gelungen, ihn wieder zum Leben zu erwecken.«

»Soso. Nun – ich bin froh, dass du davongekommen bist – und noch froher bin ich, dass du Blitzschlag umgeschnallt trägst.« Georg nickte in die Richtung des Schwerts. »Ein Zauberschwert – ob du nun die Zauberkraft erwecken kannst oder nicht – mag dir eines Tages gute Dienste leisten.«

Noch jemand fiel auf, dass mehr in Blitzschlag steckte, als es den Anschein hatte. Als Alanna zum ersten Mal nach ihrer Rückkehr aus Olau zu ihrem Zauberunterricht kam, lächelte Herzog Roger sie an. »Ich hörte, dass du ein neues Schwert hast, Alan. Darf ich es mir ansehen?« Alanna zögerte. Sie wollte Herzog Roger ihr Schwert nicht geben und dabei hatte sie nicht den geringsten Grund so zu fühlen. Widerwillig löste sie die Scheide von ihrem Gürtel. Sie konnte spüren, wie Jonathan sie misstrauisch beobachtete und sich fragte, warum sie so lange brauchte.

»Das Schwert lag bei Sir Myles herum«, sagte sie. »Ich glaube nicht –«
»Ich habe mich schon mein ganzes Leben mit der Kunst des Schwertschmiedens befasst«, erklärte ihr Roger. Er streckte die Hand aus. »Lass mich sehen!«

Alanna übergab es ihm. Sie hasste ihn in diesem Augenblick mehr, als sie jemals irgendeinen gehasst hatte. Rasch unterdrückte sie dieses Gefühl.

Roger erstarrte und seine Augen wurden groß. Er wurde bleich und die Knöchel der Hand, mit der er Blitzschlag hielt, wurden weiß. Plötzlich verfärbte sich die Luft um ihn herum zu einem dunklen schimmernden Blau. Instinktiv trat Alanna vor, um ihm ihr Schwert zu entreißen, doch die Farbe verschwand so rasch, wie sie aufgetaucht war, als der Herzog das Schwert sorgsam auf den Tisch legte.

»Wie kommst du zu diesem Schwert?« Er blickte sie streng an. »Sprich! Woher hast du es?«

Alanna wurde rot und reckte drohend das Kinn vor. »Ich habe es von Sir Myles«, entgegnete sie und bemühte sich, nicht die Beherrschung zu verlieren. »Ich war letzte Woche bei ihm und er hat es mir gegeben.«
»Er – er hat es dir gegeben. Einfach so.«
»Es hing in seiner Waffenkammer, Herr.« Alanna spürte, wie sie vor Zorn die Schultern versteifte. »Keiner benutzte es und er wusste, dass ich

kein eigenes Schwert besitze.« Sie griff hinüber und nahm Blitzschlag an sich. »Gestattet, Euer Gnaden.« Sie befestigte das Schwert an ihrem Gürtel und versuchte Zeit herauszuschinden, um ihrer Wut Herr zu werden.

»Aha. Bist du sicher, dass es sich so abgespielt hat? Du verschweigst mir nicht eine unbedeutende Kleinigkeit? Etwas, wovon du annimmst, es könne mich nicht interessieren?« Rogers Stimme zitterte vor – wovor? Vor Zorn? Vor Ungeduld? Vor Angst? Alanna war nicht sicher. Der Herzog bemerkte, dass seine Schüler diese Abkehr von seiner sonstigen gelassenen Anmut mit Staunen quittierten, und er versuchte zu lächeln. »Vergib mir, wenn ich dich bedränge, Alan. Wusstest du, dass diese Klinge Zauberkraft besitzt?«

Alanna sah ihn mit großen, sanften Augen unschuldig an. Jonathan erkannte den Ausdruck, den Alan immer dann aufsetzte, wenn er kurz davor war, die unverschämtesten Lügen von sich zu geben. Jon war klar, dass Blitzschlag etwas an sich hatte, was seinen Vetter Roger so erschütterte, dass er sein gewöhnlich lächelndes Auftreten fallen ließ. Jon hatte auch begriffen, dass Alan nicht die Wahrheit sagen wollte, was das Schwert betraf. *Denk dir was Einfaches aus!*, lautete der Gedanke, den der Prinz seinem rothaarigen Freund schickte. *Wenn deine Lüge zu ausgefallen ist, kommt er dir auf die Schliche!*

Jonathan hätte sich nicht zu sorgen brauchen. »Es hat Zauberkraft, Euer Gnaden?«, fragte Alanna. »Mir gefiel lediglich, wie es in meiner Hand liegt. Es ist leichter als die meisten Schwerter, doch –«

»In deinem Schwert liegt Zauberkraft, Alan«, unterbrach der Herzog ungeduldig. Alanna verbarg ein zufriedenes Lächeln. Roger glaubte ihr! »Es ist alte Zauberkraft – vermutlich wesentlich älter als alles, was dir bisher begegnet ist. Das würde erklären, warum du nicht sofort entdeckt hast, dass das Schwert ungewöhnlich ist. Kannst du den Kristall zum Leuchten bringen? Nein, sieh mich nicht an, als wäre ich verrückt geworden. Versuche den Kristall zum Leuchten zu bringen!«

Alanna tat so, als versuche sie es. Sie benutzte ihre Gabe dazu, sich Schweiß aufs Gesicht zu treiben und die Luft um sich herum schwach violett zu färben. Eher wollte sie zu Fuß nach Trebond und wieder zurücklaufen, bevor sie wirklich und wahrhaftig versuchte den Stein für Herzog Roger zum Leuchten zu bringen! Sowieso war es ihr bisher nie gelungen. Dieses Mal würde es nicht anders sein.

»Nun gut«, sagte Roger schließlich. »Hör auf. Du ermüdest dich nur. Der Zauber, der die Kräfte des Kristalls – und die des Schwertes – freisetzt, ist uns für immer verloren.« Zumindest das klang ehrlich, ebenso wie die Enttäuschung, die in der Stimme des Zauberers lag. »Eine Schande. Weiß Sir Myles, wie alt das Schwert ist? Oder dass es Zauberkraft in sich birgt?«

»Keine Ahnung«, sagte Alanna. »Möglicherweise – er hat es in der Nähe der Baronie Olau in einer Ruine gefunden. Er sagte, die Ruinen würden den Alten gehören. Darf ich mich jetzt setzen, Herr?«

Roger erhob sich. Er drehte seinen juwelenbesetzten Stab zwischen den Fingern. »Natürlich. Ich habe unseren Unterricht sowieso schon zu lange hinausgezögert. Gib Acht auf diese Klinge, Alan, und wenn es auch nur deswegen ist, weil sie sehr alt und sehr wertvoll ist. Ich bin sicher, dass Sir Myles als angesehener Gelehrter den Wert der Waffe kannte, als er sie dir gab. Ein Zeichen der Wertschätzung von einem schätzenswerten Mann.«

Er starrte einen Augenblick lang in die Ferne, dann blickte er seine Schüler an. »Heute beginnen wir mit dem Studium der Illusion. Bevor ihr die Praxis – also das Erstehenlassen der Illusionen – lernt, müsst ihr erst die Theorie erfahren, wie es bewerkstelligt wird, dass Dinge etwas zu sein scheinen, was sie nicht sind.«

Alanna nahm Platz und sah zu, wie der Herzog von Conté sich wieder fasste. Er entspannte sich und die Atmosphäre im Raum entspannte sich ebenfalls. Wieder einmal hingen die Jungen mit offensichtlichem Entzücken an seinen Lippen. Alanna jedoch hörte nicht zu. Stattdessen spielte sie an dem Kristall herum, der im Heft ihres Schwertes eingelassen war, und dachte darüber nach, was eben geschehen war. Der Herzog spürte, dass etwas Machtvolles in ihrem neuen Schwert lag. Darüber hinaus hatte er Angst vor dessen Zauberkraft. *Das* war etwas, was sie sich merken musste.

Und was noch wichtiger war: Es war nicht so, dass sie den Herzog von Conté nicht mochte. Nein, sie hasste ihn. Sie hasste ihn mit einer wilden Kraft, von der sie nie gewusst hatte, dass sie sie besaß. Und sie hatte nicht die geringste Ahnung, *warum* sie ihn hasste.

Es schneite, als Alanna eines Abends nach einer Übungsstunde mit Corams Schwert und einer weiteren mit Blitzschlag ihren überdachten Übungsraum verließ und mit Stefan zusammenstieß.

»Hab nach dir gesucht«, brummte der Pferdeknecht. Er war nervös, weil er sich im Innern des Palasts befand. »Das lässt Georg schicken.« Er drückte ihr einen Umschlag in die Hand und eilte zurück zu seinen geliebten Pferden.

Ein Blatt Papier mit Georgs Handschrift darauf war um einen versiegelten Umschlag gefaltet. Alanna eilte in ihr Zimmer und schob den Riegel vor die Tür. Sie setzte sich aufs Bett und las Georgs Zettel:

»Mir scheint, dein Bruder hat dich beim Wort genommen, als du ihn batest seine Briefe über mich zu schicken. Hier ist einer. – G.«

Alanna erbrach mit zitternden Fingern das Siegel. Bis jetzt hatten die Zwillinge nur vorsichtige Mitteilungen ausgetauscht, da Herzog Gareth die gesamte Post der Pagen in Empfang nahm. Außerdem war Thom ein schlechter Briefeschreiber. Dieser Brief jedoch war anders. Nachdem Georg erfahren hatte, wer hinter Alan steckte, hatte er sich angeboten Briefe zur Stadt der Götter und von dort aus hierher zu schmuggeln. Dies war für die Zwillinge seit fast drei Jahren die erste Gelegenheit für einen wirklich offenen Gedankenaustausch.

Lieber Alan, (schrieb Thom)
ich bin nun in den Mithran-Klöstern. Zumindest muss ich jetzt nicht mehr unentwegt die kichernden Mädchen ertragen. Wir mussten uns kahl scheren, doch ich nehme an, dass mein Haar wieder wachsen wird, bis ich von hier weggehe. Wir tragen braune Roben. Nur die Eingeweihten tragen Orange.

Ich bin froh, dass du eine verlässliche Person gefunden hast, über die wir unsere Briefe leiten können, auch wenn du dir reichlich Zeit damit gelassen hast. Aber vermutlich sorgen sie dafür, dass du ständig beschäftigt bist. Wie geht es Coram? Gefällt es ihm in der Palastwache? Maude kommt etwa alle sechs Monate vorbei, um nach mir zu sehen. Sie benimmt sich, als sei sie ein Huhn und ich ein Entchen, das sie aus Versehen ausgebrütet hat. Sie sagt, Vater verfolge die Spur des Rylkal-Dokuments und verfasse ein Schriftstück darüber. Ich wünsche ihm Glück dabei. Das wird ihn wohl für die nächsten zehn Jahre beschäftigen.

Wir können diesem Georg doch trauen, oder? Ich frage, weil es wichtig ist. Ein gewisser edler Zauberer hat sich hier oben nach mir erkundigt. Ich denke, du weißt, wen ich meine – es war derjenige, der sich so für deinen Blitzschlag interessierte. Behalte ihn im Auge! Er ist dafür bekannt, dass er die Karriere junger Zauberer, die möglicherweise so gut werden könnten wie er selbst, verlangsamt oder gelegentlich zum Stillstand bringt. Du musst ihn dermaßen beunruhigt haben, dass er herauszufinden versuchte, ob dein Zwillingsbruder ebenso gut ist wie du – was auf eine schiefe Art und Weise wiederum ein Kompliment für dich ist. Was mich betrifft, so bekam er vermutlich Salz in die Augen gestreut. Ich spiele hier nämlich den Dummen. Es wäre hilfreich, wenn du da unten die Nachricht verbreiten könntest, dein Zwillingsbruder sei nicht sonderlich helle. Sag, ich sei als kleines Kind auf den Kopf gefallen oder so.

Das ist es, was meine Lehrmeister hier glauben. Ich weiß eine Menge mehr, als sie denken, und ich übe bei Nacht, wenn die anderen schlafen.

Genug der Prahlerei. Dein Freund hat Geheimnisse und man sagt ihm nach, er sei gefährlich. Die Lehrmeister hier behaupten, er sei der Beste der Ostländer, und sie müssen es ja schließlich wissen. Und jetzt noch ein Gerücht aus der Stadt der Götter, über das du nachdenken solltest: Wir hörten von dem Schwitzfieber, als es vorüber war, und du schreibst einige Einzelheiten – ich wollte, ich wäre mit dabei gewesen! Ein durch Zauberkraft verursachtes Fieber, das Heiler entkräftet und tötet, ist ein Zauber, so wie er einem nur einmal im Leben über den Weg läuft. Alle haben natürlich die lebenden Zauberer aufgezählt, die mächtig genug sind etwas Derartiges zu Wege zu bringen. Hauptsächlich drei Namen wurden genannt – der deines lächelnden Freundes war einer davon.

Gewiss, du sagst, er sei in Carthak gewesen. Aber wäre ein Zauberer, der mächtig genug ist eine gesamte Stadt krank werden zu lassen, nicht auch mächtig genug dies aus weiter Ferne zu tun? Und wer steht zwischen ihm und dem Thron? Ich wollte nicht der Prinz sein, nicht mit dem da als meinem einzigen Erben.

Nun, das ist nur eine Theorie. Gib mir noch ein paar Jahre Zeit, dann werden wir deinem lächelnden Freund eine harte Nuss zu knacken geben. Bis dahin sprich sanft mit ihm und lass ihn glauben, du mögest ihn. Leute, die zu verstehen geben, dass sie ihn nicht mögen, verschwinden gelegentlich – oder sie sterben an eigentümlichen Krankheiten.

Ich habe versucht dich im Feuer zu sehen, aber du wirst durch Mächte abgeschirmt, denen ich bisher noch nicht begegnete. Du verheimlichst mir doch wohl nichts, oder? Viel Glück wünsche ich dir. Ich denke, dass wir von nun an öfters voneinander hören werden. Pass auf dich auf und halte den Edlen im Auge, von dem ich sprach.

Dein dich liebender Bruder Thom

Alanna las den Brief dreimal und verbrannte ihn dann, bis nur noch feine graue Asche in ihrer Feuerstelle lag. Thom hatte einen Teil ihres schlimmsten Verdachts in Worte gefasst. Sie wünschte sich, sie hätte einen gehabt, mit dem sie über die Gefühle hätte sprechen können, die sie für Herzog Roger hegte, aber Jonathan und die anderen Jungen verehrten ihn, und um sich Myles anzuvertrauen, hatte sie ihrer Meinung nach nicht genügend handfeste Beweise. Sie seufzte und legte ein Scheit aufs Feuer. Vielleicht konnte sie mit Georg reden. Die ganze Sache war zu kompliziert, um von einem einzigen Pagen gelöst zu werden.

Und was diese Angelegenheit betraf, dass sie von geheimnisvollen Mächten abgeschirmt wurde, so war Thom albern. Da hätte er ja ebenso gut behaupten können, die Götter hätten ein Auge auf sie! Und was Thoms Erwähnung der Schutzmächte betraf, die in die gleiche Richtung ging wie Frau Coopers Bemerkung, die Göttin nehme Anteil an Alannas Schicksal, oder wie Corams Theorie, die Götter hätten Alanna bei ihrer Befragung durch Herzog Roger geschützt – tja, darüber mussten sich Thom, Coram und Frau Cooper sorgen. Alanna hatte selbst schon genug Probleme.

Der Winter ging ruhig vorüber. Alanna verbrachte ihre ganze Zeit mit Unterricht und sie arbeitete in jeder freien Stunde, damit sie so gut – wenn nicht noch besser – wurde wie die Jungen. Ihre Lektionen in der Zauberei fanden Woche für Woche statt. Herzog Roger hielt ein waches Auge auf die Fortschritte seiner Schüler. Wie Alanna rasch merkte, legte er sehr viel Wert auf die Theorie und verwandte oft mehrere Wochen auf die Gedanken, die hinter einem Zauberspruch steckten, bevor er ihnen gestattete den Zauberspruch auch tatsächlich auszuprobieren. Dadurch kamen sie sehr langsam voran. Viele der Zaubersprüche, die Roger für sie aussuchte, hatte Alanna schon von Maude gelernt. Da ihr Thoms Warnung im Gedächtnis geblieben war, fasste sie den Entschluss, Roger nicht zu sagen, dass sie diese Sprüche schon beherrschte – manche davon sogar in fortgeschrittener Form. Stattdessen lugte sie weiter hinten in die Schriftrollen, die ihnen Roger zu lesen gab, und ertappte sich dabei, wie sie in Zauberbücher schaute, die sie eigentlich in Frieden lassen sollte. Sie hegte den Verdacht, dass sich Jonathan nachts in einer abgelegenen Bibliothek einschloss und Zaubersprüche aus einem Buch übte, das anzurühren Roger ihnen verboten hatte. Alanna sagte jedoch weder zu Roger noch zu Jonathan etwas. Was Jon tat, ging ja schließlich nur ihn an. Sie selbst machte sich nie die Mühe, irgendjemandem Bescheid zu sagen, wohin sie verschwand, wenn sie heimlich mit Corams Schwert üben ging.

An einem freien Vormittag, als sie in Georgs Stuben hockte, ertappte sie sich dabei, wie sie den Zauberspruch für die Schutzwand der Macht ausprobierte, der in einem von Georgs Büchern stand. In dem Augenblick, als sie eine Wand aus leuchtend purpurfarbenem Feuer um sich herum aufsteigen sah, rief sie: »So soll es sein«, und brach damit den Zauber.

»Was mache ich denn da?«, fragte sie Georg angewidert.

Georg umschloss ihre Hände mit seinen Pranken. »Du verhältst dich klug. Oh, du wirst ein großer Ritter werden, Damen retten und Drachen töten und all das, aber nicht alle Ungeheuer, denen du begegnest, haben Drachengestalt. Denk daran, was dein Bruder über Jons lächelnden Vetter sagte.«

Alanna sah ihm geradewegs in die Augen. »Glaubst *du,* dass von Herzog Roger Gefahr droht?«

Georg zuckte die Achseln und gab ihre Hände frei. »Ich bin nur ein armer, ungebildeter Stadtbursche«, entgegnete er und seine haselnussbraunen Augen blitzten. »Ich weiß nur eins: Wenn mir einer eine Waffe gibt – egal, welche – und ich kann sie benutzen, dann tue ich das auch. Denk mal darüber nach, Alanna: Wie ist die Thronfolge, da doch Jonathan das einzige Kind ist?«

Sie zählte an den Fingern ab. »Der König. Die Königin. Jonathan. Und – und Herzog Roger.« Sie schnalzte gereizt mit den Fingern. »Seid ihr albern, Thom und du. Wenn Herzog Roger unbedingt den Thron will und wenn er so ein mächtiger Zauberer ist, warum nimmt er ihn sich dann nicht jetzt gleich?«

»Weil der Thron von einigen mächtigen Leuten umgeben ist, Mädchen«, entgegnete Georg. »Nein – ich würde Herzog Gareth nicht zum Feind haben wollen, genauso wenig wie meinen Obersten Richter. Auch mit deinem stillen Freund Sir Myles ist nicht zu spaßen. Und dann sieh dir Jonathans Kameraden an: Gary, der sogar noch gescheiter ist als sein Vater; Alex, der so gut mit dem Schwert umgehen kann wie kaum ein anderer; du mit deiner Gabe; und dein Bruder in der Stadt der Götter. Er wird warten, unser lächelnder Freund.« Georg warf einen Apfel in die Luft und durchbohrte ihn mit seinem Dolch. Er hob ihn auf, zog ihn von der Klinge und biss nachdenklich hinein. »Er wird herausfinden, wer Jonathan beim Schwitzfieber vor dem Tode errettet hat. Er wird sich Freunde machen und nach allen Seiten Gefälligkeiten erweisen. Er wird die Leute des Königs zu *seinen* Leuten machen. Einige, die er niemals für sich gewinnen kann, wird er sich vom Hals schaffen. Und dann wird er zuschlagen.« Er deutete mit dem Dolch auf Alanna. »Also – lern deine Zaubersprüche, Kleine. Du wirst sie noch brauchen. Wenn ich mich nicht irre, mag dich der Herzog von Conté auch nicht lieber als du ihn.«

Während Alanna gleichzeitig Schwertkampf und Zaubersprüche übte – beides an Plätzen, wo keiner sie sah –, traf Jonathan die Menschen seiner Stadt. In diesem Winter gingen er und Alanna so oft wie möglich ins »Tanzende Täubchen« hinunter. Hier wurde Jon zu »Johnny«, dem reichen Kaufmannssohn, den Georg ins Herz geschlossen hatte. Im »Tanzenden Täubchen« schwiegen die Männer nicht respektvoll, wenn Jon sprach. Sie sagten eher Dinge wie »Du bist doch noch ein Grünschnabel! Was weißt denn *du* schon! Sei still und hör denen zu, die älter sind als du.«

Jonathan war still und hörte zu. Er freundete sich mit den gefährlichsten Dieben und Mördern der Ostländer an. Er lernte mühelos Taschen zu leeren und Würfel zu werfen. Er schäkerte mit Blumenmädchen und sah zu, wie die Diebe ihre nächtliche Beute teilten. Er sah das Leben aus einer ganz anderen Sicht als vom Palast aus und er war begierig zu lernen, was er nur konnte. Keiner erriet jemals, dass der Thronerbe dasaß, einen Krug Bier schlürfte und gelegentlich einen Satz Würfel warf.

Oft kam Gary mit und schließlich wurde auch Raoul Georg und dessen Kreis vorgestellt. Jonathan schlug vor auch Alex mitzubringen, doch in diesem Winter bat Herzog Roger darum, Alex solle bis zu seiner Ritterprüfung sein Knappe werden. Alanna brauchte somit nicht einmal zu sagen, dass sie keinen zu Georg mitnehmen wolle, der Roger so nahe stand – Alex war ganz einfach zu sehr in Anspruch genommen, um für seine alten Freunde noch viel Zeit übrig zu haben.

Der Winter schmolz in den Frühling hinüber und bei den Knappen wurde die Kampfausbildung verstärkt in Angriff genommen. Da der Brauch gebot, dass sich der Thronerbe der Ritterprüfung stelle, wenn das Mittwinterfest zwischen seinen siebzehnten und achtzehnten Geburtstag fiel, schien es wahrscheinlich, dass er im Verlauf dieses Jahres einen Knappen brauchen würde. Und da Gary, Raoul und Alex achtzehn geworden waren, würden auch sie die Ritterprüfung ablegen. Alle drei beobachteten die Knappen und die älteren der Pagen und versuchten ihre Wahl zu treffen.

Der Wettstreit, einer der vier begünstigten Knappen zu werden, war heftig. Jonathan war der Thronerbe, die anderen drei kamen aus den edelsten Familien Tortalls. Alle mochten den kräftigen, etwas scheuen Raoul. Gary mit seinem scharfen Verstand und seiner noch schärferen

Zunge hatte sich zwar Feinde gemacht, doch auch er wurde respektiert. Alex war Herzog Rogers Knappe und ein Teil der Beliebtheit des Herzogs hatte auf ihn etwas abgefärbt.

Sowohl die Knappen als auch die Pagen, die beim Winterfest Knappen werden würden, arbeiteten ohne Unterlass, vor allem dann, wenn einer von den vieren in Sicht war.

Alle außer Alanna. Obwohl auch sie beim nächsten Mittwinterfest Knappe werden würde, betrachtete sie sich nicht als Teilnehmer an diesem Wettlauf, und das sprach sie auch aus. Die anderen Jungen wollten wissen, weshalb nicht.

»Ganz einfach«, erklärte sie verdrießlich. »Schaut mich doch an. Ich bin der kleinste und schmächtigste Junge im ganzen Palast. Im Ringen bin ich eine Niete und ein sonderlich guter Schwertkämpfer bin ich ebenfalls nicht. Keiner wird einen Schwächling wie mich zum Knappen haben wollen.«

»Aber du bist der beste Reiter, vor allem seit du Mondlicht hast«, protestierte Douglass. »Und du bist der Beste im Bogenschießen und beim Lanzenfechten und beim Stockfechten und auch mit den sonstigen Waffen. Und ein guter Schüler bist du auch. Das sagen alle Lehrer – hinter deinem Rücken. Willst du behaupten, dass dich nicht einmal Jonathan nehmen wird?«

Alanna schnitt ein Gesicht. Lieber als alles andere auf der Welt wollte sie Jonathans Knappe werden. »Jonathan am allerwenigsten. Der Thronerbe braucht den besten Knappen, den das Königreich zu bieten hat. Ich bin zu schwach im Schwertkampf und zu klein bin ich auch. Geoffrey von Meron ist gut. Den sollte der Prinz wählen.«

Das war es, was sie ihren Freunden sagte. Sie wusste, dass sie ihr nicht glaubten, doch das war ihr egal. In Wahrheit fühlte sie sich nicht würdig irgendjemandes Knappe zu sein. Sie war ein Mädchen und eine Lügnerin war sie auch. Jeden Augenblick konnte die Wahrheit entdeckt werden. In der Zwischenzeit reichte es schon, dass sie beim Ringen laufend verlor und dass sie im Schwertfechten nur mittelmäßig war. Jonathan würde sich Geoffrey oder Douglass aussuchen und damit war der Fall erledigt.

Im April trat eine Veränderung ein. Lord Martin von Meron – Geoffreys streng aussehender Vater – kam nach Norden geritten, um seinen Sohn zu besuchen und um zusätzliche Truppen für sein Lehnsgut anzufordern. Das Lehnsgut Meron war besser unter dem Namen Große Südwüste bekannt: Meilenweit, von den Küstenhügeln bis zu den Tyranhöhen erstreckte sich dort der Sand. Dieses unwirtliche Gebiet war die Heimat der Bazhir, des Wüstenstammes, dessen Mitglieder nur zum Teil Anhänger des Königs und dessen Statthalters Lord Martin waren. Am Morgen nach seiner Ankunft beriet sich Lord Martin mehrere Stunden lang mit dem König und mit Herzog Gareth. Der König hatte entschieden, Jonathan und die anderen zukünftigen Ritter sollten diese Gelegenheit ergreifen, um die Wesensart der Bazhir kennen zu lernen. So wie die Lage in der Wüste war, war die Wahrscheinlichkeit groß, dass jeder Ritter zumindest einmal in seinem Leben gegen die Bazhir kämpfen würde. Die Knappen würden somit unter Sir Myles' und Lord Martins Obhut zusammen mit den neuen Truppen nach Süden reiten. Die Pagen sollten dann später im Sommer ebenfalls einen weiten Ritt unternehmen, und zwar zu dem im Osten liegenden Lehnsgut Naxen. Nachdem diese Entscheidung getroffen und das Mittagsmahl eingenommen war, begaben sich Herzog Gareth und Lord Martin nach draußen zu den Fechthöfen. Einst war Lord Martin für seine Geschicklichkeit im Schwertfechten berühmt gewesen und am Abend zuvor hatte er mit dem Herzog einen freundschaftlichen Wettkampf ausgefochten. Jetzt nahmen die beiden Männer neben dem Übungsgelände Platz, um zu sehen, wie sich die älteren Pagen und die jungen Knappen anstellten.

»Zeigt uns, was sie zu leisten vermögen, Hauptmann Sklaw«, befahl Herzog Gareth.

Sklaw sah sich im Hof um. Sein einziges Auge funkelte boshaft. »Meron.« Geoffrey verbeugte sich anmutig und griff nach seiner gepolsterten Stoffrüstung. Hauptmann Sklaw grinste, während er deutete. »Trebond. Du hast seit jenem ersten Mal keinen Wettkampf mehr gefochten. Lass uns sehen, wie du wieder über deine eigenen Füße fällst.«

Alanna wurde heiß und kalt vor Entsetzen. Jemand drückte ihr die gepolsterte Trainingsrüstung in die Hand und sie zog sie etwas betäubt über. Sklaw hatte Recht. Seit diesem grässlichen ersten Versuch mit Sacherell vor einem Jahr hatte sie keinen freien Wettkampf mehr gefochten. Gewöhnlich wurde jeder Ausfall und jede Bewegung schon vorher von Sklaw festgelegt. Sie hatte Drill gemacht, endlose Wiederholungen derselben Bewegung, oder Plankampf, wobei der eine der beiden Partner einem gewissen Bewegungsablauf folgte, der von Sklaw festgelegt wurde, während der andere die entsprechenden, ebenfalls von Sklaw angeordneten Gegenbewegungen machte. Auf diese Art und Weise ging es den ganzen Nachmittag zwischen zwei Gegnern hin und her, was gewiss keine Vorbereitung für einen freien Wettkampf war. Darüber hinaus hatte sie ihr morgendliches und abendliches Training, doch da war sie ständig allein und machte nur Drill. Alanna atmete tief. Sie fühlte sich elend. Wieder einmal waren Herzog Gareth und Hauptmann Sklaw zugegen und Coram verscheuchte eben die Jungen vom in der Mitte liegenden Kampfplatz. Sie setzte sich den Stoffhelm auf den Kopf und nahm von Douglass ein Schwert entgegen. Zu ihrer Überraschung sah sie, dass es nicht das Übungsschwert war, das sie angefertigt hatte, sondern Blitzschlag.

Selbst Blitzschlag kann mir jetzt nicht helfen, dachte sie, als sie zur Markierungslinie trat und sich verbeugte. Sie zog ihr Schwert und nahm die Verteidigungsstellung ein.

»Anfangen!«, befahl Sklaw.

Geoffrey machte einen Ausfall nach vorn und griff an. Alanna hielt die Stellung und parierte sein herunterfallendes Schwert mit einer Kraft, die beide Körper zum Erzittern brachte. Dem »Halbmond-Drill« folgend, löste sie sich von ihrem Gegner, wirbelte Blitzschlag in einem Halbkreis und zielte auf Geoffreys Seite. Der größere Junge parierte eilends und machte einen Satz rückwärts. Er schaute bestürzt drein mit seinen verträumten, haselnussbraunen Augen. Ohne nachzudenken, folgte Alanna mit dem zweiten Halbmond-Hieb, schwang Blitzschlag in die andere Richtung und zwang Geoffrey sie wieder abzuwehren anstatt anzugreifen. (»Angriff ist immer besser als Abwehr«, hatte ihr Coram erklärt, als sie spätnachts einmal übers Fechten gesprochen hatten. »Immer. Mit Abwehr kannst du nicht gewinnen – damit kannst du dir den Kerl nur vom Hals halten oder ihn müde machen. Greif an und bring die Sache hinter dich.«)

Alanna griff an, wobei ihr Arm von ihrem restlichen Körper getrennt zu sein schien, während sie einen Ausfall nach dem anderen machte. Sie sah eine Blöße und ihre Hand ergriff die Gelegenheit, ihr Schwert in diese Lücke zu führen. Sie nahm sich nicht die Zeit darüber nachzudenken, was sie tat. Stattdessen erinnerten sich ihre Muskeln an das Verlaufsmuster des endlosen Drills, den sie wieder und immer wieder mit einem zu schweren Schwert wiederholt hatte. Geoffrey machte eine Bewegung, um anzugreifen oder zu parieren, und Alannas Arme und Körper erinnerten sich an die Bewegung, die einem derartigen Angriff oder einer derartigen Parade stets folgte. Der Schweiß lief Alanna in die Augen. Sie schüttelte ihn ab und taumelte ein wenig. Geoffrey nutzte den kurzen Augenblick aus, in dem sie nicht sicher stand, und wollte einen Hieb anbringen, der den Wettkampf beendet hätte. Stattdessen machte Alanna mit ihrer Klinge eine kräftige Drehbewegung und Blitzschlag umschlang Geoffreys Schwert wie eine metallene Viper. Es flog ihm aus der Hand und Geoffrey gelang es nicht, es noch zu packen. Mit derselben Bewegung, mit der sie ihn entwaffnet hatte, berührte die atemlose Alanna mit der Spitze ihres Schwertes das Tuch, das Geoffreys Nasenrücken bedeckte.

Der Junge trat zurück und kniete sich nieder. »Ich ergebe mich«, sagte er und schaute lächelnd zu ihr auf. »Gut gekämpft, Alan! Sehr gut!«

Sie starrte ihn nach Luft japsend an. Sie hatte das Gefühl, als stünde ihre Lunge in Flammen. Dann merkte sie, dass das Geräusch in ihren Ohren Applaus war. Ihre Freunde, nein, alle Pagen und alle Knappen jubelten ihr zu.

»Sehr gut, Aram«, murmelte Herzog Gareth, zu Hauptmann Sklaw gewandt. »Du hast einen tadellosen Schwertkämpfer aus ihm gemacht.«

»Ich war's nicht, Euer Gnaden«, knurrte Sklaw und starrte den Pagen an, der an den Bändern seiner Stoffrüstung nestelte.

»Es war dieser Trebond und er hat es ganz für sich allein zu Wege gebracht.«

An diesem Abend stattete Jonathan seinem Onkel einen Besuch ab. »Onkel?«, sagte er. »Ich möchte dich um einen Gefallen bitten. Es geht um diese Reise nach Persopolis im Lehnsgut Meron.«

Herzog von Naxen lächelte. »Du weißt, dass mir deine Bitte ein Befehl ist, Jon.«

Jonathan lachte in sich hinein. »Fragt sich nur, ob du mir auch gehorchen wirst. Onkel – ich möchte, dass Alan mit uns kommt. Du sagtest, die Pagen wollten später in diesem Sommer nach Naxen reisen. Da könnte er ja dann hier bleiben. Zum Ausgleich.«

Herzog Gareth sah Jon in die Augen. »Das ist sehr ungewöhnlich, Jonathan.«

»Ich weiß«, antwortete der Prinz gelassen. »Es ist nur so – mit Gary und Raoul und Alex und mir verbringt Alan mehr Zeit als mit den Pagen. Ich glaube, es würde ihm mehr Spaß machen, mit uns zu kommen. Sir Myles reitet ja auch mit und er ist –« Der Prinz brach ab, und dann, als er den verständnisvollen Blick seines Onkels sah, fuhr er fort: »Myles ist für Alan eher ein Vater, als Lord von Trebond es ist. Ich weiß, dass wir nicht schlecht über unsere Vorfahren reden sollen, und Alan beklagt sich auch nie, aber – wir haben alle Augen und Ohren.«

Der Herzog nahm sich aus einer Schale eine Nuss und knackte sie. »Will Alan mit nach Persopolis?«

»Weiß ich nicht«, entgegnete Jonathan. »Ich denke schon, da wir ja alle gehen. Wenn du aber damit meintest, ob er weiß, dass ich dich frage – nein. So wie ich Alan kenne, käme er nie auf die Idee, ich könnte für ihn einen derartigen Gefallen erbitten.«

»Hm. Hast du dir schon einen Knappen ausgesucht, Jonathan? Falls du die Ritterprüfung bestehst?«

»Ich habe da einen im Sinn«, entgegnete Jonathan ruhig. »Es ist keine leichte Entscheidung.«

Der Herzog überlegte. Schließlich nickte er: »Sofern die anderen Jungen es nicht übel nehmen, spricht eigentlich nichts dagegen, dass er mit euch kommt.«

Jon lächelte. »Sie werden es nicht übel nehmen. Manchmal sieht es fast so aus, als wäre Alan lediglich ein kleiner Knappe, der sich mächtig dafür interessiert, was die Pagen so treiben.«

»Sehr gut beobachtet. Willst du es Alan sagen oder soll ich das übernehmen?«

»Sag du es ihm lieber, Onkel. Ich danke dir von ganzem Herzen.« Jonathan küsste die Hand des Herzogs. Er war schon halb zur Tür hinaus, als ihn die Stimme des Älteren zurückrief.

»Warum liegt dir so viel daran, Jon?«

Der Prinz drehte sich um. »Weil er mein Freund ist. Weil ich stets weiß, wie er zu mir steht – und wie ich zu ihm stehe. Weil ich glaube, dass er für mich sterben würde und – und ich auch für ihn, glaube ich. Genügt das?«

»Du bist naseweis, Neffe«, sagte Gareth mit gespielter Strenge. »Bitte also Timon, er soll Alan suchen und ihn zu mir bringen.«

Alanna war baff, als sie Herzog Gareths Neuigkeiten vernahm. Sie hätte niemals erwartet, man könnte sie so bevorzugen. Sie hörte genau zu, als er ihr Anweisungen gab, was ihre Pflichten während der Reise betraf. Da sie der einzige Page der Gruppe war, sollte sie Lord Martin, Myles und Jonathan bedienen und für den Truppenhauptmann und die Knappen Botengänge erledigen. Ihre Lektionen würde sie mit Myles als ihrem Lehrer fortsetzen.

Auch Coram freute sich über die Ehre, und seine Befehle waren so streng wie die des Herzogs: Sie hatte sich gut zu benehmen. *Keinerlei Streiche,* lautete ihr Tagesbefehl.

Alanna versuchte sich die Neuigkeiten nicht zu Kopf steigen zu lassen, obwohl sie nicht gegen ihre Erregung ankam. Es überraschte sie, dass sich die anderen Pagen für sie freuten, anstatt neidisch zu sein. Ihr war nicht klar, dass diese sie nicht als Pagen betrachteten, sondern – wie Jonathan gesagt hatte – als einen sehr kleinen Knappen.

Am Abend vor der Abreise wurden die Jungen und Myles zu einer Besprechung bei Herzog Roger gerufen. Er brachte sie zur Großen Bibliothek; er wartete, bis sie sich bequem niedergelassen hatten, bevor er zu reden begann. Alanna, die zwischen dem kräftigen Raoul und dem ebenso kräftigen Gary hockte, wo sie keine Aufmerksamkeit auf sich ziehen würde, fand, dass der ganz in geschmeidigen, schwarzen Samt gekleidete Herzog nicht nur gut aussah, sondern auch eindrucksvoll wirkte. Er trug eine seltsam geformte Kette mit einem Saphir-Anhänger, der die Farbe seiner Augen noch hervorhob.

»Zweifellos wisst ihr nicht, weshalb ich mit euch reden will«, sagte er mit seinem ungezwungenen Lächeln. »Ich gehe wohl nicht fehl in der

Annahme, dass bisher keiner die Schwarze Stadt erwähnte, wenn er über die Reise sprach, die ihr morgen antreten werdet.« Er schüttelte den Kopf. »Ich halte es für keine gute Idee, euch alle in die Nähe dieser Stadt zu lassen, aber – nun, ich wurde überstimmt.« Alanna blinzelte, als der Saphir Lichtblitze aussandte. Das Funkeln des Edelsteins machte sie schläfrig. Wütend über sich selbst, kniff sie sich kräftig in den Arm. Das weckte sie auf. »Die Schwarze Stadt ist von Persopolis aus eben noch zu sehen«, fuhr der Zauberer fort. »Tatsächlich haben die Bazhir in der Westwand des Schlosses von Persopolis allein zu diesem Zweck einen Raum gebaut. Er wird ›Sonnenuntergangsraum‹ genannt und es wird gemunkelt, die Bazhir hätten ihn gebaut, damit sie die Schwarze Stadt immer im Auge behalten könnten. Als hätten Schäfer und Wüstenbewohner eine Ahnung von derartigen Dingen!« Er seufzte. »Natürlich wird man euch nicht erlauben euch in die Nähe der Stadt zu begeben. Das ist keinem gestattet. Man behauptet, ein Fluch liege darüber und kein Sterblicher kehre jemals lebendig von dort zurück – vor allem dann nicht, wenn er jung ist. Zweifellos sind auch das Bazhir-Geschichten, die man am Lagerfeuer erzählt, um den Kindern Angst einzujagen.«

Der große Mann schritt im Zimmer auf und ab. Fast sah er aus wie der Schatten eines Panthers und alle Augen lagen auf ihm. »Ich bin sicher, dass die Bazhir prächtige Schreckgespenster erdachten, um ihre Gören zu erschrecken, aber dies ist nicht der Grund, weshalb ich euch zur Vorsicht rate. Es gibt eine böse Macht in der Schwarzen Stadt, eine überaus starke Macht, die weit in die Vergangenheit zurückreicht. Wie sie beschaffen ist, weiß ich nicht. Ich habe niemals die Torheit besessen, mich für stark genug zu halten gegen das, was dort lauert, anzukämpfen.«

Roger war stehen geblieben und seine Augen lagen unverwandt auf denen Jonathans. »Ich brauche nicht den Kristall eines Sehers, um das

Böse dieses Ortes selbst von Persopolis aus zu spüren, ebenso wie ein Fischer kein Sturmglas braucht, um zu riechen, dass sich ein Orkan nähert. Wenn selbst ich es nicht wage, dieses Risiko einzugehen, hat keiner von euch, die ihr nicht dafür ausgebildet und ohne Erfahrung seid, auch nur die geringste Chance. Wagt euch nicht in die Nähe der Schwarzen Stadt, sonst werdet ihr mit eurem Leben und möglicherweise mit eurer Seele bezahlen.« Er lächelte und sah dabei Jonathan unverwandt in die Augen. »Ich weiß, wann ein Schwert zu gewichtig ist, als dass ich es aufheben könnte.«

Als Alanna an diesem Abend zu Bett ging, war sie so verwirrt wie niemals zuvor. Es kam ihr so vor, als habe Roger Jonathan aufgefordert einen Beweis zu erbringen, dass er über mehr Mut verfügte als sein Vetter und dass er der Schwarzen Stadt, die jener fürchtete, die Stirn bieten solle. Doch sie musste sich irren. Nicht einmal Roger besaß den Mut und die Grausamkeit, seinen jungen Vetter in den sicheren Tod zu schicken. Oder doch?

7
Die Schwarze Stadt

Der Ritt nach Süden war der längste und beschwerlichste, den Alanna jemals erlebt hatte. Sie waren eben eine Tagereise von Corus entfernt, als sich die Umgebung wandelte. Die Hügel wurden felsiger, die Bäume kleinwüchsig und verkrüppelt und die Bodenpflanzen schienen um jeden Wassertropfen zu kämpfen, den sie dem Boden entziehen konnten. Die Erde selbst war braun und ausgedörrt und von Rissen durchzogen. Eidechsen, Schlangen und hie und da ein Kaninchen schauten die Reiter an, als wären es Eindringlinge, und die Sonne schien zehnmal heißer zu brennen. Bis zum Ende des zweiten Tages war aus der rissigen Erde Sand geworden und aus den Hügeln lang gestreckte Dünen. Sie waren in der Großen Südwüste angelangt.

Abends bediente Alanna Lord Martin, Myles und den Wachhauptmann. Tagsüber ritt sie mehrere Stunden lang an Myles' Seite und erfuhr vom Leben und den Gebräuchen der Bewohner dieses Landstrichs. Myles war ein interessanter Lehrer und er wusste viel über die Südwüste zu berichten. Des Öfteren ertappte sie Lord Martin dabei, wie seine harten Augen respektvoll wurden, wenn er den Ritter ansah.

Alanna war nicht die Einzige, die Unterricht erteilt bekam. Lord Martin lehrte alle, wie man in einer derart öden Gegen überlebte.

Irgendwann einmal mochte vielleicht ihr Leben davon abhängen, dass sie wussten, welche Pflanzen Wasser speicherten oder wie man eine Oase fand.

Je mehr sie sich Persopolis näherten, desto häufiger trafen sie auf Bazhir. Die Wüstenbewohner waren zähe Reiter und unbarmherzige Kämpfer. Ihre Frauen versteckten sie in Zelten aus Ziegenhäuten. Doch Alanna spürte, wie Männer und Frauen gleichermaßen die Fremden mit ihren stolzen, schwarzen Augen musterten. Da sie ahnte, dass Lord Martin seine Untergebenen aus dem Stamm der Bazhir nicht mochte, wandte sie sich an Myles.

»Die Bazhir sind ungewöhnlich«, bekannte der Ritter. »Martin hat guten Grund für seine Abneigung gegen sie.«

»Ich glaube, er kann keinen leiden«, brummte Alanna.

Myles ignorierte diese Bemerkung. »Weißt du – man sagt dem vorhergehenden König nach, er habe diese ganze Gegend bis weit in den Süden, bis hin zum Binnenmeer, erobert. In Wirklichkeit hat er lediglich das Hügelland im Osten und den Küstenstrich von Leganhafen bis zum Tyranfluss eingenommen, nicht aber diese Wüste hier. Sie ist viel zu groß. Stattdessen hat er mit einigen Bazhir Verträge abgeschlossen und ein paar andere hat er niedergemetzelt. Heute wird Roald von einigen Stämmen als König anerkannt. Sie betreiben Handel mit dem übrigen Königreich und versuchen keine Schwierigkeiten zu machen. Die anderen werden als Abtrünnige bezeichnet. Sie lassen Roald nicht als ihren König gelten und sie machen denen, welche die Südstraße benutzen, das Leben schwer. Der Stamm, der Persopolis bewohnt, ist dem König freundlich gesinnt, und das ist sehr wichtig. Persopolis ist die einzige von den Bazhir erbaute Stadt.«

Alanna dachte ein Weilchen über das eben Gehörte nach. »Warum haben sie nur eine Stadt erbaut?«, fragte sie. »Und warum ausgerechnet hier inmitten dieser götterverlassenen Gegend?«

»In Persopolis gibt es fünf Quellen«, sagte Lord Martin schroff und lenkte sein Pferd neben sie. »Und was die Tatsache betrifft, dass es ihre einzige Stadt ist – es wird gesagt, sie hätten sie gebaut, um die Schwarze Stadt zu bewachen.« Er schnaubte. »Eine Torheit, wenn ihr mich fragt. Weshalb sollte man eine Stadt bauen, um eine andere zu überwachen, die man kaum sehen kann?« Er ritt wieder zurück die Reihen entlang.

Alanna sah Geoffreys Vater aus zusammengekniffenen Augen hinterher. »Ich begreife das nicht«, sagte sie. »Er mag die Bazhir nicht – und dennoch machte ihn Seine Majestät zum Herrscher über die Wüste.«

»Martin mag die Bazhir nicht – und sie mögen ihn nicht –, aber er ist gerecht«, entgegnete Myles. »Er ist gerecht, selbst wenn es ihn umbringt. Die Bazhir wissen das, also nehmen sie es mit ihm auf. Keinem anderen wäre es gelungen, ihren Respekt zu erringen, auch wenn sie ihm den nur widerwillig zollen.« Myles schob die Kapuze des Burnus zurück, den er seit dem zweiten Tag ihrer Reise trug, und warf ihr einen durchdringenden Blick zu. »Warum interessiert dich das so, Alan?«

Sie zuckte die Achseln. »Nur so. Entschuldigt mich. Lord Martin winkt.« Sie wendete Mondlicht und ritt nach hinten. Sie wusste selbst nicht, warum die Wüstenbewohner sie so interessierten.

Es dauerte eine Woche, bis sie Persopolis erreichten. Endlich konnten sie die Granittürme und Mauern sehen, die vor ihnen aufragten. Die Stadt war noch uneinnehmbarer gebaut als eine Festung wie Trebond, und die Waffen, welche die Soldaten trugen, waren gut gepflegt und viel benutzt.

Menschen säumten die Straße, um ihren wiederkehrenden Lord zu begrüßen und um den Jungen anzustarren, der eines Tages ihr König werden würde. Während sich die Bazhir im Hintergrund hielten und schweigend zusahen, winkten die Stadtbewohner und jubelten den jungen Edlen entgegen. Jonathan und seine Freunde entgegneten die Begrüßung so gelassen, als täten sie dies jeden Tag, doch Alanna lenkte Mondlicht zwischen Myles und den Wachhauptmann und verweilte dort.

»Was ist los, Jüngling?«, erkundigte sich der Soldat und lachte glucksend. »Schüchtern?«

Alanna errötete. Er hatte Recht. Doch da war noch etwas. »Myles?«, fragte sie leise. »Starren die Bazhir immer so?«

Der Ritter zupfte sich nachdenklich den Bart. »Gewöhnlich versuchen sie uns, die wir aus dem Norden stammen, zu ignorieren. Vielleicht ist es Jonathan.«

»Hm.« Unter dem nervösen Griff, mit dem Alanna die Zügel hielt, wurde ihr Pferd unruhig. Sie versuchte sich zu entspannen. Die Bazhir starrten auch *sie* an.

Am späten Nachmittag begann im Palast ein offizielles Bankett. Jeder trug seine schönsten Kleider. Trinksprüche wurden ausgegeben und langatmige Reden wurden gehalten. Myles stürzte ein Glas Wein ums andere hinunter und Alanna verbarg sich in einer Ecke, solange man nicht nach ihr verlangte.

»Da bist du ja.« Myles stand ein wenig unsicher auf den Beinen. »Bist du neidisch, weil Jonathan im Mittelpunkt steht? Er ist der Prinz. Er wird für eine lange Weile im Mittelpunkt stehen.« Er zog einen dunklen, gut gekleideten Mann zu sich her. »Hier ist jemand, der dir mehr über die Bazhir erzählen kann. Ali Mukhtab, dies ist Alan von Trebond, unser Page. Ali Mukhtab ist der Schlossverwalter von Persopolis. Im Übrigen ist er ein Bazhir. Unterhaltet euch, ihr beiden – ich begebe mich jetzt endlich wieder in ein richtiges Bett.« Myles wuschelte Alanna liebevoll durchs Haar und ließ sie mit Ali Mukhtab allein.

Der Page und der Mann nahmen sich sorgsam in Augenschein. Alanna sah einen groß gewachsenen Bazhir mit walnussbrauner Haut, glänzend schwarzem Haar und zurechtgestutztem schwarzem Schnurrbart. Seine großen schwarzen Augen waren von langen schwarzen Wimpern gerahmt und Alanna sollte noch feststellen, dass er diese Augen nur selten einmal richtig öffnete. Doch jetzt tat er es und sie verlagerte unbehaglich ihr Gewicht auf das andere Bein. In Ali Mukhtabs Blick lag Kraft. Dann schloss er die Augen wieder zur Hälfte und lächelte schläfrig.

»Du fühlst dich nicht wohl in dieser Umgebung«, bemerkte er gelassen. Persönliche Bemerkungen hatte Alanna noch nie gemocht. Sie wechselte das Thema. »Euer Wams gefällt mir«, erklärte sie. Das Wams war tatsächlich ein elegantes Kleidungsstück. Es bestand aus rotem Samt und war mit goldenen Borten eingefasst. Er lächelte und sie begriff, dass er ihre Taktik durchschaut hatte.

»Sir Myles sagte mir, dass du dich für die Bazhir interessierst. Warum? Für einen jungen Mann von einem Lehnsgut aus dem Norden kann die Wüste doch gewiss nicht sonderlich interessant sein.«

»Man kann nie wissen, wohin man einmal verschlagen wird«, sagte sie unverhohlen. »Die Leute aus dem Norden verstehe ich. Die Bazhir nicht.«

»Soso. Du besitzt also die Neugier einer Katze und wie sie liebst du die Verschwiegenheit, was deine Person betrifft. Ist es denn gestattet, zu fragen, warum du als einziger Page eure Gruppe begleitest?«

Alanna entschied, dass sie diesen seltsamen Mann mochte. »Seine Hoheit hat extra darum gebeten, dass ich mitkommen darf. Wir sind Freunde – er und ich und Gary und Raoul – die beiden kräftigen Knappen. Und Alex –«

»Der dunkle, heimlichtuerische Junge«, unterbrach Ali Mukhtab. »Auch er ist wie eine Katze – aber keine, mit der ich Bekanntschaft schließen möchte. Ich liebe Katzen sehr. In meinen Gemächern leben mindestens drei.«

»Heimlichtuerisch ist Alex eigentlich nicht«, widersprach Alanna. »Er ist nur – er war schon immer so. Könnt Ihr mir eine Frage beantworten? Ich weiß, dass sie ein wenig unhöflich ist, aber ich muss sie stellen.«

Der Bazhir lächelte und nahm zwei mit einer grünen Flüssigkeit gefüllte Gläser entgegen, die ein Lakai anbot. Eines davon reichte er Alanna. »Trink«, befahl er. »Es wird dir schmecken. Und nun musst du mir selbstverständlich deine ›ein wenig unhöfliche‹ Frage stellen.«

Alanna nippte vorsichtig an der grünen Flüssigkeit. Sie schmeckte vorzüglich. »Ich – eh –, ich konnte nicht übersehen, dass Lord Martin – eh –, dass er die Bazhir nicht sonderlich mag. Er soll ja angeblich gerecht sein und so –«

Ali Mukhtab grinste unverhohlen. »Du hast Recht. Er verhält sich uns gegenüber außerordentlich korrekt und er kann uns nicht ausstehen. Fahr fort.«

»Wenn das so ist, warum seid dann Ihr – ein Bazhir – der Verwalter dieses Schlosses?«

Mukhtab drehte sein Glas zwischen den Fingern. »Dein Freund Myles sagte mir, du seiest intelligent. Er sagte mir nicht, dass du auch taktlos bist.«

Alanna errötete. »Myles hat gesagt, ich sei *intelligent?*« Sie wurde noch röter. »Dass ist taktvoll bin, habe ich nie behauptet«, fügte sie dann hinzu.

»Der Posten des Schlossverwalters von Persopolis fällt von Rechts wegen an einen Bazhir«, erklärte Ali Mukhtab. »Das kann Lord Martin nicht ändern, wenn ich auch weiß, dass er es versucht hat. Das ist in dem Übereinkommen mit dem vorherigen König enthalten. Ich glaube, unsere Leute würden einen Aufstand machen, wenn der König aus dem Norden versuchen würde diesen Brauch abzuschaffen.«

»Wegen eines einzigen Postens im Schloss?«, fragte Alanna. »Das kommt mir ein bisschen – na ja, ein bisschen übertrieben vor.«

»Es gibt einen guten Grund für diese Tradition«, erklärte der Bazhir. Er sah zum Fenster hinaus in den trüber werdenden Himmel. »Wenn du dich mit deinen Freunden zusammen unauffällig entfernen kannst, werde ich euch allen etwas Interessantes zeigen.«

Ein paar Minuten später hatten sich Alanna und ihre Freunde in einem hinteren Gang versammelt. Jonathan kam als Letzter; für ihn war es schwieriger gewesen, sich wegzustehlen.

»Wenn ich noch einen Edlen höre, der zu mir sagt, er wolle noch einmal eine grüne Stadt sehen, bevor er stirbt –«, murrte der Prinz, der mit seiner Geduld offensichtlich am Ende war. »Was ist los?«

Alanna übernahm eine hastige Vorstellung und die jungen Männer folgten dem Schlossverwalter den Gang hinunter.

»Ich muss zugeben, dass ich überrascht bin«, sagte Ali Mukhtab zu

Jonathan. »Ich hätte nicht gedacht, dass Alans Nachricht Euch fortlocken könnte von denen, die sich solche Mühe geben von Euch gemocht zu werden.«

»Das ist es ja gerade«, entgegnete Jonathan und kniff Alanna in die Nase. »Wenn ich ein anderer wäre, hätten sie kein einziges Wort für mich übrig. Aber ich bin der Prinz und ich glaube, jeder Mann im Saal wollte etwas von mir – abgesehen von Lord Martin«, fügte er hinzu und nickte zu Geoffrey hinüber. »Ich bin nicht hierher gekommen, um behandelt zu werden, als bestünde ich aus Gold.«

Sie blieben vor einer hölzernen Tür stehen. Mukhtab zog einen Messingschlüssel hervor, der zum Schloss und zur Klinke passte. »Das ist das Sonnenuntergangszimmer«, erklärte er ihnen, während er die Tür aufschloss. »Nur der Schlossverwalter verfügt über einen Schlüssel.«

Die fünf Jungen schauten sich an. Das war der Raum, den Herzog Roger erwähnt hatte, der Raum, den man gebaut hatte, um von dort aus die Schwarze Stadt zu beobachten. Er sah vollkommen anders aus als alle anderen Räume des Schlosses. Der steinerne Fußboden und die steinernen Wände waren mit kleinen, leuchtend bunten Kacheln ausgelegt, die Bilder ergaben. Viele dieser Bilder zeigten die Schwarze Stadt und Mitglieder des Stammes der Bazhir. Alanna betrachtete sich die Wände eingehend und berührte sie mit sanften Fingern.

»Das hier ist sehr alt«, sagte sie schließlich.

»Nicht einmal wir selbst wissen, wie alt es ist«, entgegnete Ali Mukhtab.

Die Tür ging auf. Dienstboten erschienen mit Kissen und mit Erfrischungen. Die Jungen schlenderten hinüber zu der Wand, die nach Westen blickte. Es gab keine Fensterscheibe, um die Wüstenluft auszusperren. Nur die Deckenpfeiler unterbrachen den Blick nach draußen.

Das Zimmer lag hoch oben in der Außenwand des Schlosses. Vor ihnen, so weit der Blick reichte, erstreckte sich die Große Südwüste. Es war ein prächtiger, von der untergehenden Sonne rotgolden bemalter Blick.

Unangenehm war nur, dass man geradewegs nach Westen blickte und einem das ersterbende Licht direkt in die Augen fiel.

Plötzlich deutete Jonathan. »Dieser kleine schwarze Fleck – genau dort, wo die Sonne steht –, ist das die Schwarze Stadt?«

Ali Mukhtab nickte. »Das ist die Schwarze Stadt – seit Jahrhunderten das Verderben meines Volkes. Seit wir denken können – und unsere Erinnerung reicht bis vor jene Tage zurück, an denen Euer Palast, Hoheit, noch ein Palast der Alten war –, wurden unsere jungen Menschen zur Schwarzen Stadt gerufen. Dort lebten unsere Gebieter, die Namenlosen. Sie stahlen unsere Seelen und gaben uns Bauernhöfe und Vieh. Wir schworen, niemals wieder Bauern zu sein. Die Legende besagt, wir hätten dort angehalten, als wir über das Binnenmeer in Richtung Norden zogen. Die Namenlosen hießen uns willkommen und baten uns ihr Land mit ihnen zu teilen und ihre Felder zu bebauen. All dies hier war grün und fruchtbar, wie die Legende sagt.« Ali schwenkte die Hand über die weite, öde Sandfläche. »Als wir merkten, dass sie unsere Seelen raubten, lehnten wir uns auf. Wir brannten sie mitsamt ihrer Stadt nieder und das ganze Land wurde zu Staub. Nachdem wir fortgegangen waren, um nie mehr wiederzukehren, bauten wir Persopolis, damit wir die Schwarze Stadt stets im Auge behalten konnten.«

»Wie konntet ihr die Namenlosen niederbrennen, wo sie doch so mächtig waren?«, wollte Gary wissen.

»Sie fürchteten nichts so sehr wie Feuer«, entgegnete der Mann. »Ihre Geister verweilen noch immer in der Stadt, doch können sie den Feuerring nicht überschreiten, den wir um die Mauern gelegt haben.«

»Ihr sagtet, sie riefen eure jungen Leute«, sagte Alex. »Wie meintet Ihr das?«

Der Mann seufzte. »Manchmal, des Nachts, erwacht ein Junge oder ein Mädchen und versucht zur Schwarzen Stadt zu reiten. Hält man sie auf, so schreien sie und toben. Sie verweigern jegliche Nahrung, reden nur von der Schwarzen Stadt und von den Göttern, die wollen, dass sie sich hinbegeben. Wenn wir sie nicht gehen lassen, verhungern sie.«

»Und wenn sie gehen, kommen sie nicht mehr wieder«, sagte Jonathan ruhig.

»Ist es da nicht besser, sie gehen zu lassen?«, fragte Raoul. »Vielleicht wollen sie ja gar nicht zur Schwarzen Stadt. Euer Leben ist – nun, es ist hart. Vielleicht reiten sie in Wirklichkeit zu anderen Städten, um dort zu leben.«

»Es wäre schön, wenn es so wäre«, sagte der Schlossverwalter. »Aber unsere Kinder werden dazu erzogen, ehrlich zu sein.« Seine Augen lagen auf Alanna, als er das sagte, und sie rutschte verlegen hin und her. »Jene, die uns verlassen, um in andere Städte zu ziehen, machen sich mit dem Segen – oder dem Fluch – ihrer Familien auf den Weg, doch stets teilen sie uns mit, wohin sie gehen. Jene, die zur Schwarzen Stadt wollen, sprechen ausschließlich von ihr, so, als könnten sie darüber nicht lügen, selbst wenn sie es wollten.«

»Mir kommt es grausam vor, sie zu fesseln und zurückzuhalten.« Raoul gähnte, machte es sich auf einem Kissen bequem und goss sich ein Glas Wein ein.

»Für einen Bazhir ist selbst der Tod durch Verhungern besser als das Schicksal, das sie unserer Meinung nach dort erwartet«, sagte Ali Mukhtab. »Es gibt eine andere Legende – wir Bazhir haben viele Legenden –, die besagt, eines Tages würden wir vom Ruf der Schwarzen Stadt befreit werden. Es heißt, zwei Götter, der Nachtgott und der Lichtgott, würden in die Schwarze Stadt gehen und dort mit den Unsterblichen kämpfen. Ich weiß nicht, ob sich das bewahrheiten wird.« Der Bazhir lächelte. »Manche, so wie Lord Martin, sagen, wir hätten viele Legenden, weil wir kaum etwas anderes besitzen. Vermutlich hat er Recht.«

»Euer Volk scheint alt und weise«, sagte Jonathan. Er stand am Fenster und sah zu, wie der letzte Sonnenfleck auf der Wüste versank. »Wie schade, dass keiner die Geschichten der Bazhir aufgeschrieben hat.« Ali Mukhtab hatte die Augen weit geöffnet und sah Jonathan mit seinem seltsam eindringlichen Blick unverwandt an. »Interessieren Euch derartige Dinge, Hoheit?«

Jonathan gab den eindringlichen Blick gelassen zurück. »Das müssen sie«, sagte er. »Auch die Bazhir werden eines Tages zu meinem Volk gehören.«

Mukhtab verbeugte sich tief. »Ich will sehen, ob eine derartige Geschichte gefunden – oder geschrieben – werden kann.«

»Ich freue mich darauf, sie zu lesen«, entgegnete der Prinz und folgte seinen Freunden hinaus in die Halle.

»Was für eine Geschichte!« Raoul grinste. »Dämonen und Geister – ich frage mich, was in Wirklichkeit vorgefallen ist.«

»Aus den Mosaikbildern an den Wänden geht hervor, dass die Wirklichkeit ziemlich beängstigend war«, erklärte ihm Alex.

»Die Mosaiken wurden von den Bazhir gemacht«, meinte Gary. »Kommt – Schlafenszeit. Schon längst.« Sie machten sich auf den Weg zu ihren Zimmern und bemerkten nicht, dass Alan und Jon zurückblieben.

»Ich frage mich, wer sie *wirklich* waren«, sinnierte Alanna. »Die Namenlosen.«

Jons Stimme war beiläufig. »Vermutlich ein alter Feind, den man aufgebauscht hat, um den Kindern Angst einzujagen. Das scheint mir eine plausible Erklärung. Vermutlich gibt es viele Stellen in diesen alten Ruinen, wo sich ein Kind verirren kann. Gute Nacht, Alan.«

Sie schaute ihn scharf an. Zuerst zeigte er großes Interesse an den Bazhir und nun sagte er, ihre Legenden seien Geschichten, um die Kinder zu erschrecken. Das sah Jonathan nicht ähnlich. Und auch der sorgsam unschuldige Blick nicht.

»Gute Nacht«, murmelte sie und ging in ihr Zimmer. Keiner war aufgeblieben, um auf sie zu warten, denn Coram hatte sie ja im Palast zurückgelassen. Sofern irgendeiner annahm, Alan könne sich mehr Probleme einhandeln als gewöhnlich, da ja sein adleräugiger Diener nicht dabei war und auf ihn aufpasste, so hatte keiner etwas davon erwähnt.

Alanna blies die Lampe aus und entkleidete sich im Dunkeln. Sie grübelte noch immer über Jonathans wechselhaftes Benehmen nach.

Sie erwachte ganz plötzlich, noch vor Morgengrauen. Jeder Nerv ihres Körpers vibrierte, als stünde ihr gleich eine Prüfung auf den Übungshöfen bevor. Rasch zog sie sich an, bandagierte ihre Brüste und streifte ein locker herabhängendes blaues Hemd über den Kopf. Sie stopfte es in ihre Reithosen und quälte sich, die Reitstiefel über ihre bestrumpften Füße zu ziehen. Mit zitternden Händen befestigte sie Blitzschlag und den Dolch an ihrer Seite. Sie wusste nicht, warum sie derart in Eile war, und sie nahm sich auch nicht die Zeit darüber nachzudenken. Endlich war sie fertig und schlich in den Flur hinaus.

In Jonathans Zimmer brannte Licht, doch plötzlich verlosch es und seine Tür ging auf. Alanna stand in einer dunklen Nische versteckt und sah zu, wie der Prinz vollständig bekleidet vorsichtig auf den Flur trat.

»Du musst verrückt sein«, zischte sie, als er seine Tür schloss.

Seine Augen suchten, bis er sie in der dunklen Ecke entdeckte. Seine Zähne blitzten, als er grinste. »Kommst du mit? Ich jedenfalls gehe, mit dir oder ohne dich.«

Sie folgte. Ihre viel getragenen Stiefel tappten so leise über den Boden wie Katzenpfoten. Drunten in den Ställen war noch keiner wach. Rasch sattelten sie ihre Pferde. Eine Goldmünze sorgte für die Verschwiegenheit des riesigen Bazhir, der am Stadttor postiert war. Und dann ritten sie zusammen in Richtung Westen.

Es gab keinen Sand in der Schwarzen Stadt, keinen Staub – nichts, woran man hätte ablesen können, dass Jahrhunderte vergangen waren, seit hier Menschen gelebt hatten. Die Straßen waren hart, schwarz und öde und sie schimmerten in der Sonne. Die fremdartigen Gebäude, die wunderschön und sorgsam behauen waren, erhoben sich ohne Übergang aus dem Stein der Straßen. Sofern es einen Turm gab, der nicht unmittelbar aus dem Felsen herauswuchs, aus dem die Straße bestand, so fanden sie ihn jedenfalls nicht. Die Stadt erhob sich wie eine Gruppe von Nadeln, die sich in den Himmel bohrten.

»Sehr schön«, sagte Alanna anerkennend, gleich als sie das Stadttor passiert hatten. »Und jetzt reiten wir wieder zurück.«

Ganz plötzlich fiel ihr ihre Vision ein, die sie von einer schwarzen Stadt gehabt hatte; nicht nur einmal, sondern zweimal. War es *diese* Stadt gewesen? Nun – wenn dem so war, so hatte sie jetzt Angst.

»Geh du nur zurück«, erwiderte ihr Freund und fuhr mit der Hand über einen behauenen Stein. »Ich schaue mich noch ein wenig um.«

Alanna zuckte die Achseln und folgte ihm. Ihre Hand lag auf dem Heft ihres Schwertes. Vielleicht war es ja vorausbestimmt, dass sie dies tun musste. Schweigend sahen sie sich um und lugten in widerhallende Gebäude, während ihnen die Mittagssonne auf die Köpfe brannte. Die mächtigen Türme waren vollkommen leer. Da gab es weder Möbel noch Stoffe, noch Glas – nur behauene Steine, so wie überall in der Stadt.

Alanna betrachtete diese Steinarbeiten eingehend. Eigentümliche Tiere gab es da und noch eigentümlichere Menschen: Männer mit Löwenköpfen, Frauen mit Vogelschwingen, große Katzen mit menschlichen Gesichtern. So etwas hatte sie noch nie gesehen. Und nun, da sie es gesehen hatte, wäre es ihr lieber gewesen, wenn es nie dazu gekommen wäre.

»Ich kann weder Körper noch Skelette entdecken«, flüsterte Jonathan. »Diese jungen Bazhir haben sich vermutlich ganz einfach auf den Weg in die Städte gemacht.«

»Warum flüsterst du dann?« Auch Alannas Stimme war leise.

Der Prinz sah sich um und betrachtete prüfend Fenster und Türeingänge. »Ich weiß nicht – doch, ich weiß es. Dieser Ort hier ist böse. Was immer hier passiert sein mag oder nicht – diese Stadt ist durch und durch böse.«

»Ich bin froh, dass wir unsere Pferde draußen gelassen haben«, war ihre einzige Antwort.

Als sie sich weiter und immer weiter in die Stadt hineinwagten, hielt sie ein wachsames Auge auf die Fenster und Türen gerichtet, die sie umgaben.

Sie wandten sich um eine scharfe Ecke. Vor ihnen, in der Stadtmitte, lag ein Platz. Er war groß, flach und mit Stein ausgelegt, der sorgfältig poliert war und dessen Oberfläche doch keinerlei Licht reflektierte. Alanna schien es, als starrte man in einen riesigen, mit Glas überdeckten Abgrund. Sie musste ihren ganzen Mut zusammennehmen, um ihn zu betreten. Doch sie tat es trotzdem.

Das Gebäude, das im Zentrum des Platzes stand, rief nach ihr. Die Steinwände bestanden aus unbehauenem schwarzem Stein. Das Dach hob sich durch einen Saum von goldüberzogenen Bildhauerarbeiten ab. An der Spitze der hohen Treppe lockten mächtige Türen. Sie kletterte mit Jonathan zusammen empor und sie fühlten sich kleiner und immer kleiner, während sie hinaufstiegen. Die Türen standen offen und warteten. Wie die Steine der Stadt waren auch die Türen mit exotischen Bildern bedeckt. Die Ränder der Schnitzereien waren mit Gold überzogen.

Als sie die Türen erreichten, begann Blitzschlag zu summen und das Heft zitterte in Alannas Hand. »Jonathan – mein Schwert –«, stammelte sie.

»Hm?« Der Prinz musterte die Tür.

»Ich glaube nicht, dass wir hineingehen sollten. Mein Schwert – es *summt!*«

Jonathan schüttelte den Kopf. »Ich will herauskriegen, was hier vor sich geht.« Er trat in den Tempel.

Alanna packte das Heft ihres Schwertes fester und folgte. »Du weißt doch, dass ich dich nicht alleine hineingehen lassen kann«, sagte sie unwirsch, als sie ihn einholte.

Jonathan grinste. »Natürlich. Warum dachtest du denn, dass ich meinen Onkel darum gebeten habe, dich mitkommen zu lassen?«

»Du hast also das Ganze von Anfang an geplant!«, beschuldigte sie ihn.

»Ich hasse Geheimnisse. Dieser Ort ist schon seit Jahren mit einem Geheimnis umgeben. Ich wusste, dass du genug Mumm hast mit mir zu kommen.«

»Aber was ist mit Gary, Alex und Raoul?«, protestierte sie. »Sie wären –«

»Sie hätten den ganzen Weg hierher gemault und dann hätten sie mir eine über den Schädel gehauen, wenn ich versucht hätte die Stadt zu betreten. Ich wusste, dass du mitkommen und dich still verhalten würdest.«

»Was daran liegt, dass ich der Einzige bin, in dessen Familie der Wahnsinn erblich ist«, brummte sie.

Jonathan lachte und das Geräusch wurde von der Luft im Innern des Tempels verschluckt. Langsam gingen sie, mit den Händen auf den Heften ihrer Schwerter, vorwärts. Es gab weder Fenster noch Fackeln, doch von irgendwoher kam ein abartig gelbgrünes Licht. Die Wände waren aus dem glasigen Stein gehauen, der das Licht auffing und auf dessen Oberfläche es sich wellenförmig ausbreitete. Am Ende des Raumes lag ein mächtiger Block aus einem Material, welches das Licht verschluckte, ohne es widerzuspiegeln.

»Der Altar«, flüsterte Jonathan.

Plötzlich wogte das Licht in einer blendenden Welle durch den Raum. Als die beiden wieder klar sehen konnten, standen Männer und Frauen vor dem Altar – elf an der Zahl. Selbst die kleinste der Frauen war größer als Herzog Gareth und alle waren sie so schön, dass es schmerzte, sie lange anzuschauen. Ihre Macht blitzte und wogte in einem grünen Lichtertanz um ihre Körper herum.

»Es ist so ewig lange her«, sagte eine Frau in Rot mit einem Seufzer. »Und sie sind so klein.«

Eine Frau streckte eine Hand nach ihnen aus. Ihre Fingernägel waren rot und so lang wie Krallen. »Fühle das Leben in ihnen, Ylira. Es ist wie eine Flamme. Diese beiden werden ausreichend sein für uns alle.«

Alanna schob sich näher an Jonathans Seite. Blitzschlag zitterte in ihrer Hand. »Das war *dein* Einfall«, murmelte sie.

»Wer seid ihr?«, befragte Jonathan die Fremden. Seine Stimme war klar und ruhig und er zeigte keinerlei Angst.

»Sie sprechen«, höhnte ein großer Mann. »Und seht euch nur den Kleinen an. Er wird mit seinem Schwert nach uns hauen.«

Die Lebewesen – die Namenlosen – lachten. Alanna zitterte, als sie hörte, welche Grausamkeit in diesem Lachen lag.

Der größte unter den Männern wedelte achtlos mit der Hand. Er hatte breite Schultern und einen schwarzen Bart und selbst unter diesen Kreaturen war er ein Riese. »Eure Menschenwaffen werden uns nichts zu Leide tun«, verkündete er mit dröhnender Stimme. »Wir sind die Ysandir. Wir sind unsterblich. Unser Fleisch ist nicht wie das eure.«

»Ihr könnt uns nicht hier zurückhalten«, entgegnete Jonathan mit fester Stimme.

»Wir sind hungrig.« Die Augen der Frau mit den Krallen blitzten. »Nach eurer Zeitrechnung haben wir ein Jahr lang nicht gegessen. Die Ziegenhüter sind zu tüchtig darin, ihre Kinder von uns fern zu halten.«

Eine Frau, deren Haar weißer war als Schnee, schnurrte: »Er denkt, sein Vater, der König, wird kommen, um nach ihnen zu suchen und uns zu vernichten.«

Sie lachten. Alanna wollte sich die Hände auf die Ohren legen, um diesen grässlichen Klang auszusperren. Doch sie zwang sich ruhig zu bleiben. Sie stellte ihre Füße anders, damit sie einen festen Stand hatte, wenn der Angriff kam.

Der Schwarzhaarige lächelte. »Ich bin Ylon, der Herrscher über die Ysandir. Ich habe mich von Hunderten eurer Sterblichen ernährt. Soll dein Vater seine Heere nur bringen. Wir werden uns an ihren Seelen laben. Das wird uns Kraft geben. Und dann werden wir den Feuerfluch brechen, den die Bazhir über diesen Ort gelegt haben.«

Jonathan atmete tief ein. »Ich brauche die Soldaten meines Vaters nicht. Ich werde mich von hier entfernen und ihr werdet mich nicht daran hindern.«

»Hört euch das Prinzlein an!«, höhnte die rotkrallige Frau. »Wie du brüllst, junger Löwe!«

»Wagt es nicht, so mit ihm zu reden!«, rief Alanna. Mit einer raschen Bewegung zog sie ihr Schwert. Der Kristall am Heft flammte auf und warf ein grelles Licht in die Dunkelheit, die sie umgab. Die Ysandir wichen zum Altar zurück und bemühten sich ihre Augen vor dem Licht zu schützen.

»So? Du kommst also mit *ihren* Waffen ausgestattet?«, sagte Ylon. »Aber kannst du auch mit ihnen umgehen?«

»Ylanda«, sagte Ylira, die Frau in Rot. »Ich kann nicht in den Kopf dieses Jungen sehen. Er verbirgt etwas. Wo hast du dieses Schwert her?«, fragte sie barsch und starrte Alanna an.

»Das geht dich nichts an«, entgegnete Alanna und konzentrierte sich auf das rot gekleidete Wesen. Eine Sekunde lang spürte sie, wie etwas in ihr Bewusstsein griff, als scharrten Klauen durch ihren Kopf. Sie schrie auf. Blitz flammte auf, und die Frau mit den Klauen – Ylanda – fiel, nach Luft japsend, gegen den Altar.

»Gib dir keine derartige Blöße mehr«, warnte Jonathan. Schon jetzt war er von einem blau schimmernden Licht umgeben. Alanna baute ihren eigenen violettfarbenen Zauberschild auf und behielt ihr Schwert in der Hand – für alle Fälle.

»Ich hatte nicht vor mir, diese Blöße zu geben«, murmelte sie.

Ylanda atmete wieder ruhiger. Plötzlich lachte sie. Die anderen beobachteten sie. »In all den Jahrhunderten, die ich schon existiere«, keuchte sie schließlich, »habe ich so einen Witz noch nie erlebt. Junger Löwe – sieh deinen Begleiter als das, was sie in Wirklichkeit ist!«

»Sie?«, flüsterte Jonathan.

Bevor Alanna den Kristall ihres Schwertes hochreißen konnte, brach ihre Abwehr unter dem Ansturm von Ylandas und Ylons Kraft zusammen. Sie krümmte sich vor Schmerzen vornüber. So rasch, wie es begonnen hatte, war es vorüber. Nur etwas hatte sich verändert. Ihre Kleidung war verschwunden. Sie trug lediglich noch ihren Gürtel und die Scheide ihres Schwertes.

Die Ysandir lachten mit Ylanda. »Ein Mädchen! Sein Begleiter ist ein Mädchen!«

Diejenige, die Ylira genannt wurde, lachte zornig, als Alanna versuchte sich mit den Händen zu bedecken. »Ein Mädchen, das ihren Prinzen verteidigen will? Wahrlich ein Witz!«

Alanna hob den Kristall ihres Schwertes hoch, damit ihnen das Licht in die Augen fiel. Als das Leuchten des Kristalls an Kraft verlor, schrie sie: »Ein Mädchen mag ich ja sein, aber ich kann verteidigen – und angreifen – so gut wie jeder Junge!« Dann sah sie zu Jonathan hinüber. Ihr Freund starrte ganz unverhohlen.

»Hoheit«, flüsterte sie und wurde tiefrot. »Ich –«

Er zog seinen Waffenrock aus und reichte ihn ihr. »Später. Nur eines – wer bist du?«

Sie zog den Waffenrock über. Jon war so groß, dass sein Rock bis über ihre Schenkel reichte – eine unbedeutende Kleinigkeit, für die sie jetzt jedoch sehr dankbar war. »Alanna von Trebond, Hoheit.«

Ylons dröhnende Stimme sorgte dafür, dass sie ihre Aufmerksamkeit wieder ihren Feinden widmeten. »Trennt sie!«

Instinktiv packte Alanna Jonathans Hand. In ihren verschlungenen Fingern verbanden sich Saphir- und Amethystkraft.

»Die Wand der Macht«, zischte Jonathan. »Wie lautet der Spruch?«

Alanna begann die Worte zu sprechen. Jons Stimme fiel mit ein und die Worte hallten durch den großen Raum. Langsam erhob sich eine blau-violette Lichterwand zwischen ihnen und den Ysandir. Die Unsterblichen bedeckten die Augen. Sie waren nicht fähig dieses Licht lange anzusehen und wichen zurück.

»Ihr setzt euch zur Wehr?«, schrie Ylon. »Zahlt den Preis, Sterbliche!«

Ein rasender Schmerz schoss durch ihre verschlungenen Hände. »Lass nicht zu, dass sie uns trennen«, sagte Jon. Er hielt Alannas Hand so fest, dass ihre Knochen knackten. Sie ignorierte den Schmerz und konzentrierte sich auf die Wand. Die Ysandir kamen näher. Ihre Körper strahlten vor gelbgrünem Zauberlicht. Wütend warfen sie mit Machtblitzen nach ihrer Beute. Jon und Alanna konzentrierten sich und brachten ihre ganze Willenskraft auf, um die Abwehr aufrechtzuerhalten. Die Wand blieb stehen. Zwei Unsterbliche berührten sie mit einem Aufschrei. Ein Lichterblitz und sie waren verschwunden.

»Also könnt ihr sterben!«, höhnte Alanna. »Also könnt ihr Schmerzen verspüren!«

»Was glaubst du, wie lange sie aushalten wird?«, fragte Ylira Jonathan mit sanfter Stimme. »Noch ein paar wenige Augenblicke? Nicht einmal das? Sie ist ein Mädchen. Sie ist schwach. Sie wird nachgeben. Und was wird dann aus dir?«

Es war dieselbe leise Stimme, die Alanna aus ihrem Innern heraus verhöhnte, wann immer sie einem größeren, stärkeren Gegner gegenüberstand.

»Glaubst du?«, schrie sie wütend. »Dann schau dir mal das an!«

Ein dünner Faden von violettfarbenem Feuer kringelte sich durch die Wand, umschlang Yliras Kehle und zog zu. Die Unsterbliche hatte nicht einmal Zeit einen Schrei auszustoßen, bevor sie zur Erde stürzte und verschwand.

Alanna blieb keine Zeit für Schadenfreude. Drei Frauen hatten sich an der Hand gefasst und bildeten ein tödlich aussehendes Dreieck. Im Zentrum der Figur sammelte sich die Kraft in einem kleinen, bösartigen Ball.

»Jonathan?«, flüsterte Alanna. Dieser Art von Magie war sie nicht gewachsen, doch sie wusste, dass Jonathan mehr Zeit als sie darauf verwendet hatte, Zauberbücher zu studieren.

Jonathan sprach und er verwendete Worte, die sie nie zuvor gehört hatte. Alanna spürte, wie ihre eigene Zauberkraft in den Körper ihres Freundes floss. Zögernd griff der Prinz durch die Wand. Von seinen Fingerspitzen sprühte Zauberkraft und ließ das Dreieck bersten. Alanna blinzelte und versuchte das Auflodern, in dem die drei Ysandir verschwunden waren, aus ihren Augen zu vertreiben.

Fünf blieben übrig. Die Rothaarige und die Braunhaarige mit den hungrigen Augen kreischten und warfen sich gegen die Wand der Macht. Sie flammten auf und verschwanden. Die anderen wichen zurück.

Alanna fiel etwas ein.

»Jon – Feuer!«, zischte sie.

»Aber natürlich«, flüsterte er.

Diesen Zauberspruch hatte ihnen nicht Herzog Roger, sondern Herzog Gareth beigebracht. Die Pagen hatten im Königswald kampiert. Vor dieser Nacht hatten die meisten von ihnen nicht gewusst, dass Herzog Gareth die Gabe besaß.

»Das ist der erste Spruch, den ein Naxen lernt, sofern er über die Gabe verfügt«, hatte der Herzog erklärt. »Leg den Feuerstein beiseite, Alex – ich werde ihn euch lehren.«

Jetzt flüsterten Alanna und Jonathan gemeinsam den Spruch, den Herzog Gareth ihnen beigebracht hatte, wobei sie einige Worte veränderten, damit er auf die jetzige Situation zutraf.

»Brennet, ihr Flammen, zeigt uns euer Feuer.
Steht uns bei gegen diese Ungeheuer.
Zeigt euer Feuer, brennt, ihr hellen Flammen,
Verbrennt die Ysandir in Mithros' Namen.«

»Ylon!«, kreischte einer der beiden männlichen Ysandir, die noch übrig geblieben waren. Feuer loderte außerhalb der Wand der Macht auf und griff mit gierigen Fingern nach dem, der den Schrei ausgestoßen hatte. Er kreischte und verschwand und mit ihm verschwand auch das Feuer. Nur noch zwei blieben übrig: Ylon und Ylanda. Alanna schluckte. Die beiden hatten sich an der Hand gefasst und um sie herum sammelte sich die Macht.

»*Ak-hoft!*« Die Wand verschwand, als habe sie nie existiert.

»Die anderen waren schwach und gierig«, sagte Ylon hämisch grinsend. »Wir nicht.«

»Wir waren die Ersten«, fügte Ylanda hinzu. »Wir waren vor allen anderen da. Wir werden übrig bleiben.«

»Wer seid ihr?«, fragte Jonathan. Er bemühte sich wieder Atem zu schöpfen. Alanna wischte sich das schweißüberperlte Gesicht mit dem Ärmel ab. Sie war müde – so müde, dass ihr alle Knochen schmerzten.

»Wir sind Götter und die Kinder von Göttern«, sagte die Frau. »Wir waren schon vor euren Alten hier und wir lachten, als ihre Städte einstürzten.«

Alanna spürte, wie ihr alter Mut zurückkehrte. »Eine schöne Geschichte«, sagte sie und schnaubte. »Götter sterben nicht. Ihr schon.«

»Du denkst, du weißt alles, Sterbliche. Du weißt gar nichts. Selbst Unsterbliche sterben, wenn sie geschwächt sind. Ylanda und ich sind die Stärksten. Uns werdet ihr nicht schwächen.«

»Du gibst eine Menge großer Worte von dir«, gab Alanna zurück. »Ich glaube an Taten, nicht an Worte.«

Jonathan Stimme war ebenmäßig und stark. »Eure Zeit ist vorüber. Ihr gehört nicht mehr hierher.«

Ylon und Ylanda erhoben ihre verschlungenen Hände und sangen in einer Sprache, die die beiden Menschen zum Schaudern brachte.

Draußen krachte der Donner. Das abartige Glühen, das den Tempel erhellte, verlosch. Jetzt kam das einzige Licht von ihrer Zauberkraft.

»Jonathan?«, flüsterte Alanna.

Er sah auf sie hinab. »Wir sind noch nicht geschlagen, Alanna – kannst du zu dem werden, was du in jener Nacht warst, als du mich vor dem Fieber rettetest? Als du mich vom Tod zurückholtest?«

»Ich weiß nicht«, flüsterte sie und beäugte die Ysandir.

»Du musst es schaffen – und du musst mich mit dir nehmen. Sonst –«

Jonathan brauchte keine weitere Erklärung abzugeben. Das magische Licht der Unsterblichen wurde stärker.

Alanna schaute auf ihre Hand hinunter, die in der Jonathans lag. Durch ihre vereinte Gabe ging ein blau-violettfarbenes Schimmern davon aus. Augenblicklich trat sie aus sich heraus und tauchte in dieses Licht hinein. Sie spürte, dass sie Jonathan mit sich nahm. Ihre Augen strahlten, als ihre Zauberkraft eine Kugel um sie bildete, die immer heller wurde.

»Göttin«, flüsterte sie mit ihrer Frauenstimme. »Große Mutter –«

»Dunkle Herrin«, fügte ein Mann leise hinzu, »zeig uns den Weg.« Hörte sie wirklich Jonathan, den Mann? Sie war nicht sicher.

Nadelscharfe Zauberblitze schossen durch ihre verschlungenen Hände. Schmerz durchbohrte ihre Körper. Vor ihnen standen Ylon und Ylanda in einem Rad von gelbgrüner Macht. Sie verströmten Strahlen, die sich an der eben erst aufgebauten Kugel aus magischem Licht brachen, welche die Körper von Jon und Alanna umgab.

Zum zweiten Mal in ihrem Leben hörte Alanna die weibliche Stimme – diejenige, die sie vor Schmerz hatte aufschreien lassen. Doch dieses Mal schrie sie nicht. Sie war zu sehr damit beschäftigt, sich darauf zu konzentrieren, die Lichterkugel aufrechtzuerhalten.

Die Stimme schallte durch ihr Unterbewusstsein. *Vertrau auf dein Schwert – und kämpfe.*

Während des vorhergegangenen Kampfes hatte Alanna ihr Schwert fallen lassen. Jetzt sprang es in ihre freie Hand. Der Kristall flammte auf, und als sie das Heft packte, spürte sie, wie es vibriere.

»Lass mich bloß nicht los!«, warnte Jonathan.

»Mach ich nicht.« Sie hielt Jonathan fest und trat nach vorne während Blitzschlag in ihrer Hand summte.

Eine schwarze, zweischneidige Klinge tauchte in Ylons freier Hand auf. Wie Jonathan ließ auch Ylanda ihren Partner nicht los. Sie blieb ganz in seiner Nähe und passte ihre Schritte den seinen an.

Ylon führte einen gewaltigen, in einem Bogen herabfallenden Schlag gegen Alanna, den diese eilends parierte. Die Muskeln ihres Armes protestierten, als sie die herabfallende Klinge stoppte. Blitzschlag flammte auf und wie durch ein Wunder blieb die Klinge heil. Das dunkle Schwert verschluckte das Feuer, das der Kristall verstrahlte, während Ylon zurückwich. Die mächtige Brust des Mannes wogte; sein Gesicht war schweißbedeckt. Alanna umkreiste ihn, wobei sie sein Schwert keinen Augenblick lang aus den Augen ließ. Jonathan drückte ihr ermutigend die Hand.

Jetzt fühlte sie sich besser. *Dies* war etwas, was sie gelernt hatte. Sie konzentrierte sich voll und ganz auf die Schwerter und überließ es Jonathan, ihre Zauberkraft unter Kontrolle zu halten. Der plötzlich vorsichtig gewordene Ylon führte eine Reihe rascher Hiebe gegen sie. Alanna parierte jeden einzelnen und sie spürte, wie ihr Selbstvertrauen mit jedem abgewehrten Schlag anschwoll. Unsterblich mochte Ylon ja sein – doch ein Schwertfechter war er nicht.

Jonathan murmelte leise Worte vor sich hin, aber sie achtete nicht darauf. Das Feuer, das den Prinzen und Alanna umgab, loderte auf und das Mädchen stieß einen Triumphschrei aus. In einem komplizierten Bewegungsablauf schwang sie Blitzschlag nach oben und herum, bis die Klingen Heft an Heft aufeinander prallten. Ylons Schwert zerschellte unter der Wucht. Alanna hieb nach den verschlungenen Händen der Unsterblichen. Das gelbgrüne Lichtrad zerbarst; die beiden Ysandir kreischten vor Angst und Wut. Jonathan stieß einen Befehl aus und schleuderte den Ysandir den letzten Rest seiner Zauberkraft entgegen. Blau-violettfarbenes Licht überflutete die Unsterblichen. Sie flammten auf wie eine riesige Fackel und dann versank alles in der Dunkelheit.

Alanna und Jonathan erwachten auf dem Fußboden des Raumes. Die Ysandir waren verschwunden. Nur ein Brandfleck auf dem sonst makellosen Boden war von Ylon und Ylanda übrig geblieben. Neben Alanna lag Blitzschlag mit schwarz verfärbter Spitze.

»Geht es dir gut?«, fragte Jonathan erschöpft und rappelte sich auf die Beine.

Alanna schaffte es nicht, ein leises Stöhnen zu unterdrücken. Jeder einzelne Muskel ihres Körpers schmerzte fürchterlich. »Ich fühle mich ein bisschen zerschlagen«, bekannte sie. »Und du?«

»Zerschlagen? Das ist eine gewaltige Untertreibung. Komm. Bevor wir versuchen uns auszuruhen, will ich weg von hier.« Jonathan stolperte über ihr Schwert und hob es auf. »Es ist noch warm«, sagte er ehrfurchtsvoll.

Irgendwie schaffte es Alanna, sich zu erheben. Sie fühlte sich, als habe einer mit dem Hammer auf ihr herumgedroschen. »Glaubst du, da sind noch mehr von denen?« Sie nahm ihr Schwert entgegen und steckte es sorgfältig in die Scheide.

Der Prinz schüttelte den Kopf. »Ich würde sagen, wir haben das letzte Mal Ysandir gesehen. Komm. Wir stützen uns gegenseitig.«

Irgendwie gelang es ihnen, sich bis zur Stadtmauer zu schleppen, wo Mondlicht und Nachtschwarz geduldig auf sie warteten. Jonathan berührte zuerst den Sattel und dann die Satteldecke. »Sie sind nass«, sagte er. »Hier draußen hat es geregnet.«

Alanna hievte sich mit letzter Kraft auf den Rücken ihrer Stute. Sie fühlte sich nicht danach, ihm eine Antwort zu geben.

Jonathan wandte sich nach Osten, wo sich eine kleine Oase befand, die näher bei der Schwarzen Stadt lag als Persopolis. Alanna hatte nicht vor, dagegen zu protestieren, dass sie in die falsche Richtung ritten. Zur Oase war es näher als zum Schloss und sie hatte nur noch einen Wunsch: Sie wollte sich hinlegen.

Die Pferde rupften zufrieden Gras, während sich ihre Besitzer die schmerzenden Gesichter und Hände im kühlen Wasser badeten.

Schließlich lehnte sich Jonathan gegen eine Palme. »Wenn ich nur daran gedacht hätte, etwas zum Essen mitzubringen.«

Alanna legte sich lang gestreckt neben ihn ins Gras. »Ich bin schon damit zufrieden, dass ich noch am Leben bin.«

Ein Weilchen ruhten sie sich schweigend aus und atmeten tief die frische Wüstenluft ein. Sie sahen zu, wie die Sonne in einem See aus Rosa und Orange versank, und sie fanden, dass sie noch nie einen schöneren Sonnenuntergang gesehen hatten. Die Dunkelheit kam und mit ihr Tausende von Sternen.

»Bald geht der Mond auf«, sagte Alanna schließlich. »Dann könnten wir versuchen Persopolis zu erreichen.«

»Das würden wir niemals schaffen«, erklang Jonathans ruhige Stimme aus dem Dunkel. »Wir können uns so oder so auf einiges gefasst machen. Ob wir noch die Nacht hier verbringen oder nicht, spielt da keine Rolle mehr.«

Wieder schwiegen sie eine lange Weile. Schließlich sagte Alanna: »Ich nehme an, du hättest gern eine Erklärung von mir.«

»Ja.«

Sie seufzte. »Es ist eine lange Geschichte.«

»Wir haben Zeit«, beruhigte er sie. »Ich habe nicht vor, mich von der Stelle zu rühren, bevor ich sie gehört habe. Du musst zugeben, dass das Ganze ein Schock für mich war.«

»Tut mir Leid«, sagte sie reumütig. »Ich wollte dich nicht belügen.«

»Das will ich auch nicht hoffen. Du bist der schlechteste Lügner, der mir je über den Weg gelaufen ist.« Darüber dachte er ein Weilchen nach und dann fügte er hinzu: »– oder der beste. Jetzt bin ich ganz durcheinander. Was ist mit deinem Zwillingsbruder?«

»Er wollte kein Ritter werden«, entgegnete sie ohne Umschweife. »Er möchte ein großer Zauberer werden.« Sie seufzte. »Das, was heute passiert ist, lag eher in Thoms Richtung als in meiner. Mich wollte Vater ins Kloster schicken und Thom in den Palast. Und ich wollte nicht lernen eine Dame zu werden.« Jonathans Kichern machte ihr Mut. »Die alte Maude wusste Bescheid. Sie sagte, es sei in Ordnung. Und – na ja, Coram habe ich überredet.«

Jonathan kannte Coram gut. »Wie?«, fragte er neugierig.

»Ich habe ihm gedroht, ich würde ihn Sachen sehen lassen, die gar nicht da sind. Das mag er nicht.«

Jon kicherte wieder, als er sich vorstellte, wie Coram Visionen hatte.

»Und dein Vater?«

»Er macht sich nichts aus Thom oder aus mir«, sagte sie unverblümt. »Ich will eine Kriegerin werden und große Taten vollbringen. Thom mag die Zauberei und Vater hasst sie. Die einzige Möglichkeit, das zu tun, was wir wollten, war – zu lügen. Ich musste vorgeben, ich sei ein Junge. Sowieso war ich in den Kampfsportarten schon immer besser als Thom.«

»Wessen Einfall war es, die Plätze zu tauschen?«

»Meiner«, antwortete sie kläglich. »Es hätte auch Thom einfallen können, aber er ist der Vorsichtigere von uns beiden. Ich wusste, was ich wollte, und ich hatte nichts dagegen, ein Risiko einzugehen oder zwei.« Sie seufzte. »Das Leben, das ich führte, hat mir gefallen.«

»Man hätte dich jederzeit erwischen können. Du hättest dich als Schwächling erweisen können. Roger hätte dich ertappen können.«

»Kriegerinnen gab es ja auch früher schon. Sie waren keine Schwächlinge. Und – tja, ich glaube, meine Gabe schützt mich vor Herzog Roger. Ich bin nicht sicher, aber ich glaube schon. Und du kannst nicht sagen, ich hätte nicht bewiesen, dass ich was zu Wege bringe.«

»Natürlich hast du das. Oft. Du machst deine Sache besser als die meisten von uns.«

Sie rupfte am Gras. »Das musste ich.«

»Alanna. Ein hübscher Name«, sagte er nachdenklich. »Thom. Maude. Coram. Wer weiß es noch?«

»Georg und seine Mutter.«

»*Du* hast *Georg* vertraut?«

»Dem kann man vertrauen!«, sagte sie hitzig. »Außerdem – einmal habe ich Hilfe gebraucht und ich wusste, dass er mich nie verraten würde. Er ist mein Freund, Jon.«

»Du hast mich ›Jon‹ genannt.«

»Du hast mir da drüben das Leben gerettet.«

»Und du mir. Alleine hätte es keiner von uns beiden geschafft. Ich wusste, dass ich Recht daran tat, dich mitzunehmen.«

Sie lag ein Weilchen still da und lauschte auf die Nachtgeräusche. Schließlich nahm sie ihren ganzen Mut zusammen. »Was wirst du nun tun?«

Er klang überrascht. »Was ich tun werde? Gar nichts. Was mich betrifft, so hast du dir schon vor langer Zeit das Recht verdient, dich um deinen Schild zu bemühen.« Sie hörte, wie er sich rührte. »Von mir wird keiner dein Geheimnis erfahren, Alanna.«

Ihr Kinn zitterte. Tränen brannten in ihren Augen. »Danke, Hoheit.«

Er kniete sich neben sie. »Ich dachte, du wolltest mich Jon nennen? Alanna, du weinst ja!«

»So ein grässlicher Tag war das«, schluchzte sie. Zögernd legte der junge Mann die Arme um sie und zog sie an sich. »Und jetzt bist du so lieb zu mir.« Sie lehnte sich an ihn und weinte.

»Nicht lieb«, erklärte er ihr, »dankbar, voller Bewunderung. Du machst mein Hemd nass.«

Sie lachte, richtete sich auf und wischte sich die Augen. »Tut mir Leid, Jon. Das habe ich lange nicht mehr getan.«

»Das glaube ich dir«, sagte er und setzte sich auf seine Fersen zurück. »Bestimmt hast du nicht mal geweint, als Ralon dich laufend schikanierte. Und damals warst du noch ein kleiner Junge – ein kleines Mädchen. Mithros, mir schwirrt der Kopf!« Er pfiff. »Bei den Göttern, deshalb bist du nie schwimmen gegangen! Und die ganze Zeit über hast du uns – *mich* nackt gesehen!«

Sie packte ihn am Arm. »Jon, wenn du anfängst dich so aufzuführen, dann bin ich erledigt. Du musst mich weiterhin genauso behandeln wie jeden anderen Jungen. Sonst ist es aus mit mir!«

Er setzte sich neben sie. »Was für ein Wahnsinn! Aber du hast Recht.«

Sie konnte fühlen, wie er sie anschaute, obwohl es zu dunkel war, um ihn klar zu sehen. »Wie willst du eine Kriegerin werden, wo doch keiner weiß, dass du ein Mädchen bist?«

»An meinem achtzehnten Geburtstag werde ich es allen sagen.«

»Und was wirst du dann tun?« Sie konnte sehen, dass er grinste. »Bei Mithros – mein Onkel wird 'nen Anfall kriegen.«

Sie entspannte sich. »Ich werde reisen und große Taten vollbringen.«
Er fuhr ihr durchs Haar. »Das glaube ich dir. Aber vergiss deine Freunde nicht, wenn du zur Legende wirst.«
Sie lachte: »Du wirst berühmter werden als ich. Eines Tages wirst du König werden!«
»Und alle meine Freunde brauchen. Wirst du mir noch dienen, wenn du dich auf den Weg machst, um deine großen Taten zu vollbringen?«
»Ich bin deine Untergebene«, sagte sie ernsthaft. »Das werde ich nie vergessen.«
»Ausgezeichnet.« Er erhob sich mit einem leisen Stöhnen. »Ich will, dass einer der besten Schwertfechter am Hof und an meiner Seite bleibt. Ich gehe jetzt baden. Guck nicht hin.«
Sie grinste. »Ich gucke nie hin.« Sie drehte ihm den Rücken zu, als er zum Wasser hinunterging. Verträumt starrte sie zum Himmel und hörte zu, wie Jon aufkreischte, während er sich eisiges Wasser auf seinen schmerzenden Körper spritzte.
Sie erschrak, als sie seine Stimme hörte. »Du schweigst nur dann, wenn du dir über irgendetwas Sorgen machst. Was bedrückt dich denn?«
»Zwei Dinge«, bekannte sie. »Die Ysandir – wir können nicht wissen, ob sie für immer verschwunden sind und ob wir alle erwischt haben.«
»*Ich* weiß es«, entgegnete Jonathan. »Manchmal muss man sich auf seinen Instinkt verlassen. Die Ysandir sind für immer verschwunden.«
»Kommt es dir nicht – na ja, komisch vor, dass ein Junge und ein Mädchen es schafften, die Dämonen der Bazhir endlich zu vernichten?«
»Du vergisst, dass wir Hilfe hatten«, erinnerte er sie sanft. »Nicht einmal die Dämonen der Bazhir konnten gegen die Götter standhalten.«
»Vermutlich nicht«, sagte sie zweifelnd.
»Ich *weiß* es.« Jonathan kletterte aus dem Teich und stieg eilends in seine Kleider. »Jetzt bist du an der Reihe. Und hör nicht auf zu reden – das hält die Tiere fern.«

»Guck ja nicht hin!«, befahl sie, als sie sich auszog und sich ins kühle Wasser stürzte.

Jonathan lachte. »Ich doch nicht. Du bist mir zu dünn – und du kannst zu gut mit dem Schwert umgehen. Aber du sagtest, es gäbe zwei Dinge, die dir Sorgen machen. Was ist das andere?«

Alanna schüttelte sich das nasse Haar aus den Augen und versuchte sich darüber klar zu werden, wie sie das, was ihr im Kopf herumspukte, am besten ausdrücken konnte. Sie war im Begriff äußerst gefährlichen Grund und Boden zu betreten. »Kommt es dir nicht komisch vor, dass uns Herzog Roger befahl, wir sollten der Schwarzen Stadt nicht nahe kommen?« Sie kletterte aus dem Teich und zog den großen Waffenrock wieder über.

»Meinst du, wie er uns – na ja, mich – praktisch aufforderte hierher zu kommen?«

Alanna saß neben ihm und versuchte im Wüstendunkel das Gesicht ihres Freundes zu erkennen. »Das *wusstest* du?«, flüsterte sie entsetzt. »Du wusstest, dass dich Herzog Roger in den fast sicheren Tod schickte?«

Der Griff, mit dem er sie am Arm packte, war schmerzhaft. »Also *das* glaube ich nicht«, sagte er streng. »Roger ist mein einziger Vetter und einer meiner besten Freunde. Er hat mir das Reiten beigebracht. Nie – niemals – würde er tun, was du da sagst, Alanna. Niemals. Er hat mich hergeschickt, weil er dachte, es könnte mir vielleicht gelingen, Tortall von einer Plage zu befreien. Und das habe ich getan – mit deiner Hilfe. Er muss gewusst haben, dass ich dich mitnehme; ich bin sicher, dass er inzwischen erfahren hat, was in jener Nacht, als ich das Schwitzfieber hatte, in Wirklichkeit geschehen ist. Er hat Tortall – und mir – einen Gefallen getan. Die Leute werden es sich zweimal überlegen, bevor sie es mit einem Prinzen – oder einem König – aufnehmen, der Dämonen besiegen kann.«

»Warum hat er es nicht selbst erledigt?«, fragte sie. »Warum hat er das Leben des einzigen Thronerben aufs Spiel gesetzt?«

»Vielleicht hat er nicht die Hilfe dieser anderen Mächte, die uns zu helfen scheinen. Und jetzt Schluss damit. Ich würde Roger mein Leben anvertrauen – und deines ebenfalls. Wenn er jemals den Thron hätte haben wollen, dann hätte er ihn in all den vergangenen Jahren jederzeit kriegen können. Also – reden wir von etwas anderem. In Ordnung?«

In all dem liegen mir zu viele »Vielleicht«, dachte Alanna widerspenstig, doch sie tat, worum man sie gebeten hatte. Immerhin war Jon älter und weiser und er kannte Herzog Roger besser. Aber sie war noch immer davon überzeugt, dass Herzog von Conté niemals damit rechnete, sie könnten aus der Schwarzen Stadt wiederkehren.

Sie fanden beide unter ein und demselben Baum bequeme Plätzchen, wo sie sich ausstreckten, um zu schlafen. Alanna starrte in die Ferne, wo sich die Schwarze Stadt abzeichnete.

»Alan. Alanna«, sagte Jon. »Vielleicht kannst du mir bei einer Entscheidung behilflich sein, die ich zu treffen habe.«

Sie musste lächeln vor Erleichterung. Wenigstens war er nicht böse, weil sie so über seinen Vetter gesprochen hatte. »Ich kann es versuchen.«

»Jetzt, wo Gary und Alex und Raoul gleichzeitig mit mir Ritter werden, ist die Konkurrenz unter den Knappen reichlich verbissen.«

»Das ist mir auch schon aufgefallen«, sagte sie trocken.

Er lachte in sich hinein. »Was meinst du? Wen soll ich nehmen?«

Alanna stützte sich auf die Ellbogen hoch. Vor einer Woche hätte sie ihm gesagt, er solle Geoffrey oder Douglass wählen. Aber damals war sie noch nicht in der Schwarzen Stadt gewesen. Damals hatte sie den Ysandir noch nicht bewiesen, dass ein Mädchen ein ernst zu nehmender Gegner war.

Aber was wäre gewesen, wenn sie nicht in die Schwarze Stadt gegangen wäre? Herzog Gareth hatte erwähnt, mit ein bisschen Übung könnte sie einer der besten Schwertfechter des Hofes werden. Im Bogenschießen traf sie jedes Mal ins Ziel. Die Lehrer, die ihr Taktik und Logik beibrachten, sagten, manchmal sei sie brillant, und Myles behauptete, sie sei wesentlich intelligenter als viele Erwachsene. Sie hatte Ralon von Malven besiegt und ihr Schwert hatte sie auf eigentümliche Art und Weise verdient. Und ganz plötzlich fühlte sie sich ganz anders in ihrer Haut.

»Mich«, sagte sie schließlich. »Mich solltest du nehmen.«

»Du bist doch ein Mädchen.« Es war unmöglich zu erkennen, was er dachte.

»Na und?«, fragte sie. »Selbst Hauptmann Sklaw sagt, aus mir könnte noch ein Schwertfechter werden. Im Bogenschießen bin ich so gut wie Alex und er ist ein Junge und Knappe obendrein. Im Fährtenaufspüren bin ich besser als Raoul. Und habe ich dich jemals im Stich gelassen? Da drüben? Oder damals, als du das Fieber hattest?«

»Ich bin froh, dass du ebenso denkst wie ich«, unterbrach er gelassen. »Ich sagte Vater, du wärst vermutlich einverstanden.«

Alanna schluckte mühsam.

»Bevor wir aufbrachen«, fuhr Jonathan fort, »sagte ich ihm, ich wolle dich als Knappen haben. Er schien mir nicht sonderlich überrascht.« Jonathan rutschte hin und her und versuchte eine weichere Stelle auf dem Boden zu finden.

»A-aber«, stotterte Alanna. »Hat sich das denn jetzt nicht geändert. Jetzt, wo du weißt –«

»Dass du ein Mädchen bist? Nein, nicht in der Art, wie du denkst. Ob Mädchen, Junge oder Tanzbär: Du bist der beste Page – der beste zukünftige Knappe – am Hof.« Er lachte. »Fast hätte ich mich mit Gary wegen dir schlagen müssen. Er sagte, es sei ungerecht, dass ich den besten Knappen bekäme, nur weil ich der Prinz sei.« Er nahm ihre Hand.

»Alanna von Trebond – es wäre mir eine Ehre, wenn du mir als mein Knappe dienen wolltest.«

Alanna küsste seine Hand und blinzelte Tränen fort. »Mein Leben und mein Schwert sind dein, Hoheit.«

Er zerstörte die Erhabenheit dieses Augenblicks, indem er ihr durchs Haar wühlte. »Und jetzt schlaf.« Er legte sich zurück und schloss die Augen. »Weißt du«, murmelte er. »Ich glaube, ich würde lieber noch einmal dem alten Ylon entgegentreten als Lord Martin, wenn er 'ne Wut hat.«

»Ich schiebe alles auf dich«, entgegnete sie schläfrig. »Du wirst schon sehen.«

Rasch schlief er ein. Alanna lag noch ein Weilchen wach und betrachtete in der Ferne die dunklen Türme der Schwarzen Stadt. Sofern es noch weitere Ysandir gab, so war sie zu müde, um sich darum zu kümmern. Sie wünschte sich, sie könnte Jons Vertrauen in Herzog Roger teilen, doch sie wusste, dass ihr das nicht gelingen würde. Aber um den Herzog von Conté konnte sie sich ein andermal Sorgen machen. Morgen früh mussten sie erst einmal Lord Martin gegenübertreten. Und jetzt war endlich Schlafenszeit.

Inhalt

1 Die Zwillinge — 5

2 Der neue Page — 25

3 Ralon — 55

4 Tod im Palast — 81

5 Das zweite Jahr — 105

6 Alanna wird zur Frau — 131

7 Die Schwarze Stadt — 175